Diogenes Taschenbuch 23307

Yael Hedaya

Liebe pur

Erzählung
Aus dem Hebräischen von
Ruth Melcer

Diogenes

Titel der 1997 bei
Am Oved Publishers Ltd., Tel Aviv,
erschienenen Originalausgabe:
›Schloscha sippurei ahawa‹
Copyright © 1997 by Yael Hedaya
Die deutsche Erstausgabe erschien 2000
im Diogenes Verlag
Umschlagillustration: Anna Keel,
›Elena mit blauem Kleid‹,
1993

*Für
meinen Vater*

Veröffentlicht als Diogenes Taschenbuch, 2001
Alle deutschen Rechte vorbehalten
Copyright © 2000
Diogenes Verlag AG Zürich
www.diogenes.ch
200/01/8/1
ISBN 3 257 23307 8

I

Er galt als schüchterner Hund, und als er sich eines Morgens von seiner Matte erhob und die alte Frau anfiel, die mit ihren Einkaufskörben die Treppe heraufstieg, und ihr das Ohr abriß, waren die Hausbewohner fassungslos.

Er war ein unauffälliges Tier, ein richtiger Geisterhund mit dem Körperbau einer Hyäne und der Grazie eines Vogels. Immer ging er wie auf Zehenspitzen, den Schwanz zwischen die Hinterbeine geklemmt. Er hatte kurzes und dichtes braunes Fell, Hängeohren und lange, zartgliedrige Beine, denen ein edler Charme hätte anhaften können, hätten sie nicht ständig gezittert.

Er war eineinhalb Jahre alt, sah jedoch älter aus. Die Krümmung seiner Wirbelsäule, der zwischen die Beine geklemmte Schwanz, das abgeknickte Becken und die Rippen, die wie Flügelansätze aus seinen beiden Flanken hervorstachen, verliehen ihm ein minderwertiges Aussehen, was aber hauptsächlich daran lag, wie er sich fortbewegte: halb sitzend, sich zusammenkauernd, sich entschuldigend, vor einem imaginären Fußtritt flüchtend. Die alte Frau hatte ihn gern, und manchmal verweilte sie bei ihm, wenn sie vom Markt zurückkam, und wählte aus dem Korb etwas für ihn aus – einen Hühnerhals, eine

Scheibe Käse oder Wurst oder einen Sesamkeks. Das warf sie ihm dann auf seine Matte, ehe sie ihren langsamen Aufstieg zum obersten Stockwerk fortsetzte. Erst, wenn er hörte, wie die Tür zufiel und der Schlüssel sich zweimal im Schloß umdrehte, erhob sich der Hund, beschnupperte das Almosen, packte es sachte mit den Zähnen, ließ es wieder auf die Matte fallen, umkreiste es einige Male, hob es erneut auf, überlegte es sich noch einmal anders und ließ es ein weiteres Mal fallen. Dann blickte er nach rechts und links, schnappte sich den Brocken und schlang ihn hinunter.

Bis zu jenem Tag hatten die Hausbewohner ihn ignoriert. Sie hatten sich daran gewöhnt, ihn die meiste Zeit des Tages und der Nacht auf seiner Matte dösen zu sehen. Sie lag vor der Tür mit dem Aufkleber, auf dem in runder Handschrift zwei Namen standen: der Name einer Frau und der Name eines Mannes und darunter eine kindliche Zeichnung von einem Hund.

Nun lagen die Lebensmittel der alten Frau über den Boden des zweiten Stockwerks verstreut: ein ganzes Huhn, Kartoffeln, Zwiebeln, Äpfel, eine Grapefruit, eine Melone, die in die Ecke gerollt war, grüne Bananen, ein in weißes Papier gepackter Stapel geräucherter Truthahnbrustscheiben, eine Tafel bittere Schokolade, eine Knoblauchknolle, und in einer kleinen Blutlache – ein Bund Petersilie.

An jenem Morgen hatte die alte Frau für den Hund eine Scheibe Truthahnbrust vorgesehen, doch ehe sie vor seiner Matte zum Stehen kommen, sich bücken und in ihren Körben wühlen konnte, hatte er sie angesprungen und zu

Boden geworfen. Sie hatte einen überraschten Schrei ausgestoßen. Auch der Hund war verdutzt gewesen. Er war zurückgewichen und hatte sie einige Male umkreist, darauf bedacht, nicht auf sie zu treten. Sie hatte versucht hochzukommen, war jedoch wieder auf den Rücken gefallen. Er hatte sich schwanzwedelnd genähert und ihr tief in die Augen geblickt. Sie hatte sich auf die Seite gedreht, mit beiden Händen das Geländer ergriffen und versucht, sich hochzuziehen. Dann hatte der Hund sich daran gemacht, ihr das Gesicht zu lecken, und die alte Frau, schwer und kurzatmig, hatte aufgegeben, sich wieder auf den Rücken gerollt und ihre Arme seufzend neben sich herabsinken lassen. Da hatte der Hund ihr linkes Ohr gepackt und es ihr mit einem Ruck abgerissen.

Die alte Frau drückte ihre Hand auf das Loch, aus dem ein Blutstrahl schoß, und schrie. Die Hausbewohner kamen aus ihren Wohnungen und standen im Treppenhaus herum. Ein Mann in Gummihandschuhen kam auf die alte Frau zu und löste ihre Hand von der Stelle, an der das Ohr gewesen war.

»Er hat ihr ein Ohr abgebissen!« kreischte eine der Nachbarinnen, die in ihrem Türeingang stand, und deutete mit ihrer Zigarette auf den Hund, der sich, den Schwanz zwischen den Beinen und das heraushängende Ohr im Maul, zitternd an die Wand schmiegte. Einige Hausbewohner erschraken, machten die Türen hinter sich zu und sicherten die Schlösser. Der Mann in Gummihandschuhen meinte, man solle den Hund besser wegschaffen, ehe er der alten Frau noch das andere Ohr abbisse.

Doch der Hund hatte sich auf sein Hinterteil gesetzt

und beäugte erst die alte Frau, deren Schreien in rhythmisches, wehleidiges Wimmern umschlug, und dann die Nachbarn, die sich um sie geschart hatten. Dann erhob er sich, ließ das Ohr fallen und trabte zu seiner Matte zurück, wo er ruhig auf den Krankenwagen und die städtischen Hundefänger wartete. Er sah zu, wie die alte Frau auf eine Trage gelegt wurde und wie eine Hand in einem Plastikhandschuh das Ohr auflas und in eine Tüte fallen ließ. Dann lauschte er den Hausbewohnern, die Angaben über das Opfer machten, und beobachtete, wie die beiden Sanitäter die Bahre die Treppe hinuntertrugen.

Die Hundefänger sagten, sie müßten ihn einschläfern, doch zuerst gehöre er in Quarantäne, um sicherzustellen, daß er keine Tollwut habe. Einer der beiden forderte alle auf, zurückzutreten, während der andere zur Straße hinunterging und mit einem langen, mit einer Schlinge versehenen Eisenstab in der Hand wieder heraufkam.

»Nein!« rief der ältere der beiden Hundefänger. »Hol die Betäubungspistole. Der ist gefährlich. Den kann man so nicht fangen.«

»Doch, kann man«, entgegnete der jüngere Hundefänger ruhig, »sorg du nur dafür, daß die Leute sich verziehen.«

»Ab nach Hause!« befahl der Ältere und klatschte in die Hände. »Alle zurück in die Wohnungen!« Diejenigen, die noch im Treppenhaus verblieben waren, zogen sich gehorsam in ihre Wohnungen zurück, ließen ihre Türen jedoch einen Spaltbreit offen, um die Gefangennahme zu verfolgen. Der Hund lag zusammengerollt auf seiner Matte, verlegen und geschmeichelt von soviel Aufmerksamkeit.

Seine Augen waren geschlossen, seine Schnauze berührte das Ende seines Schwanzes, und ein Ohr war gespitzt.

»Sieh dir den an«, meinte der ältere Hundefänger. »Er versucht, uns einzuwickeln, dieser Schlingel. Hol die Pistole.«

»Laß mich mal machen«, entgegnete der Jüngere. »Er sieht mir nicht gefährlich aus.«

»Im Gegenteil!« sagte der Ältere. »Die Sorte kenne ich. Er heckt etwas aus. Sieh ihn dir an. Er ist verschlagen. Schau, wie sein Ohr zuckt. Der stellt sich doch nur schlafend.«

»So ist er immer«, flüsterte eine Hausbewohnerin, die in einem schmuddeligen rosa Morgenmantel aus ihrer Wohnung lugte. »So schläft er. Er ist es nicht anders gewohnt.«

»Gute Frau, gehen Sie wieder rein! Ich bitte Sie!« Der ältere Hundefänger schob die Frau unsanft in ihre Wohnung zurück und wischte sich mit der Hand den Schweiß von der Stirn.

Die Hundefänger standen da und beobachteten den Hund. Seine Augen waren geschlossen, das aufgestellte Ohr klappte hin und wieder ab, die Rippen hoben und senkten sich unter langsamen Atemzügen. Für einen angriffswütigen Hund sah er viel zu friedlich aus. Den Stab wie ein Bajonett in beiden Händen pirschte sich der Jüngere der beiden an den Hund heran. Er vermied jede abrupte Bewegung, um ihn nicht aus seinem vorgeblichen Schlummer zu wecken, doch der Hund schlug plötzlich die Augen auf, und der Hundefänger wich zurück und sah, daß der Hund mit dem Schwanz wedelte.

»Er wedelt mit dem Schwanz«, stellte er fest, ohne den Blick von dem Hund abzuwenden.

»Trau ihm ja nicht!« raunte sein Kollege. »Der will uns aufs Kreuz legen!«

»Wedelst du mit dem Schwanz?« fragte der jüngere Hundefänger. »Bist du ein lieber Hund?«

Der Hund erhob sich, setzte sich auf sein Hinterteil und senkte schüchtern den Blick.

»Was ist mit ihm?« erkundigte sich der ältere Hundefänger flüsternd. »Was macht er denn jetzt?«

»Schschschsch… Gar nichts macht er«, flüsterte der Jüngere. »Schschschsch… Feiner Hund!« sagte er und richtete die Schlinge auf den Kopf des Hundes.

»Paß auf!« warnte der Ältere. »Ich sag's dir: Paß bloß auf!«

Der jüngere Hundefänger lehnte sich vor und ließ sich auf ein Knie nieder. Er klammerte seine Hände fester um den Stab und richtete ihn nach rechts und nach links aus, bis die Schlinge über dem Kopf des Hundes schwebte. Der Hund hob den Kopf und beäugte erst die Schlinge, dann den Hundefänger, der neben ihm kniend den Stab hielt und konzentriert an seiner Unterlippe kaute, und dann abermals die Schlinge, die aussah wie eine Kombination aus Falle und Heiligenschein.

»Schnell!« zischte der Ältere, der stark schwitzte.

Der jüngere Hundefänger senkte die Schlinge, bis sie die emporgereckte Schnauze des Hundes berührte, der, den Blick nach oben gerichtet, still dasaß und sich auch nicht rührte, als die Schlinge sich langsam über seinen Kopf herabsenkte. Der Hundefänger zog den Stab nach hinten, und die Schlinge legte sich enger um den Hals des Hundes. Der Hund erhob sich, klemmte den Schwanz zwischen die

Beine, schlich an der Wand entlang und führte den Hundefänger zur Treppe. Dann ging er bedächtig, Stufe um Stufe, mit klimpernden Hundemarken hinunter. Als er den Hauseingang erreichte, stand der ältere Hundefänger bereits dort und hielt die Tür auf. Den Rücken an die Tür gedrückt verfolgte er, wie der Hund den jüngeren Hundefänger zu dem gelben Transporter führte. Der Hund wartete, bis der Hundefänger die Hecktüren geöffnet hatte, sprang hinein und neigte den Kopf, damit man ihm die Schlinge mühelos abnehmen konnte. Dann trabte er in einen der leeren Käfige, den der Hundefänger mit einem Fußtritt hinter ihm schloß, obwohl er wußte, daß das überflüssig war. Dem jüngeren Hundefänger – und auch dem älteren, der am Steuer saß und sich den Schweiß von der Stirn wischte, ebenso wie den Hausbewohnern, die auf die Straße hinausgeeilt waren, um sich das Finale des Unternehmens Gefangennahme anzusehen – war eines klar: Dieser Hund wollte weg.

2

Der Mann saß auf dem Fußboden im Badezimmer. Er schaute seinem Freund beim Baden der kleinen Tochter zu. Konzentriert verfolgte er jeden Handgriff und war beeindruckt, wie der Freund mit der einen Hand dem Baby den Rücken stützte und mit der anderen das Köpfchen über Wasser hielt, wie er den kleinen Körper vor und zurück durch das Wasser gleiten ließ und dabei Schiffslaute von sich gab: das Getute, Geplätschere und Gegurgel eines verliebten Vaters.

Der Mann beobachtete den Vater und sagte sich, daß er sich alles gut einprägen sollte, daß dies zu den Techniken gehörte, die einem niemand beibringen konnte und die man dennoch beherrschen mußte. Er wollte sichergehen, daß er seinem eigenen Baby, wenn er einmal eines hätte, ein ebenso perfektes Bad bereiten könnte wie dieses. Er wollte nichts falsch machen.

Den Arm auf den Badewannenrand gestützt, tauchte er seine Finger ins Wasser, fühlte die Temperatur, den warmen Seifenschaum, die kleinen Wellen, die das Gestrampel der Kleinen auslöste. Er griff nach der Flasche mit dem Babyshampoo und las eingehend den aufgedruckten Text. Er wollte herausfinden, welche Inhaltsstoffe gewöhnliche Flüssigseife zu Badeshampoo für Babys machten. Sein Freund sah ihn lächelnd an, und der Mann war plötzlich verlegen, als wäre er bei der Lektüre von etwas Verbotenem ertappt worden, von etwas Unschuldigem, das ausschließlich Babys und Vätern vorbehalten war und sich in den Händen kinderloser Männer in Pornographie verwandelte.

Der Mann stand auf, wischte sich die Hand an seiner Jeans ab und reichte dem Mann den weißen, mit einer Kapuze versehenen Frotteebademantel der Kleinen. Das nun folgende Ritual kannte er auswendig. Der Vater hob das Baby aus dem Wasser und hüllte es in den Bademantel. Er drückte es an seine Brust, preßte die Lippen an das Köpfchen und kämmte mit seinen Fingern den blonden Haarflaum. Dann trug er die Kleine ins Kinderzimmer, und der Mann trabte ihm hinterher wie ein Waffenträger und hielt zwischen Daumen und Zeigefinger das kleine Händchen fest, das sich ihm aus dem Bademantel entgegenstreckte. Der Vater legte seine Tochter auf die Wickelkommode und bat den Mann, kurz auf sie aufzupassen. Dann ging er aus dem Raum und ließ den Mann allein; der baute sich vor der Wickelkommode auf, gespannt wie ein Flitzebogen und jederzeit bereit, das Baby zu retten, falls es herunterzufallen drohte. Aber es lag ruhig auf dem Rücken und versuchte, mit dem Mund den Saum des Frotteeärmels einzufangen.

Der Vater kehrte mit einem Paket Windeln zurück und stellte es auf den Fußboden. Der Mann erkundigte sich, ob er Hilfe benötige. Der Vater lächelte, rieb seine Nase am Bauch der Kleinen und fragte sie, was sie dazu meine, ob sie finde, daß sie beide Hilfe brauchten, und das Baby gluckste und strampelte mit den Beinen. Der Mann nahm eine flache, runde Cremedose in die Hand und ertappte sich dabei, daß er auch hier eingehend den aufgedruckten Text las. Dann legte er die Dose wieder zurück, nahm sich den Puderbehälter mit den Elefanten und Giraffenbildchen und schnupperte daran. Nachdem er den Puder wieder zurückgestellt hatte, griff er nach einem Ring mit bunten Plastikschlüsseln und schüttelte ihn vor den Augen der Kleinen, die sich davon ablenken ließ. Der Mann war begeistert und verbuchte ihre Reaktion als Erfolg für sich, doch die Kleine widmete sich mit einem Lächeln sogleich wieder dem Gesicht des Vaters, der sich über sie beugte und ihr die Windel anlegte. Sie streckte das Händchen nach seinem Gesicht aus, und der Vater küßte ihr die Fingerchen.

Der Mann legte die Plastikschlüssel neben den Puder

und die Creme auf die Wickelkommode, verließ das Kinderzimmer, durchquerte das Wohnzimmer, wo er auf ein Gummihündchen trat, das ein spitzes Quieksen von sich gab und ihn erschreckte, flüchtete sich auf den Balkon und zündete sich eine Zigarette an.

3

Die Frau stand in der Küche und bereitete Spaghetti zu. Sie steckte eine Handvoll Stäbchen in einen Aluminiumtopf und beobachtete den Fächer, dessen untere Hälfte im Wasser stak, während die obere am Topfrand lehnte. Sie wußte genau, wie lange es dauern würde, bis der Fächer in sich zusammensackte. Es würde mit kleinen, kaum wahrnehmbaren Regungen vereinzelter Stäbchen beginnen, die ins Innere abtauchen und die anderen mit sich ziehen würden. Binnen zwei Minuten würden alle in einem müden, resignierten Rutsch die Topfwand hinabgleiten und im Wasser versinken, doch zwei, drei besonders widerspenstige blieben immer hängen, die würde man mit einer Gabel gewaltsam untertauchen müssen.

Sie nahm eine Dose Tomatenpüree aus dem Schrank und öffnete sie. Dann holte sie das Sieb vom Haken über dem Herd, stellte es in die Spüle und wartete. In der Zwischenzeit nahm sie noch einmal die Spaghettipackung zur Hand, um die Hinweise zur Zubereitung zu lesen, obwohl sie sie schon auswendig kannte: neun Minuten. So lange mußten die Nudeln kochen. Merkwürdige Zeitangabe, dachte sie, ungewöhnlich.

Sie nahm den Topf vom Herd und schüttete den Inhalt in das Sieb. Dann stellte sie den Topf zurück aufs Feuer, goß Öl hinein, schüttelte die Spaghetti in dem Sieb und gab sie zurück in den Topf. Sie fügte das Tomatenpüree und dann Salz, Pfeffer und Paprikapulver hinzu und rührte mit einer Gabel um. Es knackte und zischte, als die Spaghetti, das Tomatenpüree und das Öl mit dem Topfboden in Berührung kamen, und in der Küche breitete sich ein Geruch von Aluminium, Stärke und der Süße von billigen Gewürzen aus. Sie nahm den Topf vom Herd und stellte ihn auf ein Holzbrettchen auf dem Tisch. Dann setzte sie sich, breitete das Küchentuch über ihren Schoß und begann zu essen. Das war ihr Mittagessen. Es war eine Art Strafe.

4

Der Mann und die Frau saßen im Auto und redeten. Es war ein lauer Abend Anfang Oktober, und die Fensterscheiben waren heruntergekurbelt. Sie rauchten Zigaretten und ließen die Asche auf den Gehsteig fallen. Er lag unter einem Busch und beobachtete mit vor Müdigkeit zufallenden Augen das Aufglimmen der Zigaretten, die wie zwei Glühwürmchen aussahen, die ihn zum Mitspielen in der Dunkelheit einluden. Aber er glaubte ihnen nicht. In seinen Augen waren diese Glühwürmchen nur ein weiteres Trugbild der Hoffnung, vor dem man auf der Hut sein mußte. Dies war der achte Tag, an dem er herumstreunte, und er war hungrig, durstig und müde. Er war fünf Wochen alt, und zum ersten Mal in seinem Leben begann er Ansätze dessen zu spüren, was binnen Jahresfrist heranreifen und in echte Verzweiflung umschlagen würde.

Seine Mutter war eine Kanaan-Hündin, die von den Feldern stadteinwärts gewandert war und unter den Betonpfeilern eines ruhigen Wohnhauses ihren Wurf zur Welt gebracht hatte. Einen Monat lang säugte sie ihn und seine drei Geschwister. Sie verließ das Versteck immer nur frühmorgens, noch vor Tagesanbruch, und durchstöberte die Mülltonnen, die in einer Reihe auf dem Gehsteig standen. Ihre Vorderpfote war gebrochen. In der Nacht, in der sie, vor den Menschen auf der Hut, dabei jedoch die Autos übersehend, von den Feldern stadteinwärts gezogen war, war sie von einem Taxi angefahren worden. Das Taxi war weitergefahren, die Hündin weitergelaufen. Einige Stunden lang war sie, das angeschlagene Bein angewinkelt und beleidigt hochgezogen, mit ihrem schwer herabhängenden, fast den Asphalt streifenden Bauch durch die Straßen gestreunt, vorbei an Geschäften, Restaurants und Cafés, bis sie die kleine Straße erreicht hatte, wo sie unter das auf Betonpfeilern stehende Haus geschlüpft war, sich auf einem großen Stück Karton niedergelassen und vier Welpen geworfen hatte.

Jedesmal, wenn sie vom Streunen zwischen den Mülltonnen, wo sie ihr Futter schnell, beinahe ohne zu kauen, verschlang, zurückkehrte und sich auf dem Karton niederließ, verschob sich der Bruch in der Pfote, und die Hündin stieß ein Schmerzgeheul aus, das eines Morgens den Argwohn der Hausbewohner weckte.

Ein alter Mann ging, einen Besenstiel in der Hand, nach

unten, um nachzusehen. Zuerst sahen die Hunde nur seine Füße, die in Gummilatschen steckten, dann seine Knie und Oberschenkel und die Säume seiner Shorts, bis plötzlich auch sein Gesicht erschien: das Gesicht eines Störenfrieds. Die Hündin sprang auf, fletschte die Zähne und knurrte ihn an. Der Mann stieß einen Fluch aus, trollte sich und kam am selben Tag nicht mehr wieder. Tags darauf erwachte die Mutter, stellte sich langsam auf ihre Beine und leckte jedes der Welpen ausgiebig und traurig ab; beim Kopf des erstgeborenen Welpen hielt sie sich besonders lange auf, als wollte sie ihm mit der Zunge eine Botschaft vermitteln. Dann humpelte sie in Richtung der Mülltonnen davon, ließ sie links liegen und kam nicht wieder.

Am Mittag erschien der Hausbewohner in Begleitung zweier Männer. Der eine trug einen langen Stab mit einer Schlinge am einen Ende, der andere verteilte rote Fleischstücke auf dem Rasen. Seine jüngeren Geschwister liefen mit wedelndem Schwanz, taumelnd und winselnd vor Aufregung und Dankbarkeit, aus dem Versteck, er aber zog es vor, sich tief zwischen die Gebäudepfeiler zurückzuziehen und sich hinter einem Haufen zerbrochener Ziegel zu verstecken, die nach Staub und Spinnen rochen. Die Hundefänger hofften darauf, daß auch die Mutter zum Vorschein käme; in der Zwischenzeit nahmen sie die Welpen auf den Arm und warteten. Sie wechselten einige Worte mit dem enttäuschten Hausbewohner, der ihnen immer wieder schwor, daß am Vortag eine toll gewordene Hündin dagewesen sei, die versucht habe, ihn anzugreifen.

Die Hundefänger und der alte Mann standen auf dem Rasen und warteten, doch die Hündin blieb verschwunden. Der eine Hundefänger sammelte die Fleischstücke wieder ein und hob den Stab vom Rasen auf, der andere nahm die drei Welpen an sich. Der Hausbewohner fühlte sich von der Hündin betrogen. Er versuchte, die Hundefänger zum Bleiben zu bewegen, sie sollten sich noch ein Weilchen gedulden, »um der Sicherheit der Hausbewohner willen, unter denen es«, wie er flüsternd erklärte, damit die Welpen es nicht hören könnten, »auch Familien mit Kindern gibt«. Die Hundefänger waren einverstanden, und der Mann ging hinauf in seine Wohnung und kam mit einem mit Saftgläsern und Keksen beladenen Tablett wieder zu ihnen hinunter. Nachdem sie in aller Ruhe gegessen und getrunken hatten, bedankten sie sich bei dem Hausbewohner und zogen ab. Ihre Fangutensilien und die Welpen nahmen sie mit.

Selbst nach Einbruch der Dunkelheit traute sich der verbliebene Welpe nicht hinter dem Ziegelhaufen hervor und blieb die ganze Nacht über dort. Am Morgen ließ er sich wieder auf dem von Urin und Erinnerungen getränkten Karton nieder, und am Mittag trieb der Hunger ihn hinaus in das grelle Licht und auf den Rasen, der noch immer nach rohem Fleisch roch. Schnuppernd krabbelte er im Rasen umher und winselte leise vor sich hin; das Grauen vor dem Mann in Gummilatschen und den Männern, die seine Geschwister verschleppt hatten, war bereits vergessen. Eine Kolonne von Ameisen führte ihn zu einem feuchten Keks. Er packte die Beute mit den Zähnen und lief mit ihr zu seinem Karton. Nachdem er den Keks verschlungen hatte, legte er den Kopf auf die Vorderpfoten und schlief ein. In der Nacht weckte ihn erneuter Hunger, schlimmer und schmerzhafter als der vorangegangene. Er lief hinaus auf den Rasen, um die netten Ameisen zu suchen, konnte sie aber nicht finden. Als er sich anschickte, zaghaft zu kläffen, öffnete sich über ihm ein Fenster, der Kopf eines Mannes schaute heraus, und Gerüche von brutzelndem Fleisch durchfluteten die Luft. Es war das allererste Mal gewesen, daß er gebellt hatte; er begriff sofort, daß er einen Fehler begangen hatte, und flüchtete auf die Straße.

Eine Woche lang streifte er umher und schlief unter Büschen und parkenden Autos. Hie und da wurden kleine Kinder auf ihn aufmerksam und versuchten, ihre Eltern zu ihm hinzuzerren, doch die Eltern hielten sie fest an der Hand und zogen sie weiter. Einmal kam er an einem Restaurant vorbei, und jemand warf ihm ein Hühnerbein hin. Er nagte das Beinchen ab und blieb unter dem freigebigen Tisch auf dem Gehsteig sitzen, doch dann kam eine riesige Frau heraus und versetzte ihm einen Tritt. Im Laufe dieser einen Woche lernte er, mit allen möglichen Tritten zu leben: heftige Tritte von Restaurant- und Cafébesitzern und von Verkäufern, in deren Geschäften er nach Schatten und Streicheleinheiten gesucht hatte, mittelgrobe Tritte von Leuten, mit denen er sich hatte anfreunden wollen, und sanftere Stöße von Füßen, zwischen die er auf den lauten Straßen geraten war, so leicht und beiläufig, daß sie ihm manchmal wie ein Streicheln vorgekommen waren.

Eine der Wagentüren öffnete sich, die Frau stieg aus, schlug die Tür zu und lehnte sich durch das offene Fenster wieder hinein, und der Mann gab ihr einen Kuß. Dann kehrte sie dem Wagen den Rücken und blieb kurz stehen, um ihren Schlüssel aus der Tasche zu kramen. Er vernahm Geflüster und Lachen und schlug ein Auge auf. Die Frau beugte sich, das eine Bein an die Tür gelehnt, das andere in die Luft geschwungen, abermals ins Wageninnere, und der Mann küßte sie und versuchte, sie zu sich hineinzuziehen. Irgendwann richtete sie sich auf, die andere Tür öffnete sich, und der Mann stieg aus, schlug die Tür zu und ging hinüber zum Gehsteig.

Nun lehnte der Mann mit dem Rücken an der Tür, aus der die Frau ausgestiegen war. Die Frau stand vor ihm und spielte mit ihren Schlüsseln, die jedesmal klimperten, wenn sie sie hochwarf und mit einer Hand wieder auffing. Der Mann beugte sich zu ihr vor und flüsterte ihr etwas ins Ohr. Die Frau wich ihm aus, schüttelte den Kopf und fuhr fort, die Schlüssel in ihrer Hand springen zu lassen. Der Hund öffnete das andere Auge und stellte das eine Ohr auf.

Der Mann fragte: »Aber wieso denn nicht?«, und die Frau lächelte, ohne zu antworten, und fuhr fort, mit den Schlüsseln zu klimpern. Der Welpe kroch unter dem Busch hervor und wedelte mit dem Schwanz.

Zuerst bemerkten sie ihn nicht. Sie umarmten und küßten sich, und der Schlüsselbund war zwischen ihnen eingeklemmt, so daß der Hund nur noch Geschmatze und Geflüster hörte und noch einmal: »Wieso denn nicht? Nur auf einen Kaffee.« Und dann klimperten abermals die Schlüssel, und der Welpe lief, den Schwanz zwischen die Beine geklemmt und den Kopf gesenkt und zur Seite geneigt, auf den Mann und die Frau zu.

Als die Frau ihn entdeckte, bückte sie sich zu ihm hinab und legte den Schlüsselbund auf den Gehsteig, und der Mann meinte: »Schau dir diesen armen Welpen an.«

»Er ist so mager!« rief die Frau aus und kraulte dem Welpen den Nacken.

»Das ist ein ganz Lieber«, meinte der Mann.

»Schrecklich, das arme Tier«, fand die Frau.

»Schau, wie er sich freut«, sagte der Mann und ging in die Hocke. Mit der einen Hand streichelte er den Bauch des Welpen und mit der anderen den Nacken der Frau. Dann küßten sie sich erneut, kraulten und kitzelten jedoch zugleich den Bauch des Welpen, der sich sofort hingab.

»Was sollen wir nur mit ihm machen?« fragte die Frau und legte ihre Hand auf die Schulter des Mannes.

»Laß uns zu dir hochgehen«, erwiderte der Mann.

»Aber was wird aus ihm?« hakte die Frau nach und betrachtete den Welpen, der jetzt auf dem Bauch lag. Sein Kopf ruhte auf den Pfoten, und sein Schwanz schlug auf das Pflaster.

»Sieht mir nicht danach aus, als würde er jemandem gehören. Möchtest du einen Hund haben?«

»Ich weiß nicht. Möchtest du einen?«

»Ich kann nicht«, erklärte der Mann. »Ich bin fast nie zu Hause.«

»Wollen würde ich schon, aber ich weiß nicht, ob ich so eine Verpflichtung jetzt gebrauchen kann«, sagte die Frau.

»Ich brauche jetzt bestimmt keine Verpflichtung«, meinte der Mann und legte der Frau, die sich auf dem Pflaster niedergelassen hatte, seine Hände auf den Oberschenkel.

»Laß das«, sagte sie. »Gleich holen die Nachbarn noch die Polizei.«

»Gehen wir jetzt zu dir rauf?« erkundigte sich der Mann.

»Ja«, antwortete die Frau und stand auf, »aber nur auf einen Kaffee.«

»Und was ist mit ihm?« fragte der Mann und sah den Hund an.

»Wir geben ihm etwas zu fressen, und wenn du nach Hause gehst, bringst du ihn wieder runter«, sagte die Frau.

»In Ordnung«, meinte der Mann und gab ihr noch einen Kuß, diesmal zärtlich auf die Wange. »Nach dem Kaffee bringe ich ihn runter.«

Doch der Mann und der Hund blieben zum Schlafen da.

5

Jeder schlief an seinem Platz. Der Hund auf dem kleinen Teppich am Fußende des Betts und der Mann neben der Frau im Bett. Der Mann und die Frau gingen nicht sofort schlafen. Erst kümmerten sie sich um den Hund. Sie packten fast alles, was im Kühlschrank war, auf einen Plastikteller, den die Frau unter einem der Blumentöpfe auf dem Balkon herausgezogen hatte. Die Mahlzeit des Hundes bestand aus einem ganzen Becher Hüttenkäse, ein paar Scheiben Käse, mehreren Scheiben Truthahnwurst und einem Mokkajoghurt. Sie waren in Geberlaune. Die Frau stellte den vollen Teller auf die Arbeitsplatte und wollte von dem Mann wissen, ob er der Meinung sei, daß das ausreiche, und der Mann umarmte sie von hinten und preßte seine Lippen an ihren Hals.

Der Hund saß auf dem Küchenboden neben dem Kühlschrank. Er begriff instinktiv, daß sein Glück heute nacht von dort kommen würde, und vielleicht ja nicht nur heute nacht, vielleicht ja sogar immer. Der Mann schubste ihn mit dem Fuß beiseite, öffnete die Kühlschranktür, warf einen Blick ins Innere und holte drei Eier heraus. Er schlug sie mit einer Hand in den Teller auf und warf die Schalen in den Kleinmüllbehälter bei der Spüle. Die Frau nahm den Teller und drehte sich zu dem Mann um, und sie küßten sich wieder. Der Welpe hüpfte erwartungsvoll an ihnen hoch.

Endlich erinnerte sich die Frau seiner wieder und meinte lachend: »Du armes Würstchen, hab ich dich hungern lassen.« Sie löste sich aus der Umarmung, bückte sich und stellte den Teller auf den Fußboden. Der Hund stürzte sich sogleich auf sein Fressen. Der Mann drückte die Frau sanft gegen den Kühlschrank und hob den Saum ihres Kleides hoch. Der Hund fraß und hörte auch während des Fressens nicht auf zu wimmern. Sein ganzer Körper bebte vor Erregung. Er fraß schnell, ohne etwas zu schmecken, doch als er die Hälfte des Tellers geschafft hatte und feststellte, daß am Tellerboden noch immer Futter war, drosselte er sein Tempo und gab sich mit geschlossenen Augen den vermischten Geschmacksrichtungen von Eier, Käse, Wurst und Mokka hin. Er verputzte alles und leckte dann den Tellerboden und den Rand restlos sauber. Anschließend dreht er den Teller um, zerrte ihn mit der Pfote über den Fußboden, schob seine Nase unter den Rand und drehte ihn noch einmal um, um mit der Zunge über den

Tellerboden zu fahren. Als er entdeckte, daß der Teller ihm nichts mehr zu bieten hatte, verspürte er Zufriedenheit und Bange zugleich und lief ins Schlafzimmer.

Der Mann und die Frau rollten nackt im Bett herum. Ihre Kleidungsstücke fand der Hund wie Wegweiser in der Küche und im Flur verstreut, bis hin zum Schlafzimmer, das dunkel war und voller Gestöhne. Jetzt, wo er satt war, wollte er spielen, und er begann um das Bett herumzutollen. Er hörte den Mann und die Frau kichern und flüstern, und als er den nackten Fuß des Mannes unter dem Leintuch hervorspitzen sah, stellte er sich auf die Hinterbeine und schnupperte an der Ferse, die warm und rauh war. Der Mann versetzte ihm einen Tritt, und der Hund wurde nach hinten weggestoßen, fiel auf den Rücken und rollte über den Fußboden. Er kam wieder auf die Beine und wedelte mit dem Schwanz. Er wußte genau, daß es sich diesmal um einen gutgemeinten Tritt handelte.

Jetzt, mit vollem Magen, empfand er eine seltsame Mischung aus Glücksgefühl und Unruhe. Das Glücksgefühl hatte er noch vage, von allem abgetrennt, als Viereck aus Karton in Erinnerung. Die Unruhe hingegen war noch frisch und schmerzhaft und bestand aus vielen Details: Blätter, glühend heißer Asphalt, Durst, Tausende tretender Füße und ein Hühnerbeinchen, von dem er nicht wußte, ob es dem Glücksgefühl oder der Unruhe zuzuordnen war. Er umkreiste das Bett, stellte sich abermals auf die Hinterbeine und legte seinen Kopf auf die Matratze. Er versuchte es abwechselnd auf der Seite des Mannes und auf der Seite der Frau, doch weder der Mann noch die Frau waren jetzt für irgendwelche Spiele zu haben.

Er lief in die Küche und beschnupperte seinen Teller, fuhr abermals mit der Zunge darüber, drehte ihn um, versetzte ihm einen Schubs und zerrte ihn über den Fußboden, bis er es satt hatte. Dann lief er zurück ins Schlafzimmer. Auf dem Weg dorthin schnappte er sich eine Socke, die genauso roch wie die warme und rauhe Ferse. Er schüttelte die Socke in der Luft und brummte, doch weder der Mann noch die Frau, noch die Socke signalisierten ihre Bereitschaft mitzuspielen. An der Tür sitzend, beobachtete er das Bett, das sich in der Dunkelheit bewegte. Er hatte Sehnsucht nach dem Mann und der Frau.

Er probierte einen seiner Kläfflaute, deren Klang er selbst noch ungewohnt fand und von denen er nicht genau wußte, was sie bedeuteten. Als keine Reaktion kam, lief er mit der herausbaumelnden Socke im Maul ins Wohnzimmer und kroch unter das Sofa. Er war schon fast eingeschlafen, da hörte er im Badezimmer das Wasser plätschern. Hoffnungsvoll trabte er hin und sah, wie die Frau gebückt und mit dem Rücken zu ihm in der Wanne stand. Sie drehte sich zu ihm um, schmunzelte, richtete den Duschkopf auf ihn und spritzte ihn naß. Er schreckte zurück und mußte niesen, und als die Frau aus der Badewanne stieg, lief er wieder ins Wohnzimmer und bedeutete ihr mit dem Kopf, ihm zu folgen. Er kroch unter das Sofa und wartete, aber die Frau kam nicht.

In der Wohnung war es jetzt still. Der Hund ging in die Küche, wo das Neonlicht brannte, und betrachtete von ferne seinen Teller, der umgedreht an der Balkontür lag. Es gelang ihm nicht, sich in Erinnerung zu rufen, was darauf gewesen war, das ihn beinahe um den Verstand gebracht hatte. Er beschnupperte ihn noch einmal und suchte dann wieder das Schlafzimmer auf. Der Mann lag auf dem Bauch und die Frau auf der Seite. Der Arm des Mannes war um die Taille der Frau gelegt, und das Bein der Frau lag schräg über den Beinen des Mannes. Der Welpe rollte sich auf dem kleinen Teppich am Fußende des Betts zusammen, schloß die Augen und gab einen Stoßseufzer von sich, der sowohl Groll als auch Sich-Abfinden ausdrückte. Er richtete ein Ohr auf, um auf dem Posten zu sein und den Mann und die Frau vor allen erdenklichen Feinden zu beschützen, und verfiel dann in einen langen und guten Schlaf.

6

Am Morgen erwachte der Mann und ging zur Toilette. Er pinkelte unter Gähnen und erschrak kurz, als er eine feuchte Zunge und spitze Zähne spürte, die seinen Knöchel bearbeiteten. Der Hund fiel ihm wieder ein, und das, was in der Nacht gewesen war, und er schmunzelte, betätigte die Spülung und bückte sich, um dem Welpen den Kopf zu streicheln. Dann ging er in die Küche und hob sein Hemd vom Fußboden auf, den Gürtel und die Schuhe sammelte er im Flur ein, und als er ins Schlafzimmer zurückkehrte, fand er dort seine Jeans, die mitsamt der Unterhose darin in Hockstellung auf ihn wartete. Er legte seine Kleidungsstücke gesammelt auf seine Seite des Betts und begann sich leise anzukleiden, bemüht, die Frau nicht zu wecken. Doch der Hund kläffte – diesmal klang es schon fast wie richtiges Gebell –, und die Frau wurde wach.

Der Mann entschuldigte sich, der Hund jedoch war außer sich vor Freude. Jetzt waren beide wach, und das verdoppelte seine Chance, Zuwendung zu bekommen. Er tollte bellend um das Bett und lief dann ins Badezimmer und pinkelte auf den Fußboden. Sich ein wenig schuldig fühlend, ohne zu wissen, weshalb, kehrte er ins Schlafzimmer zurück. Der Mann saß am Bettrand und hielt nach seiner einen Socke Ausschau. Die Frau kroch auf Ellenbogen und Knien über das Bett, schlang ihre Arme um seinen Hals: »Gehst du schon?«

»Ich komme zu spät zur Arbeit«, erwiderte der Mann, »und ich finde meine Socke nicht.«

»Soll ich dir suchen helfen?« fragte die Frau und rieb ihre Nasenspitze an seinem Ohr.

»Nein«, sagte der Mann. Er warf einen Blick auf den Hund und fragte: »Was ist jetzt? Soll ich ihn mitnehmen? Soll ich ihn irgendwo laufenlassen?«

Die Frau nickte.

»Kommst du heute abend vorbei?«

Der Mann hob mit einer Hand den Hund hoch, schwenkte ihn vor ihr hin und her und fragte, ob sie sich von ihm verabschieden wolle.

»Nein«, sagte die Frau.

»Nicht mal einen Kuß?« hakte der Mann nach.

»Nein. Ich will nachher nicht an ihm hängen. Kommst du heute abend?«

Der Mann setzte sich auf die Bettkante, drückte den Hund an seine Brust und meinte: »Eigentlich er ist doch recht niedlich, nicht?«

Die Frau gab keine Antwort. Sie beobachtete, wie der

Mann dem Hund liebevolle Worte sagte und der Hund sich in seinen Armen aalte, und plötzlich fühlte sie sich gedemütigt, denn genau so hatte der Mann in der Nacht mit ihr gesprochen und genau so hatte sie sich in seinen Armen geaalt. Sie hoffte, daß der Mann um den Hund kämpfen würde, daß er Erbarmen mit ihm hätte und ihm eine kleine Ecke in seinem Leben einräumen würde, doch sie wußte, daß er ihn gleich ohne mit der Wimper zu zucken aussetzen würde.

»Dann kommst du also heute abend?« fragte sie und legte ihre Hand auf seinen Oberschenkel. Der Mann warf den Hund in die Luft und fing ihn wieder auf, warf ihn abermals hoch und fing ihn noch einmal auf.

»Paß auf!« mahnte sie. »Ich habe dich etwas gefragt.«

Der Mann setzte den Hund auf seinen Schoß, betastete eine seiner Vorderpfoten und fragte: »Meinst du, der wird groß?«

Sie legte sich bäuchlings neben den Mann, streckte eine Hand aus und berührte mit den Fingerspitzen die feuchte Schnauze des Hundes.

»Ich finde meine eine Socke nicht«, erklärte der Mann.

»Ich gebe dir ein Paar von mir«, sagte die Frau und wollte aus dem Bett steigen und zum Schrank gehen, aber der Mann legte ihr eine Hand auf die Schulter, als wollte er sagen: »Laß mal.«

»Bist du sicher?«

»Ganz sicher«, antwortete der Mann.

»Also, was ist – meldest du dich wieder?« erkundigte sich die Frau.

Der Mann stand auf und sagte: »Mal sehen. Ich weiß es nicht.«

Er schob seinen nackten Fuß in den Schuh und band den Schnürsenkel zu.

»Soll ich einfach hinter mir zumachen?« fragte er, doch die Frau zog sich das Leintuch über den Kopf und antwortete nicht.

»Ich mach dann einfach zu«, sagte der Mann, verließ das Zimmer und ging, den glücklichen Hund unterm Arm, zur Tür.

Von dort aus rief er: »Ich geh dann!«, und die Frau sprang mit zerzaustem Haar, verquollenem Gesicht und vor Tränen glitzernden Augen aus dem Bett, rannte ihm, das Leintuch fest um den Körper geschlungen, hinterher und sagte: »Laß ihn hier!«

»Was?« fragte der Mann.

»Du sollst ihn hierlassen«, sagte sie.

»Bist du sicher?« fragte der Mann.

»Ja, bin ich«, gab die Frau zurück. »Ich will ihn haben.«

Der Mann zuckte mit den Schultern, streckte der Frau den Hund hin und gab ihr einen Kuß auf die Wange. Dann streichelte er kurz den Hund und ging.

7

Der Hund wußte, daß er bis gestern ein Straßenköter und seit heute ein Haushund war. Das hatte seinen Preis, und er war gerne bereit, ihn zu zahlen. Den ganzen Tag war die Frau hinter ihm her und hob ihn hoch, drückte ihn an ihre Brust, vergrub ihr Gesicht an seinem Hals und benetzte sein Fell mit Tränen. Wenn er protestierend winselte, setzte sie ihn wieder auf den Fußboden, warf sich, irgend etwas vor sich hin brummelnd, auf das Sofa im Wohnzimmer und blätterte in der Zeitung herum, glotzte auf die Mattscheibe oder versuchte, irgend jemanden anzurufen, und der Hund erlangte einige wertvolle Minuten Freiheit, die er für Erkundungen nutzte.

Einmal, als die Frau in ein Telefongespräch vertieft war, gelang es ihm, das Bett zu erklimmen. Vorsichtig tapste er über die Leintücher und die Kissen, die mit jedem Schritt eine Wolke bekannter Gerüche verbreiteten: den Geruch der Frau und den Geruch des Mannes, und als er seine Schnauze in den Spalt zwischen den beiden Kissen steckte und auch die Geruchslinie untersuchte, die das Bett der Länge nach durchlief, brach ein scharfer und unbekannter Geruch über ihn herein: der Geruch von beiden zusammen. Erregt lief er zurück ins Wohnzimmer, und die Frau sprang vom Sofa, hob ihn abermals schwungvoll hoch und erwürgte ihn wieder beinahe mit ihrer Umarmung. Als er sich wand und winselte, ließ sie ihn wieder auf den Fußboden hinab und legte sich zurück auf das Sofa. Er setzte sich auf den Teppich und schaute sie an. Er mochte sie gut leiden, hatte aber auch Angst vor ihr.

Gegen Abend wurde die Frau ruhiger. Während sie telefonierte, lag der Hund zu ihren Füßen und kaute mit geschlossenen Augen auf dem Ende einer ihrer Gummilatschen herum.

»So ein Mistkerl!« schrie die Frau aufgebracht in den Hörer und fing von neuem an zu schluchzen, und der Hund fürchtete, daß nun alles von vorne anfinge, die Umarmungen, die Küsse, die Tränen, die Würgerei. Er hob seinen

Kopf, um nach ihr zu sehen, und sah nur nervöse Knie und ihre Finger, die eine brennende Zigarette hielten.

»Hörst du?« sagte die Frau. »Ich habe Scheiße gebaut. Scheiße! Keine Ahnung, was gestern nacht mit mir los war. Wir haben geschmust und so, und er ist mit zu mir hoch gekommen, und schwups! war's passiert. Es ist einfach passiert.

– Ja. Es war nett. Mehr als nett. Es war großartig.

– Am Vormittag. Am Vormittag ist er gegangen.

– Hab ich doch versucht! Seit Stunden versuche ich es schon, aber du bist ja nie da. Wo warst du?

– Keine Ahnung. Ungefähr um zehn, gleich nachdem er weg war. Er wollte glatt gehen, ohne sich zu verabschieden. Verstehst du? Das sagt doch wohl schon alles über ihn.

– Weil ich es eben weiß. Ich habe gehört, wie er sich leise anzieht. Wahrscheinlich hat er gedacht, ich würde nicht aufwachen.

– Vielleicht. Aber selbst wenn er einen Zettel hinterlassen hätte – das ist doch keine Art.

– Ich bin aufgewacht.

– Nichts. Nicht einmal Kaffee haben wir getrunken. Er hat gesagt, er muß zur Arbeit.

– Weiß ich nicht mehr. Er hat's mir gestern abend gesagt. Irgendwas mit Filmproduktionen.

– Nein. Ich weiß es nicht mehr genau. Er hat's mir gesagt, aber ich hab's vergessen.

– Das war's schon. Und ich habe ihn noch gefragt, ob er sich wieder meldet.

– Ja, ich habe gefragt.

– Ich, ich.

– Weiß ich doch.

– Genau. Du hast ja recht. Ich weiß, daß ich einen Fehler gemacht habe. Es hat sich ja bestätigt, er hat gesagt: ›Ich weiß es nicht.‹

– Aber ich habe diese Spielchen satt! Gründlich satt!

– Ja. Er hat gesagt: ›Mal sehen. Ich weiß es nicht.‹

– Ja. Genau so hat er es gesagt: ›Mal sehen.‹

– Ja. Absolut sicher.

– Keine Ahnung, was das heißen soll. Wahrscheinlich bedeutet es ›nein‹.«

Abermals brach die Frau in Tränen aus, und der Hund ließ von dem Latschen ab und machte sich daran, ihr den Knöchel zu lecken. Die Frau bückte sich und hob ihn hoch, doch diesmal würgte sie ihn nicht, sondern setzte ihn behutsam auf ihren Schoß und schickte sich an, das Fell an seinem Hals zu streicheln und sagte: »Ich habe ganz vergessen, dir zu erzählen: Ich habe einen Hund.

– Nichts Besonderes.

– Ein Straßenköter.

– Keine Ahnung, was für einer. Nicht gerade der Schönste. Ein Welpe.

– Vielleicht zwei Monate. Ganz klein.

– Wir haben ihn gestern abend gefunden. Als er mich nach Hause gebracht hat. Er hat genau vor meinem Haus gesessen.

– Aber ich konnte ihn nicht draußen lassen. Er war völlig ausgehungert. Seinetwegen ist er überhaupt mit zu mir gekommen – angeblich, um den Hund zu füttern. Das war der Vorwand. Verstehst du? Er sagte, danach würde er ihn wegbringen.

– Nein. Ich habe ihn nicht gelassen.

– Wieso? Keine Ahnung. Er hat mir leid getan. Vielleicht ruft er ja an, um sich nach dem Hund zu erkundigen.

– Ich weiß nicht, was ich mit ihm mache. Ich kann ihn jetzt nicht vor die Tür setzen. Ich warte jetzt erst mal so ein, zwei Tage. Mal sehen, was passiert. Mal sehen, ob er sich überhaupt noch mal bei mir meldet. Möchtest du vielleicht einen Hund?«

Nachdem sie eingehängt hatte, trocknete die Frau ihre Tränen und ging ins Badezimmer. Der Hund hörte, wie sie kreischte und dann ins Wohnzimmer gerannt kam. Sie wedelte mit dem Zeigefinger vor seiner Nase. Er ließ den Latschen fallen und senkte den Blick. Er wußte, daß er etwas Schlimmes angestellt hatte, aber was, wußte er nicht. Die Frau brach erneut in Tränen aus, es war jedoch nicht das gleiche Geheule wie am Morgen und am Nachmittag, sondern ein Weinen, aus dem bereits die ganze Luft entwichen war.

»So ein Mistkerl!« schrie sie. »Wozu habe ich das jetzt gebraucht?«

Sie rannte in die Küche, holte den Schrubber und einen Scheuerlappen und lief zurück ins Badezimmer. Er folgte ihr und beobachtete, wie sie weinend den Boden aufwischte. Sie wandte den Kopf nach ihm um – genau wie in der Nacht, als sie ihn dabei ertappt hatte, wie er sie beobachtete –, und er spürte, wie Freude in ihm aufkam, doch dann schleuderte die Frau den nassen Lappen nach ihm. Er erschrak und rannte davon, um unter dem Sofa Zuflucht zu suchen. Die Frau verfolgte ihn bis ins Wohnzimmer, aber er war schneller, und sie verfehlte ihn. Statt dessen

versetzte sie dem Sofa einen Tritt und verstauchte sich den
großen Zeh. Nun weinte sie in einer neuen Tonart, die ihm
einen größeren Schrecken einjagte als jedes Weinen, das er
bislang von ihr vernommen hatte. Heulend hüpfte sie, sich
den Fuß haltend, durchs Zimmer. Dann verstummte sie
urplötzlich. Er sah, wie sie niederkniete und ihre Hand un-
mittelbar neben ihn faßte – beinahe hätte sie ihn berührt –
und die Socke hervorzog, die nun voller Löcher und Staubflocken war. Er muckte nicht und versuchte auch nicht, sich
seine Socke zurückzuholen. Irgend etwas in ihm wollte
sich mit der Frau aussöhnen, und irgend etwas in ihm
wollte zurück auf die Straße, doch er tat in keiner Richtung
einen Schritt, denn er wußte, daß die Frau jetzt gefährlich
war, gerade weil sie nun so still war und nicht nach ihm
trat und nicht mehr weinte, sondern nur noch, die weiße
Socke in der geballten Faust, im Zimmer auf und ab ging
und zischelte: »Alles deinetwegen!«

8

Am Abend erschien der Mann mit einer großen Tüte in
den Armen. Die Frau öffnete ihm die Tür und setzte sich,
ohne ein Wort zu sagen, wieder vor den Fernseher auf das
Sofa. Der Hund freute sich, den Mann zu sehen, und der
Mann freute sich, wenigstens einen anzutreffen, der sich
freute, ihn zu sehen. Was beiden verborgen blieb, war, daß
auch die Frau sich freute.

Der Mann blieb im Eingang stehen und sagte: »Ich habe
Sachen für den Hund gekauft.«

Die Frau reagierte nicht und stellte den Fernseher lauter.

Der Mann kam ins Wohnzimmer und machte sich daran, die Sachen, die er gekauft hatte, auf den Tisch zu packen: eine braune Lederleine, ein Halsband, einen tiefen Plastiknapf, eine große Tüte Trockenfutter für Welpen, auf der ein farbiges Foto von einem langhaarigen und pummeligen hellbraunen Welpen prangte, welches keinerlei Ähnlichkeit mit dem ungezogenen, undankbaren Geschöpf besaß, das bei ihr zu Hause Chaos angerichtet hatte, und dazu noch einen Gummiknochen, den der Hund ihm sogleich aus der Hand schnappte, um damit zwischen Wohn- und Schlafzimmer hin- und herzutollen. Die Frau betrachtete ihn und dachte: Sieh einer an. Der fühlt sich hier ja ganz wie zu Hause.

Der Mann setzte sich neben die Frau auf das Sofa und legte ihr die Hand auf den Oberschenkel. Ihr fiel ein, daß sie am Morgen dasselbe getan hatte, als sie etwas von ihm wollte; es war wohl eine universelle Geste der Not. Sie rückte ein Stück von ihm weg und dachte unverdrossen auf die Mattscheibe stierend: Mit welchem Recht ist er überhaupt hergekommen? Der Mann erkundigte sich, was sie sich ansehe. Sie gab keine Antwort. Er erkundigte sich, ob das, was sie da sehe, gut sei. Sie schwieg. Er wollte wissen, was denn los sei. Sie sagte immer noch nichts. Er fragte, ob sie sauer sei, sie zuckte mit den Schultern. Dann zog sie eine Zigarette aus dem Päckchen, das zwischen dem Halsband und der Leine und dem großen Napf auf dem Tisch lag.

»Ich habe Sachen für deinen Hund gekauft«, erklärte der Mann und starrte nun ebenfalls auf die Mattscheibe.

Die Frau stieß Rauch aus und sagte: »Er ist nicht mein Hund.«

Der Mann war froh, daß sie mit ihm redete. Er lehnte sich vor, zog eine Zigarette aus ihrem Päckchen, zündete sie an und beförderte das Zündholz in Angebermanier in den Aschenbecher. Sie dachte: Was fällt dem überhaupt ein, sich einfach eine Zigarette von mir zu nehmen? Der Mann fing an, ihr zu erzählen, was er heute bei der Arbeit getan hatte, und schnippte dabei mit der Zigarette auf den Rand des Aschenbechers, er beschrieb ihr den Regisseur, mit dem er arbeitete – »egoistisch, aber genial« –, und die Frau dachte: Was für ein Schleimer.

Der Mann legte ihr abermals die Hand auf den Oberschenkel. Die Frau zerdrückte ihre Zigarette im Aschenbecher, nahm das Halsband in die Hand und fragte: »Was fällt dir überhaupt ein, einfach herzukommen?«

Der Hund spielte mit seinem Gummiknochen und war gänzlich in sein Glück vertieft. Die Frau empfand Mitleid für ihn; es war ja so leicht, ihn glücklich zu machen, und noch leichter, ihm dieses Gefühl wieder zu rauben. Urplötzlich verspürte sie einen Drang, ihn unglücklich zu machen, hielt sich jedoch zurück. Der Mann schwieg. Er wußte, daß er etwas falsch gemacht hatte, er wußte nur nicht, was.

»Wieso bildest du dir ein, du könntest einfach vorbeikommen, ohne vorher Bescheid zu sagen?« fragte die Frau und öffnete und schloß die Schnalle des Halsbands.

»Ich dachte, du wolltest, daß ich komme«, entgegnete der Mann.

»Wer hat das gesagt?« fragte die Frau.

»So hatte ich dich verstanden«, meinte der Mann.

»Und wenn ich nicht zu Hause gewesen wäre?«

»Aber ich wußte doch, daß du zu Hause sein würdest.«

»Woher wußtest du das?«

»Ich dachte, du hättest nichts vor.«

»Und wenn ich doch etwas vorgehabt hätte?«

»Hattest du aber nicht.«

»Und wenn doch?«

»Dann wäre ich vielleicht später wiedergekommen.«

»Und die Sachen für den Hund?«

»Die hätte ich vor der Tür gelassen. Oder ich hätte sie vielleicht später vorbeigebracht. Oder morgen. Keine Ahnung. Ich habe nicht darüber nachgedacht. Was macht das überhaupt für einen Unterschied?«

»Bist du jetzt meinetwegen vorbeigekommen oder wegen des Hundes?« wollte die Frau wissen.

»Was habe ich dir eigentlich getan?« fragte der Mann zurück. »Wieso bist du so sauer?«

Als er sah, daß der Hund noch immer mit seinem Gummiknochen beschäftigt war, pfiff er nach ihm, und der Hund ließ den Knochen fallen und landete mit einem Satz auf seinem Schoß.

»Es paßt mir nicht, daß er aufs Sofa springt«, sagte die Frau. »Tu ihn runter.«

»Was ist daran so schlimm?« fragte der Mann und kraulte den Bauch des Hundes. »Er haart doch nicht.«

»Vielleicht hat er Zecken«, meinte die Frau. »Außerdem muß er seine Grenzen kennen. Wenn er jetzt nicht lernt, wo die Grenzen sind, geht es immer so weiter. Er muß erzogen werden.«

»Habe ich richtig verstanden: Du hast also beschlossen, ihn zu behalten?« erkundigte sich der Mann.

»Nichts habe ich beschlossen«, entgegnete die Frau. »Er ist ein schwieriger Hund.«

»Willst du mir nicht sagen, was ich dir getan habe?« fragte der Mann und setzte den Hund auf den Fußboden. »Findest du es nicht gut, daß ich Sachen für den Hund mitgebracht habe? Bist du deswegen sauer?«

»Wieso hast du eigentlich Sachen für den Hund mitgebracht?« wollte die Frau wissen. »Was kümmert er dich? Heute morgen wolltest du ihn noch aussetzen.«

»Ich?« rief der Mann aus. »Ich wollte ihn aussetzen?«

»Ja. Du wolltest ihn auf irgendeinem Feld laufenlassen. Oder sonstwie auf der Straße. Damit er überfahren wird oder die Stadt ihn entsorgt. Wenn ich ihn nicht hierbehalten hätte, wäre er umgekommen. So ein kleiner Hund. Aus und vorbei! Ich begreife nicht, warum du dir nicht die Mühe machst anzurufen, bevor du vorbeikommst.«

»Weil ich deine Telefonnummer nicht habe.«

»Du hast meine Telefonnummer nicht?«

»Nein. Du hast mich angerufen. Weißt du nicht mehr?«

»Doch«, erwiderte die Frau und machte ihre Zigarette aus. Er hatte recht. Sie hatte ihn angerufen. Sie war diejenige gewesen, die den Fehler begangen hatte, ihn überhaupt erst anzurufen.

»Du rauchst ganz schön viel«, stellte der Mann fest. »Doppelt so viel wie ich.«

»Weil ich genervt bin«, erklärte die Frau. »Doppelt so genervt wie du.«

»Warum bist du so genervt?« wollte der Mann wissen

und unternahm einen Versuch, sie zu umarmen, doch die Frau entzog sich der Umarmung und stand vom Sofa auf. Sie nahm den Aschenbecher, ihre Zigaretten und die Zündhölzer und ging in die Küche, und der Hund, der die Küche als Ort des Glücks in Erinnerung behalten hatte, lief ihr hinterdrein.

»Ich werde dir sagen, warum«, rief sie dem Mann aus der Küche zu, während der Hund sich neben dem Kühlschrank niederließ. »Weil du dich heute mies benommen hast. Ich hatte dich gefragt, ob du dich mal meldest, und es war unter deiner Würde, ja zu sagen.«

»Was habe ich denn geantwortet?« erkundigte sich der Mann, stellte sich in den Brücheneingang und sah sie an. »Ich weiß nicht mehr, was ich gesagt habe.«

»Du hast geantwortet: ›Mal sehen. Ich weiß es nicht‹«, zitierte die Frau spöttisch.

»Aber ich habe nicht nein gesagt.«

»Dann weißt du also doch noch, was du gesagt hast.«

»Ich erinnere mich jedenfalls nicht, gesagt zu haben, daß ich mich *nicht* wieder mit dir treffen will«, meinte der Mann. »So viel weiß ich noch.«

»Wenn du doch wußtest, daß du vorbeikommen würdest, warum mußtest du dann sagen: ›Mal sehen, ich weiß es nicht‹?«

Der Mann bückte sich, um den Hund zu streicheln, und sagte, er verstehe nicht, wovon sie rede. Bevor er sich auf den Weg gemacht hatte, dachte er bei sich, war ihm nicht bewußt gewesen, daß er bei der Frau vorbeischauen wollte. Er war einfach losgefahren.

»Hat er schon gefressen heute?« erkundigte er sich und

39

deutete auf den Teller des Hundes, der umgedreht an der Balkontür lag.

»Nein«, antwortete die Frau. »Ich habe vergessen, ihn zu füttern.«

»Soll ich ihm dann etwas von dem Welpenfutter geben? Soll ich es ihm in den neuen Napf füllen?« fragte der Mann.

»Mach, was du willst«, erwiderte die Frau, leerte den Aschenbecher in den Mülleimer und sah, wie die Kippen in den Resten der Spaghetti versanken, die sie sich gestern zu Mittag gekocht hatte. Dann spülte sie den Aschenbecher gründlich aus und legte ihn auf den Abtropfständer.

»Du kannst machen, was du willst«, sagte sie. »Er ist ebenso dein Hund wie meiner.«

Der Hund bekam einen vollen Napf trockenes Welpenfutter. Der Mann und die Frau beschlossen, essen zu gehen. Der Mann sagte: »Es tut mir leid, wenn wir uns mißverstanden haben. Es tut mir leid, wenn ich dich verletzt habe. Ich hab's nicht so gemeint.« Und als die Frau ihn ungläubig ansah, streichelte er ihr Gesicht und bekräftigte: »Ich weiß wirklich nicht mehr, was ich am Morgen gesagt habe«, woraufhin die Frau meinte: »Laß mal, ich weiß auch nicht, warum ich über dich hergefallen bin. Ich hatte einen harten Tag. Der Hund hat mich genervt. Ich weiß nicht, was ich mit ihm machen soll.«

»Du wirst ihn erziehen müssen«, meinte der Mann.

Die Frau entgegnete: »Ja, wenn ich mich dafür entscheide, daß er bleiben darf.«

Der Mann sagte: »Du solltest dich schnell entscheiden.«

Die Frau erklärte: »Ich weiß gar nicht, wie man so ein Tier überhaupt erzieht.«

Der Mann meinte: »Das werde ich dir schon zeigen.«

Dann diskutierten sie, in welches Restaurant sie gehen wollten und wer die Rechnung übernehmen würde. Der Mann sagte: »Ich lade dich ein«, und die Frau wehrte ab: »Du hast mich gestern schon eingeladen, heute lade ich dich ein.« Er nahm sie in die Arme: »Laß dich nicht ausnehmen. Du hattest doch nur einen Kaffee. Noch nicht einmal mit Kuchen. Wieso hast du eigentlich keinen Kuchen bestellt?«

»Weil ich aufgeregt war«, erwiderte die Frau.

»Du hast nichts verpaßt«, meinte er, »meiner war widerlich.«

»Ja. Ich habe gesehen, wie du gelitten hast«, sagte die Frau.

»Aber in der Vitrine hat er gut ausgesehen«, gab der Mann zurück.

»Ja«, sagte die Frau, »ausgesehen hat er gut.«

Sie ging ins Schlafzimmer, um sich umzuziehen, und bat den Mann, inzwischen den Hund spazierenzuführen.

»Er war den ganzen Tag in der Wohnung«, erklärte sie, »und er hat auf den Fußboden im Badezimmer gepinkelt.« Aber sie sagte es ohne Wut, sogar eher fröhlich. Der Mann legte dem Hund das Halsband um, doch es war zu weit, und er fragte die Frau, ob sie etwas Spitzes im Haus habe, mit dem man Löcher machen könnte. Die Frau, die nun schon besser gelaunt war, rief ihm aus dem Schlafzimmer zu: »Neben dem Herd, in der obersten Schublade links, ist eine Schere.« Der Mann fand die Schere, nahm dem Hund das Halsband ab, legte es auf den Küchentisch, trieb die Spitze hinein, drehte sie hin und her, hob das Halsband hoch, um es zu begutachten, und sagte: »Komm her, laß es uns mal anprobieren.«

Der Hund verstand die Sprache des Mannes schon ein wenig und kam zu ihm gelaufen; den Knochen, der bereits zernagt war und den er langsam über hatte, ließ er fallen.

»Perfekt«, sagte der Mann zum Hund und hakte die Leine am Halsband ein. »Wir gehen dann mal«, rief er der Frau zu. »Zieh dich sexy an.«

Die Frau stand in Unterwäsche vor dem langen Spiegel an der Innenseite der Schranktür. Sie bemerkte einen roten Kratzer auf ihrem Bauch und wußte nicht, ob er von dem Mann oder von dem Hund stammte, zog es jedoch vor zu denken, daß er von dem Mann sei. Das schwarze Kleid, das sie gestern getragen hatte, lag auf dem Fußboden. Der zerstörungswütige Welpe fiel ihr wieder ein, und sie hob erschrocken das Kleid auf, breitete es auf dem Bett aus und richtete die Leselampe darauf, um es aus der Nähe zu untersuchen. Aber wie sich herausstellte, hatte der Hund das Kleid verschont. Sie konnte es heute abend sowieso nicht anziehen. Sie stand vor dem Schrank und suchte etwas anderes, das noch mehr in Richtung sexy ging, und fand nichts, weil sie ihr einziges Kleid, das sexy war, tags zuvor verschwendet hatte. Dann fragte sie sich, ob es ernst gemeint war, als der Mann gesagt hatte: »Zieh dich sexy an.«

9

Der Mann und der Hund gingen hinunter auf die Straße. Das Halsband war dem Hund lästig, doch er war so glücklich über den Spaziergang, daß er weiter vorandrängte. Den Mann befiel plötzlich panische Angst. Den ganzen Tag hatte er hin und her überlegt, ob er am Abend bei der Frau vorbeischauen oder lieber ein paar Tage verstreichen lassen sollte, um sie über die Spielregeln aufzuklären, oder ob er gar überhaupt nicht mehr auftauchen und ihr am Telefon die kalte Schulter zeigen sollte, falls sie es wagte, ihn noch einmal anzurufen. Er war sich seiner Haltung ihr gegenüber nicht sicher. Im vergangenen Jahr hatte er so viele *blind dates* gehabt, daß er fürchtete, mit jeder Verfeinerung seiner Balztechnik ein Quentchen seiner Urteilskraft einzubüßen.

Das *blind date* mit der Frau war von einer Freundin von ihm eingefädelt worden, die selbst einmal ein *blind date* von ihm gewesen war. Zwei Monate lang hatten sie eine Beziehung miteinander gehabt, manchmal war er zum Schlafen bei ihr geblieben, und sie hatten bis tief in die Nacht Gespräche geführt. Er hatte ihr alles erzählt, was er über sich wußte. Sie hatte ihm von sich erzählt, von ihrer Vergangenheit, von ihren Ex-Freunden, von der Gegenwart, die so hoffnungslos schien, von ihrem ungestillten Verlangen nach einer Beziehung, und er hatte dann immer in wortloser Zustimmung genickt. Der Mann hatte die Beziehung beendet, ihr aber nicht die Freundschaft kündigen wollen. Sie sei ihm wichtig, hatte er erklärt, und er wolle sie nicht verlieren. Die Freundin hatte gesagt: »Ich will dich auch nicht verlieren.«

Danach fing sie an, *blind dates* mit ihren Freundinnen und mit Freundinnen von Freundinnen für ihn einzufädeln, und sie wußte nicht, was sie mehr genoß: zu sehen, wie er sie ablehnte oder wie sie ihn ablehnten. Immer mußte sie sich die Geschichte von beiden Seiten anhören, und immer gab sie vor, auf der Seite des Mannes zu stehen, denn sie wollte, daß er weiterhin mit ihren Freundinnen ausging und sich von ihnen trennte und ihr hinterher, in der Nacht, auf ihrem Balkon, alles erzählte. In erster Linie aber wollte sie, daß er ab und zu dablieb, um erschöpft vom vielen Reden in ihrem Bett zu nächtigen.

Diesmal hatte er beschlossen, passiv zu bleiben. Seiner Kupplerfreundin hatte er gesagt: »Ich rufe nicht bei ihr an. Wenn sie will, kann sie aber gerne mich anrufen. Da sage ich nicht nein.«

Die Freundin hatte ihn dann am gestrigen Morgen angerufen und verkündet: »Ich habe der Freundin einer Freundin von mir deine Telefonnummer gegeben. Ich habe sie einmal auf der Straße gesehen, sie sieht ganz passabel aus.«

Er fühlte sich derart leidenschaftslos, daß er nicht einmal nachfragte, wie sie genau aussehe, wie alt sie sei und was sie mache. Am Nachmittag rief die Frau bei ihm an. Sie hatte eine angenehme Stimme. Anzeichen von Nervosität waren für ihn nicht zu erkennen. Sie erzählte ihm, daß sie von Beruf Übersetzerin sei und zu Hause arbeite, daß dabei nicht viel Geld herausspringe, sie aber irgendwie klarkomme, daß sie dreißig sei, und dies das erste Mal, daß sie bei so etwas die Initiative ergreife und anrufe, um ein *blind date* zu vereinbaren. Er hakte nach, ob sie generell so schüchtern sei, und sie gab ihm ein »Ja, generell schon« zur Antwort und meinte dann, wenn sie wirklich schüchtern wäre, hätte sie ihm diese Frage gar nicht erst beantwortet. Der Mann dachte bei sich: Sie klingt alles andere als dumm. Die Frau erkundigte sich, ob es ihn störte, daß *sie* angerufen hatte. Er antwortete: »Nein, im Gegenteil«, und sie verabredeten sich für denselben Abend in einem Café, das wegen seines Lärmpegels und der mangelnden Intimsphäre beliebt war für *blind dates*. Während er sich für die Begegnung umzog – wobei er sich zwischen einer bequemen, alten Jeans und einer neuen, die er noch nie getragen hatte und die ihn ein wenig zwickte, nicht entscheiden konnte –, fiel ihm ein, daß er vergessen hatte, seine Verabredung zu fragen, woran er sie erkennen würde.

Er kam eine Viertelstunde zu spät. Absichtlich hatte er einige gute Parklücken ignoriert, um nicht pünktlich zu sein. Er wollte die Frau dafür bestrafen, daß sie die Initiative ergriffen und bei ihm angerufen hatte. Als er schließlich doch parken wollte, fand er keine Lücke mehr und mußte ein teures Parkhaus aufsuchen. Dessenungeachtet war er auf dem Weg vom Parkhaus zum Café durch und durch mit sich selbst zufrieden.

Sein *blind date* wartete an einem kleinen Tisch für zwei, der von zwei großen Vierertischen flankiert war, an denen zwei Pärchen saßen. Die Frau wirkte verloren an ihrem kleinen Tisch. Meist war er derjenige, der auf die fremden Frauen warten mußte, die er angerufen hatte und die mit vorsätzlicher Verspätung zu den Verabredungen kamen. Sie entschuldigten sich dann immer und musterten ihn, ehe sie sich ihm gegenüber an dem Tisch niederließen, den er nach langem Hin und Her gewählt hatte.

Als er die Frau entdeckte – sie saß zwischen den beiden großen Tischen eingepfercht, rauchte eine Zigarette und warf nervöse Blicke in Richtung Eingangstür –, sah er sich selbst plötzlich in einem neuen und anrührenden Licht. Sofort mochte er die Frau, die an dem kleinen Tisch wartete. Jedenfalls hoffte er, daß sie es sei.

Er ging auf sie zu und stellte sich vor, und sie gaben einander die Hand. Die ihre war klein und kalt. Sie fragte, ob der Lärm und die Enge ihn störten, ob er lieber woandershin gehen wolle. Er überließ die Entscheidung ihr. Sie meinte: »Ich weiß nicht. Was meinst du?« Er befand, sie sollten lieber bleiben, er habe keine Lust, schon wieder auf Parkplatzsuche zu gehen.

Sie war zierlich und hatte glattes, schwarzes Haar, das ihr bis zu den Schultern reichte, schöne Augen und Lippen und eine kleine, kaum sichtbare und sehr reizvolle Narbe unterm Kinn. Er wollte sogleich wissen, wie es dazu gekommen sei. Es schien ihm ein gutes Thema, um das Eis zu brechen. Sie antwortete lächelnd: »Ich bin als Kind vom Fahrrad gestürzt.« Dann fragte sie ihn, ob er auch Narben habe, und er erwiderte, er habe eine große, häßliche am Knie, von einer Glasscherbe, die sich ihm ins Bein gebohrt habe, als er in seiner Kindheit einmal von der Schaukel geflogen sei. Sie sagte: »Immer sind es Fahrräder oder Schaukeln.«

Er hatte sich ein dünnes kleines Mädchen mit schwarzem Haar auf einem Fahrrad vorgestellt. Das hatte ihm irgendwie gefallen. Auch jetzt sah sie nicht wirklich erwachsen aus: Mit ihrem zierlichen Körperbau, dem Lächeln und der kleinen Narbe wirkte sie kindlich in seinen Augen und löste in ihm sowohl den Wunsch aus, sie vor dem Sturz vom Fahrrad zu bewahren, als auch das Verlangen, mit ihr zu schlafen.

Am Morgen, nachdem er gegangen war, hatte ihn sein Gewissen geplagt. Er hätte ihr nicht sagen sollen, daß er nicht wisse, ob er am Abend vorbeikommen würde. Sie hatte ein klares Ja oder Nein verdient. ›Es ist das Vielleicht, das die Frauen in den Wahnsinn treibt.‹ Er war sich dessen wohl bewußt, und doch gelang es ihm nie, sich zu beherrschen. Dabei war sie ganz in Ordnung, diese Frau. Sie hatten einen amüsanten Abend gehabt. Die meiste Zeit hatte sie ihm still zugehört, hatte sich interessiert gezeigt und Fragen gestellt. Gute Fragen – solche, die echtes Interesse bekundeten –, und er hatte sie gerne beantwortet. Ihm fiel wieder ein, daß er sie so gut wie nichts über ihre Person gefragt hatte, und er fühlte sich ein wenig schuldig. Wie rücksichtslos von ihm. Andererseits hatte sie schließlich gesagt, sie sei schüchtern – wirklich schüchterne Menschen waren dankbar, wenn jemand anderes das Reden übernahm –, und das hatte seine Lust gesteigert.

Am heutigen Mittag hatte er dann beschlossen, sie nicht wiederzusehen, weil sie eine seiner Regeln verletzt hatte: Sie hatte ihn gefragt, ob er sich wieder melden würde. Sie krallt, hatte er sich gesagt. Oder sie beherrscht das Spiel nicht. Andererseits trieb sie vielleicht ein anderes Spielchen, das wiederum ihm unbekannt war. Auch das war möglich. Vor zwei, drei Jahren, selbst vor einem Jahr noch wäre ihm das nicht in den Sinn gekommen. Damals war er seiner selbst sicherer gewesen, und weniger einsam.

Er hatte noch nie eine Beziehung gehabt, die länger als zwei, drei Monate gehalten hatte, und in diesen zwei, drei Monaten hatte sich immer alles nur darum gedreht, das nächste Wiedersehen auszuhandeln. Ein ermüdendes Feilschen, dessen Ausgang von vornherein feststand: Er trug stets den Sieg davon, da er derjenige war, der bestimmte, wann damit Schluß war.

Er war dreiunddreißig und seiner Regeln, Verhandlungen und Spielchen müde. Obwohl diese Regeln, Verhandlungen und Spielchen durchaus etwas für sich hatten; das sagte ihm auch seine Kupplerfreundin immer, die alles, was er tat, bewunderte. Doch die meisten seiner Freunde waren inzwischen verheiratet, sie lebten nach anderen Regeln und führten andere Verhandlungen, die ihm wichtiger vorkamen als seine eigenen. Und Spielen war etwas, das sie mit ihren Kindern taten.

Der Mann war so sehr in seine Gedanken vertieft, daß er die Bedrängnis des Hundes nicht bemerkte. Der Welpe war am Husten und Röcheln, drängte aber trotzdem vorwärts; das würgende Halsband sollte ihm das Glücksgefühl der Freiheit nicht verderben. Der Mann brachte ihn mit einem Ruck an der Leine zum Stehenbleiben, bückte sich und öffnete die Schnalle des Halsbands. Da an passender Stelle kein Loch vorhanden war, beschloß er, den Hund frei laufen zu lassen und zu sehen, ob er ausbüxen würde. Der Hund blieb dicht bei ihm. Zwar hatte er am Nachmittag, als die Frau hinter ihm hergewesen war und versucht hatte, ihn zu treten, einen furchtbaren Augenblick der Ungewißheit erlebt, doch das hatte er bereits vergessen. Er hatte ein kurzes Gedächtnis, und er wollte ein Zuhause.

10

Als sie vom Spaziergang zurückkehrten, saß die Frau auf dem Sofa im Wohnzimmer. Sie trug eine verwaschene Jeans und ein schwarzes Top, dessen Träger herabgerutscht waren. Keinen von beiden drängte es, in ein Restaurant zu gehen, doch da sie einander nicht enttäuschen wollten, sagten sie nichts. Der Mann hätte sich gern neben die Frau auf das Sofa gesetzt, ferngesehen und eine Pizza bestellt, und die Frau wäre lieber zu Hause geblieben, um zu sehen, wie sich die Sache mit dem Mann entwickeln würde. Sie war müde.

Bevor sie sich mit dem Mann getroffen hatte, war sie im Laufe des letzten Jahres mit zwei Männern ausgegangen. Den jungen Rechtsanwalt hatte sie auf einer Party kennengelernt. Sie tanzten zusammen, und dann nahm er sie mit zu sich nach Hause, sie solle sich seine Wohnung ansehen, im zehnten Stock eines beängstigenden Marmorturms im Norden der Stadt. Sie äußerte ihre Bewunderung für seine Möbel, obwohl sie sie abscheulich fand. Sie ähnelten dem Wohnhaus, und in gewissem Maße ähnelten sie auch dem Rechtsanwalt, der sehr groß und blaß war. Den ganzen Abend bedrängte er sie, sich doch den Ausblick anzusehen – dabei bestand dieser Ausblick nur aus einem großen Schnellstraßenkreuz und einigen fernen Fabrikschornsteinen. Dann gingen sie miteinander ins Bett.

Am Morgen erklärte ihr der junge Rechtsanwalt, er wolle am Abend etwas für sie kochen. »Sag mir, was du magst«, meinte er, »und ich mach's dir.« Beinahe wäre ihr herausgerutscht, ihr sei alles recht, doch der Gedanke an einen weiteren Abend in dieser Wohnung mit den Schnellstraßen und den häßlichen Möbeln deprimierte sie. Sie entgegnete, daß sie schon etwas vorhabe. Einige Tage später rief er an und erbot sich, sie in ein teures Restaurant auszuführen. Sie erklärte ihm, daß sie an weiteren Begegnungen mit ihm nicht interessiert sei, und nachdem sie aufgelegt hatte, stellte sie sich vor, wie der junge Rechtsanwalt mit dem schnurlosen Telefon durch seine große Wohnung tigerte und dabei auf das Schnellstraßenkreuz und die Schornsteine hinausschaute. Sie fragte sich, ob er wohl gerade den weißen Frotteebademantel trug, auf dem in Gold sein Vorname gestickt war, den Bademantel, der an einem Chromkleiderhaken im Badezimmer gehangen hatte. Sie fand ihn bedauernswert.

Jetzt mußte sie wieder daran denken, wie der junge Rechtsanwalt und sie im Wohnzimmer auf der weißen Ledercouch gesessen, Weißwein getrunken und hinaus in die Dunkelheit geschaut hatten. Sie erinnerte sich, wie er aufgestanden war, um ihr Wein einzuschenken, und wie das Leder gequietscht hatte, als er sich wieder neben ihr niederließ. Er hatte sein Glas auf dem niedrigen Tisch – vier Metallbeine mit einer milchigen Glasplatte darauf – abgestellt und gemeint: »Wenn dir danach ist, können wir miteinander schlafen.«

Sie gingen zusammen ins Schlafzimmer und zogen sich schweigend aus. Jeder legte seine Kleidung auf einen der beiden identischen Stühle, die wie gelangweilte Wächter zu beiden Seiten des Betts postiert waren. Das Ganze kam ihr eher wie ein abgeleiertes Zubettgehritual vor als wie das Vorspiel zu einem Fick. Sie legte sich rücklings aufs

Bett und ließ ihn gewähren, als er mit seinen dünnen Fingern über ihren Bauch fuhr und in der Dunkelheit ihre Lippen suchte. Als er sie küßte, registrierte sie still, daß er die Zunge eines Chamäleons hatte – schnell, automatisch und begierig. Der junge Rechtsanwalt drehte sich zur Seite, öffnete eine Schublade in dem Nachttisch, der neben dem Bett stand und ein Zwillingsbruder des niedrigen Tischs im Wohnzimmer zu sein schien, und holte eine Packung Kondome heraus. Mit derselben Gewandtheit, mit der er ihr den Wein eingeschenkt hatte, schälte er eines aus der Verpackung und streifte es sich über. Ihr war klar, daß sie einen Fehler begangen hatte, und sie tröstete sich mit dem Gedanken, wie gut es doch sei, daß er sich wenigstens um diese Dinge kümmerte, wenngleich sie die ganze Affäre inzwischen ebenso häßlich und fabrikmäßig fand wie die Landschaft, die durch die Fenster zu sehen war.

Zwei Wochen später war sie zu ihrem ersten *blind date* gegangen. Der geschiedene Kunstmaler hatte sich mit ihr in einer Kneipe im Süden der Stadt verabredet. Er war fünfzehn Jahre älter als sie und untersetzt, trug einen graumelierten Bart und hatte schütteres graumeliertes Haar, das zu einem kleinen Pferdeschwanz zusammengebunden war und nur ein dünnes Ringelschwänzchen ergab. Die Zähne ihres ersten *blind date* waren nikotinverfleckt.

Der geschiedene Maler zeigte in keiner Weise Interesse an ihrer Person. Er redete über sich selbst, über seine Malerei, seinen Genius und seine Armut und über seine drei pubertierenden Töchter, die ihm das Leben sauer machten. Auch über seine Ex-Frau hörte er nicht auf zu lästern, und die

Frau konnte sich des Eindrucks nicht erwehren, daß er noch immer in sie verliebt sei. Sie saß ihm gegenüber und trank still ihr Bier. Der geschiedene Maler sagte, es sei ihm wichtig klarzustellen, daß er keine Beziehung suche. Er leerte das Glas Brandy, das er bestellt hatte, lehnte sich zu ihr hinüber, berührte ihre Wange und sagte: »Ich suche einen Fick.«

Die Frau gab zurück: »Wenigstens bist du ehrlich.«

Der geschiedene Maler meinte: »Bin ich auch – wenn ich geil bin.«

Die Frau erkundigte sich: »Wie lange hast du nicht gevögelt?«

Sie fand, daß er sehr anders sei als der junge Rechtsanwalt, der genauso milchig-opak und spiegelglatt gewesen war wie die Tische in seinem Wohn- und Schlafzimmer. Das Schicksal hat mir zwei Extreme beschert, dachte sie, und wenn sie erst einmal beide kennengelernt hätte, wäre sie vielleicht fähig, das zu erkennen, was noch dazwischen lag: die gesunde Mitte, den normalen und vernünftigen Kompromiß, von dem alle die ganze Zeit redeten.

Der geschiedene Maler antwortete: »Sechs Monate. Und du?«

»Ich habe vor zwei Wochen gevögelt.«

Der geschiedene Maler näherte sein Gesicht dem ihren. Er hatte einen üblen Mundgeruch von Zigaretten, billigem Brandy und noch etwas anderem. Er winkte die Kellnerin herbei und bestellte sich noch ein Gläschen, ohne die Frau nach ihrem Wunsch zu fragen. Dann zerdrückte er seine leere Zigarettenschachtel, nahm sich eine von ihren Zigaretten, zündete sie an und fragte: »Hast du Bock, mich zu vögeln?«

Plötzlich vermeinte die Frau, sich nach dem jungen

Rechtsanwalt zu sehen, aber sie wußte genau, daß es zu spät war, sich derlei Sehnsüchte auszuspinnen. Zu dem geschiedenen Maler sagte sie: »Ja. Wenn du willst, vögle ich dich.«

Und dann war ein Gnadenakt daraus geworden. Der geschiedene Maler hatte kein Auto, denn er war arm und hielt auch nicht viel von Autos. Ihr war klar, daß dies Teil der Lüge war, die er sich selbst auftischte, und daß diese Lüge einen Teil des schlechten Geruchs ausmachte, der aus seinem Mund kam – dieses Geruchs, der bald zu einem Teil von ihr werden würde. Sie dachte an die Ex-Frau des geschiedenen Malers, die ihn vor die Tür gesetzt hatte, und rechnete sich aus, daß der geschiedene Maler wohl nicht nur ein schlechter Ehemann, sondern auch ein schlechter Maler war. Sie nahmen ein Taxi zu ihr nach Hause, und sie bezahlte. Der Fahrer, ein junger und sehr gutaussehender Mann – ein Typ mit studentischem Aussehen, ein Typ, mit dem sie noch vor wenigen Jahren eine Beziehung hätte haben können –, betrachtete sie im Rückspiegel, als würde er sie bedauern. Einen Augenblick lang hatte es etwas Erregendes, Opfer zu sein.

Sie gingen hinauf in ihre Wohnung, und der geschiedene Maler legte sich der Länge nach auf ihr Sofa und öffnete sich die Hosenknöpfe. Sie machte kein Licht an. Sie kniete neben dem Sofa nieder und begann ihn zu streicheln. Der geschiedene Maler fragte: »Gibt's hier was zu trinken?«, und die Frau antwortete: »Im Kühlschrank ist Wein. Soll ich ihn holen?«

Er sagte: »Ja, hol her, was du da hast.« Sie ging in die Küche, öffnete den Kühlschrank und holte die Flasche

Weißwein heraus, die sie einmal geschenkt bekommen und für eine besondere Gelegenheit aufgespart hatte. Auch Strafen, sagte sie sich, müssen gefeiert werden. Sie zog den Korken und schenkte ein volles Glas für den geschiedenen Maler ein; sie selbst trank Wasser aus dem Hahn, bis sie hörte, wie er mit verrauchter Stimme aus dem Wohnzimmer nach ihr rief. Als sie in das dunkle Zimmer zurückkam, sah sie, daß der geschiedene Maler bereits vollständig ausgezogen war. Seine Kleider lagen auf dem Fußboden, und er lag, die Hände hinter dem Kopf verschränkt, auf dem Rücken da und wartete.

Sie hatte sich gesagt: Das muß ich mir gut merken. Wenn ich mir das merke, mache ich solche Sachen nicht mehr. Und wenn ich solche Sachen nicht mehr mache, bessert sich vielleicht mein Leben. Sie stellte das Glas auf den Tisch, und der geschiedene Maler nahm es, trank von dem Wein und hickste kurz. Ihr schwante, daß sie sich den ganzen Abend über etwas vorgemacht hatte: daß nämlich der junge Rechtsanwalt und der geschiedene Maler doch nicht zwei entgegengesetzte Extreme waren, sondern zwei entgegengesetzte Versionen desselben Extrems. Einen Augenblick lang stand sie reglos da und dachte: Vielleicht bin ich ja genausowenig auf eine Beziehung aus. Dann beugte sie sich über den geschiedenen Maler und blies ihm einen.

Der geschiedene Maler stöhnte und wand sich wie eine Eidechse, doch nichts geschah. Er hatte keine Erektion und bemühte sich weder um eine Erklärung, noch entschuldigte er sich dafür. Sie ließ von ihm ab und nahm einen Schluck von seinem Wein. Der geschiedene Maler stand auf, wanderte in dem dunklen Zimmer umher, warf einen Blick aus dem Fenster und meinte zu ihr: »Von hier aus sieht man ja nichts als Wohnblocks. Du solltest dir mal den Ausblick aus meinem Studio ansehen, komm mal vorbei. Du wirst sehen, was ich für einen Ausblick habe, eine authentische Industrielandschaft, total entfremdet. Wahnsinn. Solche Landschaften findet man heute nicht mehr.« Sie sagte nur: »Ja.« Der geschiedene Maler zog sich an, leerte mit einem Schluck den restlichen Wein und fragte, ob er sich noch ein paar Zigaretten mitnehmen dürfe. Sie antwortete: »Nimm dir die ganze Schachtel.«

Nachdem der geschiedene Maler gegangen war, hatte sie sich ausgezogen, geduscht und sich das weite, weiße Polohemd übergezogen, das sie über alles liebte. Dann hatte sie sich die Zähne geputzt und war ins Bett gegangen. Sie hatte nichts empfunden. Selbst der Ekel, auf den sie gewartet hatte, wie man nach einem anhaltenden Brechreiz auf das erlösende Kotzen wartet, war ausgeblieben.

11

Der Mann sah die Frau in den ausgebleichten Jeans und dem Top auf dem Sofa sitzen und dachte an das kleine Mädchen, das vom Fahrrad gefallen war. Er wollte sie in die Arme schließen. Er setzte sich neben sie auf das Sofa, und sie begannen zusammen das Fell des Hundes nach Zecken abzusuchen. Ihre Finger wühlten im Fell, begegneten einander und verhakten sich, und ein sanfter Augenblick von Stille, Aussöhnung und Zuhause lag in der Luft, zumindest aus der Sicht des Hundes, der in ihrem Schoß einschlief.

Sie konnten keine Parasiten entdecken und verschwanden abermals im Schlafzimmer. Als sie wieder herauskamen, war es schon sehr spät.

»Wir sind nicht essen gegangen«, stellte der Mann fest, setzte sich neben den Hund auf das Sofa und schaltete den Fernseher ein.

»Runter mit dir«, sagte die Frau und schubste den Hund weg. Sie setzte sich neben den Mann und streichelte mit den Fingerspitzen seinen Oberschenkel.

»Soll ich etwas zu essen machen?«

Der Mann nickte. Er hatte Hunger.

Die Frau ging ins Schlafzimmer und kam in ihrer Unterhose und dem lila T-Shirt des Mannes zurück. Der Mann fragte nach, ob er ihr irgendwie behilflich sein könne, und sie erwiderte: »Bleib sitzen. Ich sage dir Bescheid, wenn es soweit ist.« Der Hund lief ihr hinterher in die Küche.

Sie holte eine große Zwiebel, Tomaten, schwarze Oliven und ein Gläschen Anchovis aus dem Kühlschrank. Sie schnitt die Zwiebel klein, schälte einige Knoblauchzehen, stellte eine Pfanne aufs Feuer und erhitzte darin Olivenöl. Dann entnahm sie dem Tiefkühlfach eine kleine Tüte mit Basilikumblättern, die sie vor einigen Monaten – vielleicht länger, sie wußte nicht mehr, wieviel Zeit verstrichen war, seit sie das letzte Mal auf den Markt gegangen war – eingefroren hatte. Früher war sie immer auf den Markt gegangen, um das frischeste Gemüse und Obst und die frischesten Kräuter auszusuchen. Immer hatte sie mit den Händlern ein geheimnisvolles Lächeln ausgetauscht, als wären auch sie zu den großen Abendessen eingeladen, die sie früher regelmäßig für ihre Freunde gegeben hatte. Sie waren immer in Paaren gekommen.

Manchmal hatten die Paare vorher angerufen und gefragt, ob sie einen Freund mitbringen könnten – jemanden, der aus dem Ausland zu Besuch gekommen war, jemanden, der unverhofft bei ihnen hereingeschneit war, jemanden, den sie extra für sie hervorzauberten –, und sie hatte dann für den ihr Zugedachten ein zusätzliches Gedeck aufgelegt. Schon im Verlauf des ersten Gangs hatte sie erkannt, daß nichts daraus werden würde. Ob winterliche Vorspeisen wie Pflaumen mit Fleischfüllung, gebratene Auberginen gespickt mit Pinienkernen oder überbackene Tomaten auf provençalische Art, ob sommerliche Hors d'œuvres wie Feigen mit Ziegenkäsefüllung, Saubohnensalat mit Knoblauch oder gegrillte Gemüsepaprika in Balsamico – sie hatte immer gleich gewußt, daß doch nichts daraus werden würde.

Die Frau stand vor der Spüle und hielt das Basilikumtütchen unter den Warmwasserstrahl. Sie hörte den Fernseher im Wohnzimmer laufen – im Kabelfernsehen wurde ein altes Musical ausgestrahlt – und sah, wie das Tütchen unter dem Wasser die Farbe veränderte und transparent wurde, wie die grünen Blätter zum Vorschein kamen und die Eisschicht schmolz und ins Becken gespült wurde, und sie spürte, daß sie auch die Köchin in ihr auftaute, die eines Tages die Nase voll gehabt und rebelliert hatte und in einen langen Schlaf verfallen war.

»Wie sollen wir ihn nennen?« fragte die Frau, nachdem sie gegessen und die Spaghettireste in den neuen Napf des Hundes gekippt hatten.

»Keine Ahnung«, antwortete der Mann. »Zuerst mußt du sicher sein, daß du ihn überhaupt haben willst. Es wäre doch absurd, ihm erst einen Namen zu geben und ihn dann auszusetzen.«

»Aber wir könnten uns wenigstens ein paar Namen ausdenken«, meinte die Frau und räumte das Geschirr vom Tisch ab. »Damit wir einen haben. Wenn wir uns entscheiden.«

12

Die Freude am Kochen überfiel die Frau wie der aggressive Schub einer unheilbaren Krankheit. Am Morgen erwachte sie früh, sprang aus dem Bett, schloß leise die Schlafzimmertür hinter sich und nahm den Hund mit in die Küche, damit er den Mann nicht störte. Durch die Balkontür drang ein weiches Licht. Der Welpe tummelte sich in der Küche und beschnupperte die Ritzen zwischen den Schränken, den Spalt unter dem Kühlschrank und die Holzbeine der Stühle, auf denen der Mann und die Frau in der Nacht gesessen hatten. Sie beobachtete ihn und wurde plötzlich von Liebe für ihn durchflutet. Schon immer hatte sie sich gewünscht, einen Hund zu haben. Immer hatte sie gedacht: Wenn ich einmal ein richtiges Zuhause habe, hole ich mir einen Hund. Jetzt aber fand sie, daß es auch umgekehrt funktionieren könne. Sie holte Wurst und Käsereste aus dem Kühlschrank und legte sie dem Hund in seinen Napf. Den Aluminiumtopf mit seinem Wasser leerte sie in die Spüle und goß Milch hinein. Dann setzte sie Wasser für einen Kaffee auf und betrachtete, an die Arbeitsplatte gelehnt, den Hund, der, seiner neuen Aufgabe nicht bewußt, gierig fraß und trank. Sie dachte: Der Kühlschrank muß aufgefüllt werden. Heute ist Großeinkauf angesagt. Der Hund hatte inzwischen aufgefressen und machte sich daran, den Napf auf dem Fußboden umherzuschieben. Die Frau nahm den Napf und stellte ihn auf die Arbeitsplatte, damit der Lärm den Mann nicht weckte. Sie setzte sich an den Tisch und trank ihren Kaffee. Der Hund saß auf seinem Hinterteil und schielte hinauf zu seinem Napf. Der Mann, die Frau und sein Plastiknapf waren jetzt seine ganze Welt.

Plötzlich wurde die Frau von Panik erfaßt. Der gestrige Morgen fiel ihr wieder ein. Daß sie jetzt in vollen Zügen die Stille, das weiche Licht und den Hund sowie die imaginäre Einkaufsliste genießen und hier in der Küche herumhocken konnte, dieser Umstand hing, wie sie sich jetzt bewußt wurde, allein von dem Mann ab, der nebenan auf dem Bauch lag und fest schlief.

Vielleicht hatte er andere Pläne. Wenn er aufwachte, würde er sich hastig anziehen und sodann verkünden, daß er schon wieder zu spät zur Arbeit komme, vielleicht würde er diesmal aus Höflichkeit einwilligen, einen Kaffee zu trinken, und derweil schon seine Flucht planen. Er würde in der Küche sitzen und ein wenig mit dem Hund spielen, Kaffee trinken und eine ihrer Zigaretten rauchen, und sie würde genau wissen, daß er sich nicht auf den Kaffee und auch nicht auf den Hund konzentrierte, sondern auf das, was er zu ihr sagen würde, falls sie es wagte, ihn mit möglichst ruhiger Stimme – aber eine solche Stimme, der jahrelange Erfahrung die entsprechende Gleichgültigkeit verliehen hatte, kannte er natürlich – zu fragen: »Sehen wir uns dann heute abend?«

Als sie jünger gewesen war, hatte sie sich vorgenommen, niemals Spielchen zu spielen. In ihren Zwanzigern hielt sie sich meisterhaft daran. Sie hatte einige kurze Romanzen, die sie selbst beendete, immer mit einer Geradlinigkeit und Aufrichtigkeit, die diejenigen, von denen sie sich trennte, fassungslos machten, und immer mit einer gewissen Grausamkeit. »Ich bin nicht bereit, Spielchen zu spielen«, erklärte sie ihren Freundinnen, die sie deswegen tadelten. Später dann lernte sie den jungen Rechtsanwalt und den geschiedenen Maler kennen. Sie waren Spielchen in ihren Augen, aber Spielchen, deren Ziel es war, so hoch wie möglich zu verlieren. Darin war sie gut. Sie fand es beängstigend, in etwas derart Miesem zu brillieren.

Nach dem jungen Rechtsanwalt und dem geschiedenen Maler hatte die Frau zu einer gründlichen Untersuchung von Beziehungskisten angesetzt. Sie hatte ihre Freundinnen – diejenigen, die glücklich verheiratet zu sein schienen – über deren Anfänge befragt: Wie sie die Männer kennengelernt, was sie getan und gesagt hatten, wie sie gekleidet gewesen waren, was sie empfunden hatten –, als wollte sie sie um ein Rezept bitten. Das Wissen, daß jede Köchin bei der Weitergabe eines Rezepts traditionsgemäß eine geheime Zutat unterschlägt, hatte sie geflissentlich ignoriert.

Die Frau sperrte den Hund ins Badezimmer und betrat auf Zehenspitzen das Schlafzimmer. Der Mann schlief tief und fest, bis zum Hals vom Leintuch bedeckt, nur ein Fuß lugte heraus. Sie öffnete die Schranktür, holte eine Bluse heraus und hob ihre Jeanshose und ihren BH vom Fußboden auf. Sie trug die Kleidungsstücke ins Wohnzimmer und zog sich an. Auf dem Sofa fand sie ihr zusammengeknülltes schwarzes Top. Sie mußte wieder daran denken, wie der Mann sie in der Nacht ausgezogen hatte, er hatte sie gebeten, die Arme hochzustrecken, und hatte ihr das Top über den Kopf gezogen, so wie man ein Baby auszieht. Während sie auf dem Sofa saß und sich ankleidete, fand sie, daß zwischen der ersten und der zweiten Nacht ein himmelweiter Unterschied bestand. Wie er ihr das Top ausgezogen und ihr durcheinandergeratenes Haar glattgestrichen hatte, das war geradezu väterlich gewesen. Sie dachte zurück an die Nacht im Turm mit dem jungen Rechtsanwalt und an die halbe Nacht auf diesem Sofa mit dem geschiedenen Maler. Sie hatte den jungen Rechtsanwalt nicht berührt, der Maler hatte sie nicht berührt, und bei beiden hatte sie im voraus gewußt, daß sie sie nicht wiedersehen wollte. Das war bei dem Mann nicht so.

Sie ging ins Badezimmer, wo der Hund sie mit freudigem Gejaule begrüßte, putzte die Zähne und wusch sich das Gesicht. Dann ging sie wieder hinaus, schloß die Tür hinter sich und hörte, wie der Hund daran kratzte. Sie ging in die Küche, nahm Papier und Stift zur Hand und setzte sich, um dem Mann einen Zettel zu schreiben. Sie liebte es, Zettel zu schreiben. Es gab ihr das Gefühl von Kontrolle. Sie schrieb:

»Guten Morgen! Es ist Viertel nach sieben. Ich mußte los, tut mir leid. Ich wollte dich nicht wecken. Mach's dir bequem. Ich bin am Nachmittag wieder da. Es wäre gut, wenn Du mit dem Hund Gassi gehen könntest. Ich hab's zeitlich nicht mehr geschafft. Einen Schlüssel habe ich Dir hingelegt. Nimm ihn mit, die Tür fällt nämlich ins Schloß. Der Hund ist im Badezimmer. Ich habe ihn eingesperrt, damit er Dich nicht stört. Ich hoffe, Du hast gut geschlafen. Tschüß.«

Sie konnte sich nicht entscheiden, ob sie ›bis nachher‹ oder ›bis heute abend‹ oder ›bis irgendwann‹ schreiben sollte, doch das ›Tschüß‹ sollte so selbstverständlich klingen, daß keine Notwendigkeit bestünde, es weiter auszuführen. In letzter Sekunde fügte sie hinzu: »P.S. Die Milch ist alle.« In der Schublade ihres Arbeitstischs fand sie den Zweitschlüssel, legte ihn auf den Zettel, nahm ihre Tasche, verließ die Wohnung und zog leise die Tür hinter sich zu.

13

Der Mann erwachte und fand sich in einem verschlossenen Raum mit heruntergelassenen Jalousien wieder, in dem es nach Schlaf roch. Ein Blick auf den Wecker, der auf der Kommode stand, sagte ihm, daß es kurz vor zehn war. Bei dem Gedanken, heute nicht arbeiten zu müssen – der geniale Regisseur war krank –, kam Freude in ihm auf. Er dachte: »Ich frühstücke mit der Frau, danach könnten wir ein wenig spazierengehen, dann kommen wir wieder her, schlafen vielleicht miteinander, plaudern noch ein wenig, und dann gehe ich nach Hause.« Rein aus Prinzip beunruhigte es ihn, daß er schon seit zwei Tagen nicht zu Hause geschlafen hatte. Aber jetzt war der heutige Tag aus seiner Sicht perfekt geplant: Er könnte den einen Teil des Tages mit der Frau verbringen, und den anderen ohne sie.

Er stieg aus dem Bett, zog seine Unterhose an und trat in den Flur. Die Frau war nicht im Wohnzimmer, also ging er in die Küche und fand statt ihrer den Zettel mit dem Schlüssel. Er setzte sich an den Tisch, um den Zettel zu lesen, und wurde zunehmend wütend. Die Frau hatte eine schöne, runde Handschrift, die von Intelligenz zeugte, doch seine Wut war viel zu groß, um etwas davon wahrzunehmen. Er war sauer, daß sie ihn allein gelassen hatte und gegangen war. Es ärgerte ihn, daß sie ihn bat, den Hund auszuführen, gerade als ob es sich hier um ihrer beider Hund handelte. Und er war wütend über die Sache mit dem Schlüssel.

Seiner Ansicht nach hatte er drei Möglichkeiten: Erstens, den Zettel – den Zettel *und* den Hund – zu ignorieren, sich anzuziehen, die Wohnung zu verlassen und die Tür hinter sich ins Schloß fallen zu lassen. Zweitens, die Anweisungen auszuführen, allerdings nur ausschnitthaft: mit dem Hund hinauszugehen – denn ob der Hund ihnen beiden gehörte oder nur der Frau, er sollte nicht leiden müssen –, dann den Schlüssel auf dem Zettel zu hinterlassen – und zwar genau da, wo er vorher gelegen hatte – und die Tür hinter sich ins Schloß fallen zu lassen. Oder aber die Anweisungen, auch diejenigen, die ihm zwischen den Zeilen aufgehalst wurden, aufs i-Tüpfelchen genau auszuführen: mit dem Hund hinunterzugehen und ihn wieder nach oben zu bringen, dann zu gehen, die Wohnungstür abzuschließen und den Schlüssel zu behalten. Er beschloß, seine Entscheidung zu vertagen, bis er einen Kaffee getrunken hätte, doch da fiel ihm wieder ein, daß die Frau geschrieben hatte, die Milch sei alle. Das war der Punkt, der ihn letztendlich am meisten ärgerte.

Er wollte ins Badezimmer, um sich das Gesicht zu waschen, doch kaum hatte er die Tür geöffnet, stürzte sich der Hund auf ihn. Er war zum ersten Mal in seinem Leben eingesperrt worden und entsprechend verstört. Der Mann hob ihn hoch, streichelte ihm den Kopf, erzählte ihm von dem Zettel und dem Schlüssel und überlegte laut, wie er nun vorgehen sollte. Plötzlich war er von Liebe für dieses Hündchen durchflutet, als stünde es ihm näher als jedes andere Wesen auf der Welt. Bis er mit dem nackten Fuß in eine Pfütze trat. Ein Blick nach unten, und er setzte den Welpen ab, packte ihn am Genick, zerrte ihn zu der Pfütze und drückte ihm die Schnauze in den Urin. Der Hund jaulte und sträubte sich, doch der Mann hielt ihn so lange fest, bis er überzeugt war, daß der Hund seinen Fehltritt eingesehen hatte.

Kurz darauf tat es ihm leid. Nicht etwa um den Hund, der betreten zitternd unter dem Waschbecken hockte, vielmehr bereute er, daß er sich um dessen Erziehung bemüht hatte. Wozu? Er war schließlich nicht sein Hund. Der Mann ging ins Wohnzimmer und ließ sich auf dem Sofa nieder. Er hatte sich noch immer für keine der drei Vorgehensweisen entscheiden können und überlegte, ob es weitere Möglichkeiten gab, die er nicht in Betracht gezogen hatte. Den ungezogenen Hund ließ er im Badezimmer eingesperrt und ignorierte das Jaulen, das zu ihm herausdrang und in schakalartiges Geheul ausartete. Bei mir schindest du damit keinen Eindruck, dachte er.

Als er sich zurücklehnte, spürte er unter seiner Hand etwas Weiches. Er griff sich das Top der Frau und besah es sich genau. Einer alten Gewohnheit folgend, roch er an dem Stoff. Zwar konnte er keinen Duft ausmachen, der ihn seiner Entscheidung nähergebracht hätte, seine Wut hatte jedoch spürbar nachgelassen.

14

Die Frau saß in einem kleinen Café, eine halbe Stunde Fußweg von ihrer Wohnung entfernt. Als sie sich dorthin begeben hatte, war es noch früh gewesen. Die kühle Luft hatte sie frösteln lassen. Sie war schnell gelaufen, beinahe gerannt, und hatte sich schließlich in ein Café gesetzt, das ihr weit genug entfernt schien. Nun fragte sie sich, ob der Mann sich noch in der Wohnung aufhielt oder bereits gegangen war. Sie saß schon länger als zwei Stunden hier und hatte inzwischen zwei Tassen Milchkaffee getrunken und ein Stück Hefekuchen gegessen.

Sie überlegte, was passieren würde, wenn der Mann in ihren Schubladen und Schränken kramte und dort Dinge finden würde, die er auf keinen Fall sehen durfte. Sie ließ es zu, sich bei diesem Gedanken zu erschrecken, denn dieser Schreck hatte etwas Angenehmes; gleichzeitig wußte sie, daß sie im Grunde genommen nichts vor ihm zu verbergen hatte. Das war ja das Problem. In ihren Alben würde er nur Kinder- und Familienbilder und Fotos von einer Reise ins Ausland entdecken – freundliche Fremde waren ihrer Bitte nachgekommen und hatten sie abgelichtet: vor irgendeinem Museum stehend, von Möwen umgeben auf einer Klippe sitzend, auf einem Markt mit einer riesigen Tomate in der Hand, allein in einem Café. In ihrem Bücherregal würde er keine Bände mit mysteriösen Widmungen vorfinden, und auch ihr Schreibtisch barg kein belastendes Material. Sollte er einen Blick in die Schubladen werfen, würde er lediglich auf alte Rechnungen stoßen, die immer rechtzeitig bezahlt und in separaten Heftern abgelegt worden waren.

Auch wenn er den Kleiderschrank öffnete, würde er dort nichts finden, was Mißtrauen oder Eifersucht wecken könnte. Rechts würde er säuberlich aufgehängte Kleider, Röcke und Jacketts vor sich sehen, links T-Shirts und Jeans, und in der Mitte Strümpfe, Unterhosen, BHs und Pyjamas. Wenn er auf einen Stuhl steigen würde, stieße er in den Oberschränken auf Mäntel, Pullis und Winterdecken, deren Zeit, nach unten zu wandern, noch nicht gekommen war, denn der Herbst hatte gerade erst begonnen. Und der Herbst war wie immer nichts anderes als eine Reihe aufeinanderfolgender brütend heißer Tage, die einen Rückgang der Temperaturen verhießen.

Die Kellnerin fragte nach, ob alles in Ordnung sei und ob sie noch einen Wunsch habe, und die Frau verneinte lächelnd. Die Kellnerin war ungefähr in ihrem Alter, sehr groß und füllig, mit rotem, zu einem Pferdeschwanz gebundenem Haar. Zwischendurch ließ sie sich immer wieder an einem Ecktisch nieder, las Zeitung und nahm einen Happen von ihrem Brötchen, bis sie neu hinzugekommene Gäste bemerkte oder solche, die sie an ihren Tisch winkten. Dann stand sie auf, legte das Brötchen auf einen Teller, wischte sich die Hände an ihrer Schürze ab und eilte mit einem breiten Lächeln an den Tisch, der ihr Frühstück unterbrochen hatte.

Die Frau betrachtete die Kellnerin. Sie strahlte eine erhabene Ruhe aus, die gut zu ihrem hohen Wuchs und dem Pferdeschwanz paßte. Einen Augenblick lang verspürte sie Lust, die Kellnerin aufzufordern, sich doch zu ihr an den Tisch zu setzen. Sie hätte gerne alles mögliche von ihr erfahren: ob sie ihr Alter richtig geschätzt hatte, wie sie hieß, ob sie ihre Arbeit mochte, welches belegte Brötchen sie ihr besonders empfehlen würde, ob sie einen Freund hatte.

Die Frau war sicher, daß einem eine solchen Ruhe nicht in die Wiege gelegt wird. Die Kellnerin, dachte sie, ist nicht hübsch, sie ist übergroß, überschwer, Gesicht und Arme sind übersät mit Sommersprossen. Sie arbeitet hart, hetzt mit ihrem Schreibblock von einem Tisch zum anderen und schenkt den Gästen ein Lächeln, aber eigentlich, dachte die Frau weiter, lächelt sie allein für sich. Sie hat ein Geheimnis. Das ist klar.

Und die Frau konnte sich nichts Einleuchtenderes vorstellen als Liebe.

Je tiefer sie in die Geschichte der Kellnerin eintauchte, bemüht, daraus Kraft und Mut zu schöpfen und für sich einen Rat zu ersinnen, je mehr Einzelheiten sie hinzufügte – sie erfand die Wohnung der Kellnerin, deren Mann, wie er aussah und was er machte, und sie fragte sich, ob er jetzt im Bett der Kellnerin schlafend auf das Ende ihrer Schicht und auf ihre Rückkehr wartete –, desto weiter entfernte sie sich, wie sie erleichtert feststellte, von ihrer eigenen Geschichte, von ihrer Wohnung und dem Mann, von dem sie nicht wußte, ob er ihr gehörte, ob er jetzt in ihrem Bett schlafend auf sie wartete oder schon längst gegangen war und nicht mehr wiederkehren würde.

Die Kellnerin bemerkte den Blick der Frau, legte sofort ihr Brötchen ab und eilte an ihren Tisch, und die Frau, die sich mit dem Lächeln und der Ruhe konfrontiert sah, von denen sie plötzlich nicht mehr wußte, ob sie real waren oder, genau wie alles andere, nur von ihr erdacht, bestellte aus Verlegenheit, daß sie die Kellnerin herbemüht hatte, noch eine Tasse Kaffee.

Sie streute ein Tütchen Zucker in die Tasse und rührte um. Dann hob sie abermals, diesmal vorsichtig, den Blick, um verstohlen die Kellnerin zu beobachten, die, den Rücken ihr zugewandt, mit einem Gast sprach. Ihr kam der Gedanke, daß es sich vielleicht doch nicht um Liebe handelte, sondern um die relative Ruhe nach einem Kampf, eine Ruhe, die jeder sich aneignen könnte, eine Art erkaufter Ruhe. Die beinahe männliche Statur und die Korpulenz, die zu helle Haut und das strohige rote Haar, die Unmengen Sommersprossen, ja selbst der Busen, der auffiel, weil er zu klein war im Verhältnis zum Rest – das alles, überlegte die Frau, bewegte sich so koordiniert und natürlich vor ihren Augen, als wäre es anders gar nicht möglich. Als wäre es undenkbar, daß die Kellnerin nicht so hoch aufgeschossen wäre und nicht diese Sommersprossen im Gesicht und auf den Armen bekommen hätte; und auch das rote Haar gehörte dazu, und die Rundlichkeit und selbst der kleine Busen – sie alle waren Teil eines Plans, der nicht auf Bestätigung von außen wartete.

Jetzt dachte die Frau über den Körper des Mannes nach: Er war durchschnittlich groß, vielleicht war er sogar weniger groß als diese Kellnerin, er hatte durchschnittliche Schultern, den Ansatz eines Bauches, kurzes schwarzes Haar, durchschnittliche Arme, durchschnittliche Hände, abgeknabberte Fingernägel, ein Gesicht, das man sich nur mit Mühe genau merken konnte, und braune, ein wenig hündische Augen.

Letzten Endes, fand sie, sah er durchschnittlich aus, vielleicht sogar mittelmäßig. Er war intelligent, doch hatte sie von ihm noch nichts erfahren, was sie nicht vorher schon einmal gehört hätte, und obwohl es interessant war, ihm zuzuhören, war ihr bewußt, daß der Quell ihrer Aufmerksamkeit die Angst war.

Seit dem Abschluß ihres Studiums an der Universität, also schon seit fünf oder sechs Jahren, hatte diese Angst an allen möglichen Ecken gelauert, die Frau hatte sie als Schoßhündchen betrachtet, das es zu füttern und zu zähmen galt und das unterhalten und sorgfältig angeleint in regelmäßigen Abständen spazierengeführt werden mußte. Während all dieser Jahre hatte sie keine Ahnung gehabt, daß sie sich ein Monster heranzog. Daß diese Angst sich nicht damit zufriedengäbe, anonym zu bleiben, und eines Tages einen Namen für sich fordern würde, einen einprägsamen und zugleich unauffälligen Namen, wie etwa ›Angst vor dem Alleinsein‹. Der junge Rechtsanwalt und der geschiedene Maler waren letzte Versuche gewesen, die Angst auf ihren Platz zu verweisen, sie in Verlegenheit zu bringen, sie zu unterdrücken – doch die Angst hatte den Sieg davongetragen.

Es war die Angst gewesen, die eine Freundin gefragt hatte, ob sie nicht jemanden kenne, mit dem sie sie bekannt machen könnte. Die Angst war auch diejenige gewesen, die Hoffnung geschöpft hatte, als die Freundin erwidert hatte, sie würde eine Freundin fragen, die gesagt habe, sie kenne da jemanden. Dieselbe Angst hatte einen ganzen Tag lang vor dem Telefon gehockt und auf den Rückruf der Freundin gewartet, und die Angst war es dann auch gewesen, die keine Stunde später die Telefonnummer des Mannes gewählt hatte. Und natürlich hatte die Angst sie veranlaßt, diesen furchtbaren Fehler zu begehen, nämlich den Mann zu fragen, ob er sich wieder melden würde, womit sie ihm unausgesprochen die Frage gestellt hatte, ob er gewillt sei, sich mit der Angst einzulassen. Und Ehre, wem Ehre gebührt, dachte die Frau, diese Angst war ein Ausbund an Energie: Die Angst hatte nämlich auch den Plan mit dem Schlüssel ausgeheckt.

Und plötzlich kam ihr der Gedanke, daß die Ruhe der Kellnerin letztendlich doch nur dazu diente, ihre Verzweiflung zu tarnen. Daß jedes Lächeln im Grunde ein Hilfeschrei war, daß die Kellnerin von niemandem geliebt wurde, daß sie sich selbst nicht liebte, sondern sich ein anderes Leben und eine andere Arbeit und einen anderen Körper wünschte, und vielleicht hätte sie insgeheim sogar am liebsten mit der Frau getauscht.

Kurz vor eins verlangte die Frau die Rechnung, und die Kellnerin, die ihrerseits im Begriff war, ihre Schicht zu beenden, brachte sie ihr, gab ihr das Rückgeld und dankte ihr mit einem Lächeln für das großzügige Trinkgeld. Die Frau beschloß, auf dem Nachhauseweg über den Markt zu gehen, und brach mit der Ruhe eines Menschen auf, der soeben eine wichtige Entscheidung gefällt hat: Sie wollte den Mann haben. Sie wollte nicht werden wie diese Kellnerin. Keiner sollte eines Tages *sie* so ansehen – erst neugierig, dann mitleidig – und dann um kein Geld in der Welt mit ihr tauschen wollen.

15

Der Mann fühlte sich wohl auf dem Balkon der Freundin. Er spürte, daß er endlich atmen konnte, daß er nach zwei aufreibenden und verwirrenden Tagen endlich wieder er selbst sein durfte. Die Freundin brachte ihm eine Flasche kaltes Bier, öffnete geräuschvoll eine Tüte Chips und ließ sich im Schneidersitz auf dem Sessel neben ihm nieder. Zwei alte Sessel standen auf dem Balkon: Der eine war seiner, der andere ihrer.

Er hatte keine Milch gekauft. Er hatte den Hund kurz ausgeführt, und der Hund, dem der Vorfall im Badezimmer bereits entfallen war, hüpfte und sprang den ganzen Weg und schnappte nach den Hosensäumen des Mannes. Selbst ohne Leine wich er keinen Millimeter von der Seite des Mannes, auch als dieser beim Minimarkt stehenblieb, einige Zeit unschlüssig davorstand und dann doch nicht hineinging.

Dann kehrten der Mann und der Hund in die Wohnung zurück, der Mann rauchte noch eine Zigarette und las ein zweites Mal den Zettel der Frau, als könnten inzwischen neue Anweisungen hinzugekommen sein. Er überlegte hin und her, ob er auch den Zettel mitnehmen solle, quasi als wichtiges Beweisstück in einem Prozeß, der eines Tages noch stattfinden würde. Am Ende entschied er sich dagegen, weil die Frau dies womöglich zu seinen Ungunsten auslegen könnte. Er legte den Zettel zurück auf den Tisch, verließ die Wohnung, sperrte die Tür hinter sich ab und steckte den Schlüssel, getrennt von seinem eigenen Schlüsselbund, tief in die Hosentasche.

Jetzt spürte er, wie sich der Schlüssel in seinen Oberschenkel bohrte. Er hob sich ein wenig aus dem Sessel, steckte seine Hand in die Tasche und betastete den Schlüssel. Es war ein gewöhnlicher Schlüssel für ein einfaches Schloß.

Die Freundin erkundigte sich, wie das *blind date* gewesen sei, und der Mann erwiderte, es sei ganz gut gelaufen.

»Habt ihr miteinander geschlafen?« wollte sie wissen, und der Mann leerte mit einem Schluck den Rest Bier und nickte.

»Soll ich dir noch eins bringen?« fragte die Freundin, und noch ehe er antworten konnte, verschwand sie in der Wohnung und kam mit einer neuen Flasche zurück auf den Balkon.

»Komm schon«, sagte die Freundin, »erzähl. Wie war's?«

»Wie soll's schon gewesen sein«, meinte der Mann.

»Wie's gewesen sein soll?« lachte die Freundin. »Was ist denn mit dir los, bist du seit neuestem schüchtern?«

»Anscheinend ja«, gab der Mann zurück. »Anscheinend bin ich seit neuestem schüchtern.«

»Also, was ist?« fragte die Freundin. »Hast du gar nichts zu berichten?«

»Was willst du wissen?« fragte der Mann zurück und holte aus seiner Tasche das Päckchen Zigaretten, das er auf dem Weg gekauft hatte.

»Keine Ahnung«, erwiderte die Freundin und wühlte

in der Chipstüte. »Was macht sie noch mal? Sie ist Lehrerin, richtig?«

»Übersetzerin«, korrigierte der Mann.

»Ich dachte, sie ist Lehrerin«, sagte die Freundin, etwas enttäuscht. »Ich war überzeugt, daß sie irgend etwas mit Pädagogik macht.«

»Nein«, erklärte der Mann. »Sie ist Übersetzerin. Davon lebt sie.«

Die Freundin befiel eine schlimme Vorahnung. Der Mann hatte schon *blind dates* mit beeindruckenderen Professionen gehabt, schließlich hatte sie ihm Rendezvous mit Rechtsanwältinnen, Autorinnen, Architektinnen, Schauspielerinnen verschafft – warum also nahm er ausgerechnet diese Übersetzerin in Schutz? Eine Zeitlang saßen sie schweigend da, dann sagte der Mann unvermittelt: »Wir haben einen Hund.«

»Ihr?« fragte die Freundin.

»Sie. Wir haben ihn zusammen gefunden. Allerdings ist noch unklar, ob er bei ihr bleibt. Eventuell will sie ihm wieder den Laufpaß geben.«

»Oder dir.«

»Oder mir.«

»Oder du ihr.«

»Vielleicht«, sagte der Mann, »vielleicht sollte ich ihr tatsächlich wieder den Laufpaß geben.«

Es hatte etwas Beruhigendes zu wissen, daß er der Frau jederzeit den Laufpaß geben könnte, wenn die alten Feinde – die Ruhelosigkeit, die Langeweile, das Gefühl, abermals genarrt worden zu sein – ihn wieder überfielen. *Blind dates* versprachen immer viel und hielten nichts.

Was genau sie versprachen, vermochte er nicht zu definieren, doch das eine wußte er: Was immer es auch war, er bekam es nie. Das derzeitige *blind date*, beispielsweise, war durchaus verheißungsvoll. Er nahm sich jedoch fest vor, nicht zuzulassen, daß die Frau ihn enttäuschte. In dem Moment, wo sich eine Enttäuschung abzeichnete – und er war mittlerweile gut darin, leiseste Ansätze davon zu erkennen, es würde garantiert passieren, höchstens eine Frage von Tagen –, würde er sie wieder loswerden. Und dann würde er wieder auf diesem Balkon hocken, mit einer Flasche Bier und der Freundin und einer zu geräuschvoll knisternden Tüte Chips.

Plötzlich empfand er Sehnsucht nach der Frau und fragte sich, ob sie wohl die Urinpfütze im Badezimmer schon entdeckt hatte, ob sie sauer auf den Hund war, ob sie sauer auf ihn war und ob sie ihre Wut an dem Hund ausließ. Er stellte sich vor, wie die Frau den Hund schlug, und hörte ihn im Geiste winseln. In Gedanken ließ er die beiden sich wieder versöhnen. Dann malte er sich aus, wie die Frau und der Hund in der Wohnung saßen und auf ihn warteten, leerte das zweite Bier und schnippte die brennende Zigarette in den Hof.

16

Darüber, daß der Mann keine Milch geholt hatte, tröstete sich die Frau mit der Erkenntnis hinweg, daß er ganz offensichtlich den Schlüssel eingesteckt hatte. Auch die Urinpfütze im Badezimmer wischte sie auf, ohne sich aufzuregen. Sie gewöhnte sich langsam an die neuen Regeln. Es gab keinerlei Anhaltspunkte, ob der Mann den Hund ausgeführt hatte. Leine und Halsband lagen an derselben Stelle auf dem Tisch im Wohnzimmer wie in der gestrigen Nacht. Sie fand es bedauerlich, daß sie den Hund nicht ausfragen konnte, daß er ihr nicht erzählen konnte, wie der Morgen verlaufen war. Wenn er sprechen könnte, dachte sie, ließe er sich zu einem erstklassigen Spion ausbilden.

Sie stellte die Tüten vom Markt auf dem Küchentisch ab und sortierte das Gemüse, das Obst und den Käse in den Kühlschrank ein. Dann holte sie die Gewürzgläschen von dem Regal über dem Herd, kippte den vertrockneten Inhalt in den Mülleimer und füllte sie mit den frischen Gewürzen auf, die sie soeben in ihrer bevorzugten Gewürzhandlung besorgt hatte. Der Verkäufer hatte sie erkannt und gefragt, wohin sie denn so lange verschwunden sei. Sie tätigte dort einen Großeinkauf, der für tausend Abendessen reichen sollte.

»Für dich habe ich auch etwas besorgt«, erklärte sie dem Hund, der auf ihre Stimme mit einem erwartungsvollen Fiepen reagierte. Aus einer der Tüten zog sie einen Rinderknochen voller Mark und Knorpel und legte ihn neben seinen Napf auf den Fußboden. Trotz der ganzen Situation war sie guter Dinge. Sie beschloß, eine Flasche Bier aufzumachen und den Mann anzurufen. Das Bier sollte dafür sorgen, daß sie die Gefahren vergaß, die dieses Telefonat in sich barg, doch das Bier war nicht kalt. Sie stellte die Flasche ins Tiefkühlfach und ging duschen.

Als sie aus der Dusche kam, war es in der Wohnung schon duster. Sie ging in die Küche und sah den Hund im

Dunkeln, den Rücken ihr zugewandt, an der Balkontür liegen und an seinem Knochen nagen. Plötzlich fürchtete sie sich vor ihm. Sie sah ihn jetzt in einem neuen Licht: In ihrer Küche lag ein unberechenbares, wildes Tier. Sie erinnerte sich, einmal irgendwo gelesen zu haben, daß man Hunden kein rohes Fleisch geben solle, weil der Geruch des Blutes sie toll machte. Sie versuchte sich vorzustellen, wie der Welpe sie angriff. Die Vorstellung erschien ihr lächerlich, aber andererseits – was wußte sie schon über ihn? Sie hatte ihn auf der Straße aufgelesen und mit zu sich nach Hause genommen, ohne viel zu fragen, ohne etwas über seine Vergangenheit zu wissen, wo er vorher gelebt hatte, oder mit wem. Sie lehnte sich an den Kühlschrank und beobachtete ihn. Er war so sehr auf seinen Knochen konzentriert, daß er es nicht einmal für nötig hielt, ihren Blick zu erwidern. Er gehört mir nicht mehr, ging es ihr durch den Kopf, ich habe ihn verloren. Der Knochen war ein Fehler gewesen. Dennoch traute sie sich nicht, ihn ihm wegzunehmen.

Sie öffnete das Gefrierfach und berührte die Flasche, aber sie war noch immer nicht kalt. Dann zog sie aus ihrem Terminkalender den Zettel mit der Telefonnummer des Mannes, machte es sich auf dem Sofa im Wohnzimmer bequem, nahm das Telefon auf den Schoß und wählte die Nummer. Nach vier Freizeichen sprang der Anrufbeantworter an. »Ich bin nicht zu Hause, aber das ist euer Problem«, verkündete die Stimme des Mannes. Die Frau legte auf.

Dann ging sie in die Küche, öffnete das Gefrierfach und berührte abermals die Flasche. Der Hund schien eingeschlafen zu sein. Als sie nach ihm pfiff, wandte er sich, den riesigen Knochen zwischen den kleinen Kiefern und mit verzückten, halb geschlossenen Augen, nach ihr um.

Sie ging ins Wohnzimmer, schaltete den Fernseher ein und stellte den Ton ab. Ein zweites Mal wählte sie die Telefonnummer des Mannes, hörte sich noch einmal die Ansage an und legte wieder vor dem Pfeifton auf. Anschließend versuchte sie ihre Freundin zu erreichen; auch dort sprang ein Anrufbeantworter an, der verkündete: »Entweder bin ich nicht zu Hause, oder ich habe keine Lust dranzugehen. Hinterlaßt eine Nachricht. Ciao.«

Sie hinterließ der Freundin keine Nachricht, denn sie wollte nicht, daß sie später, wenn der Mann da wäre, zurückriefe. Sie hoffte, daß er wie gestern bald mit einem Geschenk für den Hund auftauchen würde. Aus der Küche hörte sie die monotonen Knabbergeräusche des Hundes – hätte sie ihm doch bloß den Knochen nicht gegeben, dann würde wenigstens er ihr jetzt Gesellschaft leisten. Indessen erschien im Fernsehen der Meteorologe mit guten Meldungen. Seine Stimme hörte sie zwar nicht, doch sah sie sein Stöckchen über die synoptische Karte hüpfen. Der Herbst war da. Jetzt war Schluß mit Prophezeiungen, Hoffnungen und Bauchgefühlen. Morgen würde es regnen. Sie sah den Meteorologen, umgeben von Wolken und Blitzsymbolen, und hinter ihm ein Bild mit einem Jungen und einem Mädchen, die Arm in Arm und von einem lächelnden Regenschirm geschützt in einer Pfütze planschten.

Sie wählte noch einmal die Telefonnummer des Mannes, und wieder ertönte der Anrufbeantworter. Dann wählte sie noch einmal die Telefonnummer der Freundin und knallte auch hier vor dem Pfeifton den Hörer auf die Gabel. Da fiel ihr plötzlich wieder ein, daß die Freundin heute abend zu einem *blind date* gegangen war. Sie beneidete sie. Ihr *blind date* mit dem Mann erschien ihr jetzt in weiter Ferne: die Augenblicke, in denen sie vor dem Spiegel gestanden und das schwarze Kleid anprobiert hatte, der vereinbarte Treffpunkt, der schreckliche Tisch, der ihr zugewiesen worden war, als wollte die Kellnerin all jene bestrafen, die allein in Cafés herumsitzen und den anderen Leuten den Spaß verderben. Und natürlich seine Verspätung. Und es hatte auch Augenblicke gegeben, in denen sie gefürchtet hatte, er würde nicht kommen; rückblickend erschienen sie ihr allerdings geradezu angenehm, ja voller Nostalgie im Vergleich zu dem, was sie jetzt durchmachte.

Plötzlich überkam sie ein Horrorszenario: Der Mann war das *blind date* ihrer Freundin. Als sie die Freundin gefragt hatte, mit wem sie ausgehe, hatte die Freundin geantwortet, daß sie nichts über ihn wisse. Auch die Frau hatte praktisch nichts über den Mann gewußt. Abermals wählte sie seine Nummer und hörte abermals die Ansage. Die Nummer der Freundin wählte sie nicht mehr.

Der Schlüssel fiel ihr wieder ein, und das beruhigte sie ein wenig. Wenn er den Schlüssel mitgenommen hatte, mußte er ihn wohl oder übel zurückgeben. Sie müßten einander also zumindest noch einmal treffen. Dann erschrak sie und lief zur Wohnungstür, um nachzusehen, ob er den Schlüssel vielleicht durch den Spalt unter der Tür wieder hineingeschoben hatte. Auf Knien rutschend suchte sie den Fußboden ab, aber der Schlüssel war tatsächlich weg.

17

Kurz vor Mitternacht kam der Mann nach Hause. Er hatte eine Einzimmerwohnung im Parterre, mit einer kleinen Küche, einem kleinen Bad zum Duschen und einem japanischen Paravent mit schneebedeckten Bergen, der sein Doppelbett vom übrigen Zimmer abschirmte. Er war länger als achtundvierzig Stunden nicht bei sich zu Hause gewesen, und die kleine Wohnung empfing ihn beleidigt und strafte ihn mit Staub, stickiger Luft und dem Geruch von Moder und schmutzigen Socken. Unter dem Fensterbrett sah er den Blumentopf mit dem Bonsai, den er einmal von der Freundin geschenkt bekommen hatte, in Scherben auf dem Fußboden liegen. Der starke Herbstwind, der am Abend eingesetzt hatte, mußte das Fenster zugeschlagen und die Pflanze hinuntergefegt haben. Das Bäumchen war noch heil, an den knorrigen Wurzeln hingen Bröckchen von Erde, doch der Tontopf war zersprungen.

Er hob den Bonsai auf und legte ihn sanft auf das Bett, dann hörte er den Anrufbeantworter ab. Ganze fünf Nachrichten, das enttäuschte ihn. Immerhin war er mehr als zwei Tage nicht zu Hause gewesen. Die erste Nachricht war von der Kupplerfreundin, die sich erkundigte, wie es so gehe und wie das *blind date* gewesen sei, und daß sie vor Neugier platze. Die zweite stammte von einer der Produktionsassistentinnen, einer jungen Frau von zweiundzwanzig Jahren, mit der er im letzten Winter eine kurze Affäre gehabt hatte. Sie informierte ihn darüber, daß auch am morgigen Tag nicht gedreht würde. Der dritte Anruf war von seinem besten Freund, der nachfragte, ob er am Freitag zum Abendessen kommen wolle, und ihm mitteilte, daß die Kleine ihn vermisse, der vierte war noch einmal die Freundin, die wissen wollte, wo er denn stecke und wohin er sich abgesetzt habe. Der letzte Anruf stammte von der Frau.

Es war eine lange und verwirrte Nachricht: Sie entschuldigte sich für die späte Uhrzeit, ohne diese zu nennen, und der Mann folgerte, daß sie vor nicht langer Zeit angerufen haben mußte. Sie sagte, dem Hund sei etwas Furchtbares zugestoßen. Und daß sie an allem schuld sei. Sie erzählte, wie sie ihm auf dem Markt einen Knochen gekauft und der Hund ihn abgenagt habe. Alles sei in bester Ordnung gewesen, bis er plötzlich zu ersticken drohte. Nun huste und röchle er, und sie wisse nicht, was sie tun solle. Sie habe keine Ahnung, wen sie rufen könnte. Es sei beängstigend. Womöglich würde er sterben. Sie bat ihn, so schnell wie möglich vorbeizukommen, wenn er die Nachricht abgehört habe. Dann herrschte Stille, und er hörte nur ihre Atemzüge und dann das Geräusch vom Auflegen des Hörers – als hätte sie Angst davor, aufzulegen, als müßte der Hund sterben, wenn sie auflegte.

Er hätte gerne zurückgerufen, hatte aber ihre Nummer nicht. Es war zwecklos, sie bei der Auskunft zu erfragen, da die Frau zur Miete[*] wohnte und somit nicht registriert war. Er hätte zu gerne gewußt, ob der Hund noch lebte, ob es überhaupt noch einen Sinn hatte, bei der Frau vor-

---

[*] In Israel ist der Eigentümer der Wohnung auch Eigentümer des Telefonanschlusses, und somit steht nur er im Telefonbuch. (A.d.Ü.)

beizufahren. Es war mittlerweile Viertel nach zwölf, und die Nachricht mindestens eine halbe Stunde alt. Mit einem im Hals steckengebliebenen Knochen hätte der Hund wohl kaum so lange durchhalten können. Vielleicht war es der Frau inzwischen gelungen, einen Tierarzt aufzutreiben. Vielleicht hatte sie ein Taxi bestellt und den Hund hingefahren. Aber wie dem auch sei, ob der Hund lebte oder tot war, der Mann wußte, er mußte zu ihr. Er verließ die Wohnung, sperrte hinter sich ab, stieg ins Auto und fuhr los.

Die Frau öffnete die Tür und fiel ihm um den Hals. Ein breites Lächeln erhellte ihr Gesicht, doch der Mann wußte nicht, wem sie dankbar war – ihm, daß er gekommen war, um den Hund zu retten, oder einer höheren Macht, die den Knochen aus dem Schlund des Welpen hinausbeförder hatte. Der Welpe hatte eben noch schwanzwedelnd auf dem Sofa gesessen, nun stürzte er sich gleichfalls unter Freudengewinsel auf den Mann. Er wirkte ganz und gar nicht wie ein Hund, der bis vor kurzem in Lebensgefahr geschwebt hatte. Der Mann bat die Frau, ihm den gesamten Vorfall genau zu schildern, doch die Frau meinte, das sei mit Worten nicht zu beschreiben. »Du kannst dir einfach nicht vorstellen, was hier heute abend los war«, erklärte sie und lehnte ihren Kopf an seine Schulter. Der Mann war dennoch neugierig. Er erkundigte sich, wo der Knochen sei, und die Frau deutete in Richtung Küche. Der Mann ging hin und sah die Splitter – als hätte jemand den Knochen mit einem riesigen Hammer zertrümmert. Ihm war unbegreiflich, wie der Welpe das mit seinen kleinen Zähnchen hatte bewerkstelligen können. Daß in einem solch kleinen Hund so viel Kraft steckte, hätte er nicht vermutet. Der Boden war übersät mit großen und kleinen, spitzen Splittern. Welcher davon dem Hund im Hals gesteckt hatte, ließ sich nicht ergründen.

Der Mann sammelte die Splitter ein, kehrte zurück ins Wohnzimmer, setzte sich neben die Frau und hielt sie ihr hin, aber die Frau schlug die Hände vor die Augen: »Hör auf! Ich halte das nicht aus!« Der Mann hob den Hund hoch, damit auch er sich die Splitter ansehe, doch der Hund zeigte keinerlei Interesse. Er wedelte mit dem Schwanz, legte seinen Kopf auf den Oberschenkel des Mannes und schloß die Augen.

»Gib ihm nie wieder einen Knochen«, sagte der Mann und kippte die Splitter enttäuscht auf den Tisch. Die Frau schlang die Arme um ihn: »Nein. Ich habe meine Lektion gelernt. Wie gut, daß du vorbeigekommen bist.«

Im Kabelfernsehen lief ein Horrorfilm, ein alter Schwarzweißfilm, und sie schauten ihn sich an, ohne Ton, nur den übertriebenen Ausdruck von Angst auf den Gesichtern der Protagonisten und die Münder, die jedesmal, wenn das Monster auf sie zukam, zum Schreien aufgerissen wurden. Aber das Monster war gar nicht so beängstigend. Im Gegenteil. Irgendwie war es sogar putzig und herzergreifend. Der Mann spürte die Atemzüge des Hundes auf seinem Oberschenkel und die schweren Atemzüge der Frau an seinem Hals. Er streichelte ihr Haar und fragte sie: »Für wen sind wir eigentlich?«, und die Frau murmelte schlaftrunken: »Für das Monster.«

Die langen Spaziergänge am Strand. Er versuchte jetzt, sich an sie zu erinnern. Es war sein erster Winter gewesen, und alles hatte ihn beeindruckt. Der riesige Schatten, den sie in ihrer Umarmung auf den Gehsteig warfen, sein eigener hinterdreinhechelnder kleiner Schatten, die letzte Ampel, an der die drei lange warten mußten und hinter der die Promenade begann, und das Rennen im Sand, nachdem sie die Straße mit der langen Ampel endlich überquert hatten.

Eingerollt auf dem Betonboden des Zwingers, überkam ihn ein Schauder, als er die Augen schloß und in der Dunkelheit plötzlich klar und gestochen scharf ein Bild erschien: die Welpenversion seiner selbst beim Laufen im Sand. Immer wieder taumelte er, überschlug sich, kam wieder auf die Beine, schüttelte sich und schnaubte, toll vor Freude. Und wenn er den Kopf wandte, sah er hinter sich die beiden, gemächlich schlendernd, händchenhaltend, immer wieder blieben sie stehen, um sich zu küssen, zwei dunkle Punkte, die über ihn wachten, daß er nicht ausbüxte oder verlorenging. Damals war er von allem zutiefst beeindruckt gewesen.

Jetzt aber störte ihn das Gekläffe und Gewinsel seiner Nachbarn in dem Übergangslager, und in dem Lärm, den die anderen Hunde machten, versuchte er angestrengt, die Route, die sie zu dritt von zu Hause zum Strand zurückgelegt hatten, in allen Einzelheiten zu rekapitulieren.

Da war ein Kiosk gewesen. Manchmal hielten sie an, um etwas zu kaufen oder mit dem Inhaber zu plaudern, der ihm dann immer etwas schenkte: ein Stückchen Schokolade oder eine klebrige Kokosleckerei. Damals war er ungeduldig, tänzelte unaufhörlich um den Mann und die Frau herum und bettelte unter Winseln und Hüpfen, daß sie endlich weitergehen sollten. Ohne sie wagte er sich nicht voran. Der Verkäufer musterte die drei und lachte und stellte alle möglichen Fragen, die den Hund betrafen, und schaute oftmals neidisch hinter ihnen her, wenn sie sich wieder von dem Kiosk entfernten. Er beneidete sie, wie sie sich gegenseitig Zigaretten anzündeten oder wie sie unterwegs stehenblieben und sich einander zuwandten, die Hand des Mannes auf der Schulter der Frau oder die Hand der Frau in die Manteltasche des Mannes geschoben, und er beneidete sie um den großen Schirm, der sie bei Regen schützte, und um den stolzen Welpen, der immer wieder den Kopf wandte, um den Kiosk in der Ferne entschwinden zu sehen.

Manchmal dauerte der Weg zum Meer sehr lang, weil der Mann und die Frau Bekannten begegneten. Die Frau stellte den Mann dann immer ihren Bekannten vor, und der Mann die Frau den seinen, und die Bekannten blickten nach unten und fragten: »Wer ist das denn? Gehört er euch? Wie heißt er?« Und der Mann und die Frau gaben immer dieselbe Antwort: »Wir konnten uns noch für keinen Namen entscheiden.« Manchmal schlugen die Bekannten dann Namen vor, und der Mann und die Frau schauten den Hund an und probierten die verschiedenen Namen an ihm aus, aber alles klang zu groß oder zu klein, zu verniedlichend oder zu bedrohlich, zu unverbindlich oder zu verpflichtend.

Einmal waren sie auf der Straße der Kupplerfreundin

begegnet. Sie hatte den Mann umarmt, ihn auf die Wange geküßt und gesagt: »Lange nicht gesehen.« Dann hatte der Mann sie der Frau vorgestellt. Die Freundin hatte gegrinst und die Frau gefragt: »Wo hältst du ihn die ganze Zeit versteckt?« Es war als Witz gemeint, aber die Frau lachte nicht. Auch die Freundin wirkte nicht so recht glücklich. Der Mann und die Freundin plauderten ein wenig, und der Hund sprang an dem Mann hoch und zerrte an seinen Schnürsenkeln und warf den Kopf in Richtung Meer. Die Freundin erkundigte sich, ob sie noch irgendwo sitzen und einen Kaffee trinken wollten. Der Mann zögerte und blickte fragend die Frau an, doch sie schob ihre Hand tiefer in seine Manteltasche und meinte, der Hund sei unruhig, sie sollten lieber weitergehen.

Nach dem Abschied hatte der Mann der Freundin nachgeschaut und zu der Frau gesagt: »Sie ist diejenige, die uns zusammengebracht hat.«

»Ja«, hatte die Frau zurückgegeben, »ich weiß. Sie ist diejenige, mit der du mal eine Affäre hattest.«

Jetzt tat er sich schwer damit, eine gute Position zum Schlafen zu finden. Er versuchte sich seine Matte vorzustellen, aber es wollte ihm nicht gelingen. Die Matte war das einzig Selbstverständliche in seinem Leben gewesen, und deshalb hatte er sich nie die Mühe gemacht, sie sich einzuprägen. In der Dunkelheit sah er den großen Blechnapf voller Hundefutter, aber er war nicht hungrig. Er mußte an seinen Plastiknapf denken und empfand Sehnsucht danach, obwohl auch der Napf ihn vor Monaten eine Zeitlang im Stich gelassen hatte. Aber er symbolisierte den Anfang. Das Gebell erstarb, und jetzt hörte er um sich

herum Geräusche von Knabbern, Sich-Kratzen und ruhe-
losem Umhergehen von Pfoten auf Beton.

An die anderen Dinge konnte er sich gut erinnern: an
die sechs ersten Monate, an den Strand, der voller Überra-
schungen steckte – Muscheln, Fischgräten, Algen, Plastik-
tüten, Kuhlen voller Salzwasser, Zigarettenkippen –, und
an diese glibberigen Wesen, um die der Mann und die Frau
beim Spazierengehen über den nassen Sand immer achtsam
einen Bogen machten. Er war sofort in sie verliebt gewesen.
Jedesmal, wenn er eines dieser Wesen sichtete, trabte er hin,
umkreiste es schnuppernd und bellte es an, und sein Bellen
klang voller, je weiter er heranwuchs. Wenn keine Reaktion
kam, streckte er vorsichtig eine Pfote vor, um das Glibber-
ding anzutippen. Man sah ihnen kaum an, ob sie tot waren
oder lebendig, aber einmal hatte eines von ihnen eine ätzende
Flüssigkeit auf ihn abgespritzt. Da war er schnell zu dem
Mann und der Frau gelaufen, die mit dem Bau einer Sand-
burg beschäftigt waren, um sich von ihnen trösten zu lassen.

Danach war er von den Quallen geheilt gewesen. Er
hatte sich die Zeit damit vertrieben, zu buddeln, im Kreis
zu rennen und die Wellen anzubellen, oder er hatte die
stille Gesellschaft des Mannes und der Frau genossen, reglos neben ihnen liegend, genau wie sie ergriffen von der
untergehenden Sonne.

19

Der Mann wohnte gerne in der Wohnung der Frau, aber es
war nicht leicht für ihn, auf seine Einzimmerwohnung zu

verzichten. Die Miete war niedrig, so daß er die Wohnung weiterhin halten und auch die Miete der Frau anteilig mittragen konnte. Er hatte sieben Jahre lang in seiner kleinen Wohnung gelebt. Auf sie zu verzichten wäre in seinen Augen gleichbedeutend gewesen mit dem Verzicht auf die größte Liebe seines Lebens, und obwohl er eine solche Liebe noch nie erlebt hatte, war er überzeugt davon, daß es sich genau so anfühlen würde. Er verspürte den dringenden Wunsch, die Verbindung mit ihr nicht abreißen zu lassen, sie hin und wieder aufzusuchen, sie zu riechen, darin auf- und abzugehen, Fenster zu öffnen und zu schließen, die Lichter an- und auszuknipsen, zu verfolgen, wie sie ohne ihn klarkam, etwas von ihr mitzunehmen.

Im ersten Monat – es war der erste Monat des Winters, und es gab auch noch gewisse Unklarheiten –, hatte er strikt darauf geachtet, seiner Wohnung zwei-, dreimal pro Woche einen Besuch abzustatten. Jedesmal nahm er beim Weggehen etwas mit: Bücher, von denen er meinte, sie lesen zu wollen, Kassetten, Schuhe, Klamotten, Leintücher, einen Kaffeebecher. Er stopfte die Sachen immer hastig in eine große Tüte und verließ überstürzt die Wohnung, als hätte er sich soeben selbst ausgeraubt.

Die Tüten deponierte er jeweils bei der Frau auf dem Küchentisch oder auf dem Fußboden im Wohnzimmer und tat, als hätte er ihr Vorhandensein vergessen. Einige Tage später sah er dann seine Sachen an allen möglichen Orten in der Wohnung, als wären sie immer schon dort gewesen. Die Frau plazierte sie so, daß sie sich zwar mit ihren Sachen vermischten, jedoch ihre Unabhängigkeit im Raum wahrten; der Mann sollte nicht das Gefühl haben, daß seine Sachen in ihrer Wohnung untergingen. Die Bücher, insbesondere die großen Bände und die Filmenzyklopädie, stellte sie an das eine Ende des obersten Bretts in ihrem Bücherregal, wo sie sich mit ihrem ganzen Gewicht an eine Reihe von Lyrikbüchlein mit weichem Einband lehnten. Die kleinen Dinge, die sich nicht zuordnen ließen, die entwurzelten persönlichen Gegenstände, legte sie dahin, wo größere und länger ansässige Gegenstände sie verdeckten.

Seine Klamotten faßte sie nicht an. In den ersten Tagen blieben sie an allen möglichen Stellen liegen und hängen, auf dem Fußboden, auf Stühlen, oder an den Haken im Badezimmer. Als sie merkte, wie die Kleidungsstücke eins ums andere den Weg in ihren Schrank fanden, lächelte sie still. Vorsorglich hatte sie die beiden unteren Fächer im linken Schrank freigeräumt und die Bügel mit ihren Kleidungsstücken im rechten Schrank beiseite geschoben und einige leere Kleiderbügel auf die freie Hälfte der Kleiderstange gehängt. Einen Monat lang verfolgte sie, wie die Kleidungsstücke des Mannes, einer Schar von Waisenkindern gleich, durch die Wohnung wanderten, bis sie in die leergeräumten Fächer geschoben oder an Bügeln auf die Stange gehängt wurden – ihren Kleidern nahe, doch ohne diese zu berühren. Darüber, daß sie zusammenwohnten, wurde nie ausdrücklich gesprochen, doch ihrer beider Sachen – und insbesondere die Kleidungsstücke, die von allen die lautesten waren – sprachen an ihrer Statt.

Außer dem Freitagabend, an dem der Mann bei seinen Freunden zum Essen eingeladen war, verbrachten sie alle ihre Abende gemeinsam – was beiden gleichermaßen fremd war, jedoch in unterschiedlicher Weise auf sie wirkte.

Eines Nachmittags brachte der Mann den Hund zum Tierarzt, um ihn untersuchen und impfen zu lassen. Die Frau saß in der Küche und blätterte in einem neuen Kochbuch, das der Mann ihr geschenkt hatte, weil er wußte, daß sie es sich wünschte, und weil er die bunten Bilder anregend fand. Draußen wehte ein starker Wind, der die Balkontür vibrieren ließ.

Sie fand es gemütlich, am Tisch zu sitzen, die kalten Steinplatten unter den dicken Socken des Mannes zu spüren und in den Rezepten herumzublättern. Sie wußte nicht, was ihr besser gefiel – das Buch oder die Tatsache, daß der Mann ihr ein Geschenk gemacht hatte. Bislang hatte sie nur tagtäglich beobachten können, daß er den Hund mit Geschenken überhäufte: Gummiknochen, spezielles Shampoo für Hunde, eine Fellbürste oder wie Knochen geformte Biskuits, die er dem Hund jedesmal, wenn er etwas Neues gelernt hatte, zur Belohnung gab.

Sie überlegte hin und her, ob sie noch am selben Abend eines der einfacheren Rezepte ausprobieren sollte, und durchforstete in Gedanken schnell den Inhalt des Kühlschranks und den Vorrat. Sie hatte alle Zutaten da. Sie ging ins Wohnzimmer, wählte eine der Kassetten des Mannes aus und legte sie in den Recorder ein. Die Wohnung füllte sich mit einem metallischen Gelärm, ohne jedoch den Wind zu übertönen, der an den Fenstern rüttelte und die Türen in der Wohnung zum Klappern brachte. Sie ging an jedes Fenster, um sicherzustellen, daß alle gut verriegelt waren, und schloß sorgfältig die Türen. Dann kehrte sie in die Küche zurück, öffnete die Schränke und holte Gläser und Konservendosen heraus, nahm dann aus dem Tiefkühlfach ein ganzes Huhn und legte es, die Beinchen in Richtung Decke gereckt, auf die Arbeitsplatte.

Es war seltsam ohne den Hund in der Küche. Keiner lief ihr zwischen die Füße, keiner setzte sich erwartungsvoll vor den Kühlschrank, keiner zerrte den Napf über den Fußboden. In der Küche herrschte jetzt eine Ruhe, die sie an das Leben vor dem Hund und dem Mann erinnerte. Im Geiste sah sie sie zusammen die Straße entlanglaufen: Der Welpe rieb und stieß sich an den Beinen des Mannes und hob immer wieder den Kopf, um sich von dem Mann Bestätigung für sein Hundsein zu holen, was sie bestens nachvollziehen konnte, und der Mann ging mit seinen Riesenschritten neben ihm her – Doppelschritte, mit denen auch sie oft kaum mithalten konnte. Sie stellte sich vor, wie sie mit dem Auto fuhren: Der Mann saß am Steuer, rauchte, hörte Radio und fuhr schnell, und der Hund, der hin und her geworfen wurde, versuchte, auf dem Beifahrersitz das Gleichgewicht zu halten. Sie versuchte sich die Praxis des Tierarztes vorzustellen, die anderen Hunde und ihre Besitzer, den Tierarzt, seine Hände, seinen Metalltisch – und ihren Welpen, der noch nicht wußte, was da auf ihn zukam.

Er war jetzt ohne Zweifel ihrer beider Welpe. Der Mann hatte sich schließlich selbst erboten, mit ihm zum Tierarzt zu gehen. Er wollte die Verantwortung, das war klar, und allem Anschein nach genoß er die Verantwortung so sehr, daß es Momente gab, in denen sie das Gefühl hatte, der Hund werde aus der gemeinsamen Obhut herausgerissen. Das geschah jedesmal dann, wenn der Mann versuchte, ihn zu erziehen, wenn er sich neben ihn auf den Fußboden kniete und ihn rügte, wenn er ihm etwas zuflüsterte, ihn ermutigte, ihm etwas erklärte, ihn zu dieser oder jener Urinpfütze zerrte, ihn im Badezimmer einsperrte, sich alle möglichen Strafen für ihn ausdachte. In solchen Momenten hatte sie dann immer das Gefühl, daß der Mann und der Hund miteinander verschmolzen und eins wurden und daß sie einander in einer Weise verstanden, die sie ausschloß. Manchmal erschien es ihr, daß beide mit derselben Erwartungshaltung, demselben Vertrauen und derselben Überzeugung, daß zur festgesetzten Stunde ihr Futter auf dem Teller landen würde, auf ihr Abendessen warteten. Wie schnell sie doch in diese Rolle hineingefunden hatte, die ihr das Gefühl von Kontrolle gab; es war zwar genauso flüchtig und zerbrechlich wie das Gefühl von Kontrolle, das sie aus dem Schreiben von Zetteln bezog, entfaltete aber dennoch seine Wirkung und verlieh ihr Ruhe. Eine Ruhe von der erkauften Art, aber eine Ruhe, wie sie sie nie zuvor gekannt hatte.

Sie berührte das Huhn und wußte, daß es noch eine gute Weile dauern würde, ehe es auftaute. Sie hätte den Prozeß beschleunigen können, indem sie es ins Wasser legte, aber sie wollte das neue Rezept nicht verderben. Sie ging ins Wohnzimmer und drehte die Kassette um, setzte sich auf das Sofa und hörte sich die Musik an. Für ihren Geschmack war seine Musik zu laut, und sie konnte die Worte nicht verstehen, wenn es überhaupt Worte gab zwischen den metallischen Geräuschen, aber sie wollte den Recorder nicht ausschalten oder die Kassette wechseln, weil sie fürchtete, das Gleichgewicht zwischen den Dingen des Mannes und ihren Dingen zu stören – ein Gleichgewicht, zu dem nun auch Gerüche und Klänge gehörten. Sie hörte die Musik, horchte auf den Wind und das Donnergrollen, das draußen eingesetzt hatte, und verspürte unvermittelt Glück und Unruhe zugleich. Sie dachte an den Regen, der bald fallen würde, an das Abendessen, an das neue Familiengefüge – der Mann und sie und der Hund, der zwischen ihnen stand wie ein wärmespendender Heizkörper. Sie fragte sich, woher sie die Sicherheit nahm. Der Mann machte keinen Hehl daraus, daß er noch nie eine ernsthafte Beziehung gehabt hatte, daß er noch nie mit einer Frau zusammengelebt hatte, daß er noch nie verliebt gewesen war. Sie hatte Mühe zu glauben, daß so etwas wahr sein konnte, aber als sie über sich selbst nachdachte, wußte sie, daß es sehr wohl möglich war.

Beinahe alles, was der Mann hatte, war bereits bequem bei ihr zu Hause untergebracht. Alles, was er im Lauf von sieben Jahren angesammelt und in seine Einzimmerwohnung hatte stopfen können, mit Ausnahme der Möbel, die der Vermieterin gehörten. Vor zwei Tagen waren sie zusammen hingefahren, um seine restlichen Sachen zu holen. Sie hatte sich die modrigen Wände ringsum angesehen, das Bett, auf dem alte Zeitungen verstreut lagen, ein Buch, das der Mann begonnen hatte zu lesen, ehe er sie kennenlernte, einen Aschenbecher, zwei, drei Einwegfeuerzeuge, einen vertrockneten Bonsai, der seine Blätter auf das Leintuch abgeworfen hatte.

Hätte jemand sie aufgefordert, die ersten Tage mit dem Mann in allen Einzelheiten nachzuvollziehen, dann hätte sie diesen Moment als denjenigen angegeben, in dem sie sich ineinander verliebten: als sie gemeinsam seine Sachen einsammelten, die Überreste seines vorherigen Lebens, diesen kurzen Moment, dem viele lange Momente der Ungewißheit und Angst vorangegangen waren und die dafür gesorgt hatten, daß der leise Augenblick des Sich-Ineinander-Verliebens, der möglicherweise noch weit vor jenen lag, verzögert wurde.

Am Tag, nachdem er vorbeigekommen war, um den Hund zu retten, setzte gegen Morgen sintflutartiger Regen ein, genau wie der Meteorologe es prophezeit hatte, und der Mann ging mit ihrem Schirm und dem Hund hinunter, um Milch zu holen. Sie saßen in der Küche und tranken Kaffee. Der Vorfall mit dem Knochen wurde nicht mehr erwähnt, aber sie hatte das Gefühl, daß der Mann sauer auf sie war. So beschäftigt war sie mit ihrer Angst – der Angst vor dem Moment, in dem er aufstehen, den Stuhl zurückschieben, die Tasse in die Spüle stellen, und sie, wenn er Zeit gewinnen wollte, vielleicht sogar abspülen würde, um ihr dann zu sagen, diesmal im Klartext, daß er sie nicht mehr sehen wolle –, daß sie einen anderen, leiseren Augenblick nicht wahrnahm: den Augenblick, als der Mann in einer später für ihn nie mehr genau nachvollziehbaren Weise anfing, sie zu lieben.

20

Der Welpe wurde zum Mischling erklärt, gesund und voller Lebensfreude, drei Monate alt. Groß würde er nicht werden, stellte der Tierarzt fest, nur mittel, und der Mann war für einen kurzen Moment enttäuscht – als ginge es hier um sein Kind, als wären seine Gene dafür verantwortlich, daß der Hund in mehrfacher Hinsicht ein Mittelding war.

Aus der Liste im Branchenverzeichnis hatte der Mann diesen Tierarzt aufgrund seines Namens ausgewählt. Der Name hatte einen fremden Klang, und in seiner Phantasie hatte er einen älteren und erfahrenen Arzt vor sich gesehen. Als die Reihe an ihn kam, war er überrascht; er hob den Hund auf seine Arme, betrat den kleinen Behandlungsraum und fand dort einen etwa gleichaltrigen Mann vor, dessen Aussehen nichts Fremdes an sich hatte und der auch nicht sonderlich erfahren wirkte. Er registrierte für sich, daß zwischen ihm und dem Arzt sogar eine äußere Ähnlichkeit bestand: Beide waren von mittlerer Statur und vollschlank, beide hatten kurzes, schwarzes Haar und braune Augen. Und was ihn besonders überraschte, waren die Fingernägel des Tierarztes, die genau wie die seinen restlos abgeknabbert waren.

Der Arzt bat den Mann, sich zu setzen, und der Mann nahm, den Hund auf dem Schoß, auf einem alten Eisenstuhl Platz. Der Tierarzt streckte eine Hand aus, um den Hund zu streicheln, und öffnete mit der anderen Hand eine Schublade im Schreibtisch und zog eine leere Karte heraus. Aus einem Glas voller Kugelschreiber und Bleistifte, das auf dem Tisch stand, wählte er einen blauen Stift, woraufhin der Hund ihm diesen aus der Hand schnappte und sich daranmachte, ihn zu zerknabbern. Der Mann entschuldigte sich und zog dem Hund den Stift aus dem Maul, wischte ihn an seiner Hose ab und gab ihn dem Arzt zurück. Der mußte lachen und streichelte abermals den Hund. Dann trommelte er mit dem Stift auf die Karte und fragte: »Name?«

»Name?« fragte der Mann zurück.

»Name des Hundes«, erklärte der Tierarzt.

Der Mann lachte auf und sagte: »Er hat noch keinen Namen.«

Der Tierarzt zog eine Braue hoch: »Er hat keinen Namen?«

»Noch nicht«, erwiderte der Mann. »Wir haben ihn auf der Straße gefunden, vor ungefähr einem Monat, und wir konnten uns noch für keinen Namen entscheiden. Wir überlegen noch.«

Der Tierarzt erklärte ihm, daß der Hund bei der Stadtverwaltung angemeldet werden und eine Hundemarke bekommen müsse und daß es von seiner Seite zwar völlig unproblematisch sei, einen namenlosen Hund zu behandeln, die Behörden damit jedoch nicht einverstanden wären.

»Was macht man in so einem Fall?« erkundigte sich der Mann.

»Man gibt ihm einen Namen«, meinte der Tierarzt. »Und wenn es nur ein vorübergehender ist. Nur zum Zweck der Anmeldung.«

Der Mann lachte verlegen und meinte: »Erschlagen Sie mich, aber ich habe keine Ahnung, wie ich ihn nennen soll. Könnten Sie vielleicht eintragen: ›Unbekannt‹?

»Unbekannt?« staunte der Tierarzt. »Ich glaube nicht, daß das möglich ist. Ein Hund mit einem Besitzer ist kein unbekannter Hund.«

»Aber er ist ein Straßenköter«, meinte der Mann in der Hoffnung, daß das helfen würde.

»War«, sagte der Tierarzt trocken, »jetzt ja nicht mehr.« Der Mann war dem Hund plötzlich böse, daß er ihn in eine mißliche Lage gebracht hatte. Der Hund legte indessen seine Vorderpfoten auf den Tisch und versuchte, einen Stift aus dem Glas zu ziehen.

»Ich hab's«, triumphierte der Mann, »tragen Sie ›Anonymus‹ als Namen ein. Ich darf doch jeden Namen aussuchen, den ich will, oder?«

»Das dürfen Sie«, seufzte der Tierarzt. »Wenn Sie ihn ›Anonymus‹ nennen wollen, ist das Ihr gutes Recht. Es ist ein etwas ungewöhnlicher Name, aber Sie dürfen.«

»Dann schreiben Sie ›Anonymus‹«, sagte der Mann, und sein Ärger über den Hund verwandelte sich schlagartig in Schuldgefühle darüber, daß er ihn soeben um seine Identität gebracht hatte.

Der Tierarzt trug den neuen Namen in das vorgesehene Feld ein, wobei er sich jede der vier Silben laut vorsagte. Der Mann war sich nicht sicher, ob der Arzt ihn nun verspottete oder ihm Komplimente machte für die ausgefallene Wahl.

»A-no-ny-mus«, wiederholte der Tierarzt. Dann trommelte er wieder mit dem Stift und fragte: »Name des Besitzers?«

»Name des Besitzers?« echote der Mann.

»Ja«, lächelte der Tierarzt. »Ihr werter Name lautet…?«

»Mein Name?« fragte der Mann. »Sie wollen meinen Namen?«

»Ja«, sagte der Tierarzt, »es sei denn, Sie heißen ebenfalls ›Anonymus‹.«

»Nein«, erwiderte der Mann auflachend, und wie automatisch entfuhr ihm sein Name. Der Tierarzt machte sich daran, den Namen in das vorgesehene Feld einzutragen.

»Aber Moment mal«, bat der Mann, »tragen Sie das noch nicht ein. Ich weiß nicht, ob ich als Besitzer gelte.«

»Sie wissen nicht, ob Sie als Besitzer gelten«, wiederholte der Tierarzt.

»Er gehört mir nicht allein«, erklärte der Mann, »er gehört auch meiner Freundin.«

Das war das erste Mal, daß die Worte ›meine Freundin‹ fielen – nicht nur gegenüber einem Außenstehenden, einem Fremden, einem Arzt, der sich darauf versteifte, strikt nach Vorschrift zu handeln, sondern auch im Kopf des Mannes. Die Worte waren aufgrund des äußeren Zwangs herausgerutscht und gleichzeitig so ungezwungen dahergekommen, daß der Mann sich ein Lächeln nicht verkneifen konnte, welches der Tierarzt seinerseits fälschlicherweise als hintergründig auslegte und meinte: »Aha. Sie sind also verheiratet und unser kleiner Anonymus hier gehört Ihrer ›Freundin‹?«

»Nein!« protestierte der Mann. »Ich bin keineswegs verheiratet. Wie kommen Sie denn auf diese Idee?« Und der Mann erklärte abermals, unwillkürlich und diesmal mit einem Anflug von Verzweiflung in der Stimme: »Ich lebe mit einer Frau zusammen! Verstehen Sie? Ich habe eine Freundin!«

»Ich verstehe«, erwiderte der Tierarzt. »Sie haben eine Freundin. Sie leben mit einer Frau zusammen. Ich freue mich für Sie. Ich lebe auch mit einer Frau zusammen. Wir haben ebenfalls einen Hund.«

»Ja«, meinte der Mann nur und wurde rot.

»Wir können auch ihren Namen eintragen«, bot der Tierarzt an.

»Ja«, fand der Mann, »wir sollten auch ihren Namen eintragen.« Gespannt verfolgte er den Stift, der in großen, klaren Druckbuchstaben den Namen der Frau in dasselbe Feld eintrug, in dem sein Name geschrieben stand, unter dem Feld mit dem Namen des Hundes.

Nachdem der Arzt mit den abgeknabberten Fingernägeln den Hund untersucht und ihn geimpft und ihm auch noch Kalziumtabletten zur Stärkung der Knochen verschrieben hatte, verließ der Mann die Praxis; er war fertig mit den Nerven und fühlte sich erniedrigt, als hätte er gerade zitternd auf dem kalten Metalltisch gestanden, als wären es seine Beine und sein Bauch, die abgetastet worden waren, seine Ohren und Augen, in die man hineingeleuchtet hatte, sein Schwanz, der angehoben worden war, um ihn anschließend gut festzuhalten und ihm eine Spritze zu verpassen, als wäre er derjenige gewesen, der vor lauter Schiß auf den Behandlungstisch gepinkelt hatte, der für Fälle wie ihn ein besonderes Abflußloch besaß.

Draußen war es bereits dunkel, und mit schweren Tropfen setzte der Regen ein. Auf dem Heimweg hielt der Mann vor einer Apotheke und kaufte die Kalziumtabletten für den Hund. Dann stand er eine gute Stunde im Stau und nutzte die Zeit, um darüber nachzudenken, wie er der Frau die Geschichte so verklickern könnte, daß sie keinen Sieg, auch keinen indirekten, für sich verbuchen konnte, obwohl er keine Ahnung hatte, ob die Frau genau wie er täglich Machtbilanzen erstellte.

Sie hatte ihn nicht darum gebeten, zu ihr zu ziehen, und er hatte sie nicht gefragt, ob sie an einer solchen Regelung interessiert sei. Sie brauchte ihn, das war ihm klar, und der Hund brauchte ihn, und nach zwei, drei Tagen, während derer er die Frau mit einigen weiteren Portionen Ungewißheit gequält hatte, hatte er begriffen, daß möglicherweise auch er die beiden brauchte. Während er durch die verregneten Straßen kurvte, hatte er ein bestimmtes Bild im Kopf: Nackt auf einer Leiter in der Wohnung der Frau stehend, holt er aus dem Oberschrank drei kleine Heizöfen, und die beiden, die Frau und der Hund, stehen am Fuß der Leiter und sehen ihm zu, die Frau streckt ihm ihre Arme entgegen, um ihm die Öfen abzunehmen, und der Hund stemmt die Vorderpfoten gegen die erste Stufe der Leiter und bellt.

Mag sein, daß es nichts weiter war als ein Zusammenspiel von Umständen: der plötzliche Einbruch des Winters, die Frau – wenn er an sie dachte, mischten sich zärtliche Gedanken an den Hund hinein –, der Blick seines besten Freundes beim Essen am Freitagabend, als der Mann ihm und der Mutter des Babys von der Frau erzählte. Er hatte sich, wie es seine Art war, bemüht, so wenig wie möglich ins Detail zu gehen und somit der ganzen Sache so wenig wie möglich Bedeutung zu verleihen, doch dann hatte er unwillkürlich mehr erzählt, als ihm lieb war, mehr als er gedacht hatte, über die Frau erzählen zu können. Und so war es gekommen, daß er, während er nackt auf der Leiter gestanden und der Frau die drei alten Öfen hinuntergereicht hatte, ohne groß darüber nachzudenken gesagt hatte, er habe bei sich in der Wohnung einen nagelneuen Heizlüfter, den werde er ihr am nächsten Tag vorbeibringen.

Sicherheitshalber hatte er den Umzug in die Wohnung der Frau in Etappen gemacht, in kleinen Etappen, die sich in Halbetappen und etappenweise Etappen unterteilten, die ihn vom Endergebnis ablenken sollten, das sich – wie er sich jetzt, bei strömendem Regen im Stau steckend, eingestehen mußte – in einem Satz zusammenfassen ließ: Er war bei ihr eingezogen. Das und nichts anderes war geschehen.

Vorgestern waren sie zusammen losgefahren, um seine letzten Sachen aus der Wohnung zu holen. Wegen des etappenweisen Umzugs hatte es schon fast nichts mehr zu holen gegeben, und die Wohnung war ihm groß, leer und feindselig vorgekommen. Die Frau hatte gar nichts gesagt, aber er hatte gesehen, wie sie sich umschaute und das wenige, was von seinem Singleleben noch geblieben war, in sich aufsog. Er hatte sich beeilt, die verbliebenen Gegenstände – einen kleinen Fernseher, eine Stereoanlage, seine Daunendecke, einen *Toaster-Oven*, der nicht funktionierte und den er trotzdem behalten wollte – in Kartons zu packen, die sie im Minimarkt geholt hatten. Gemeinsam hatten sie die Kartons auf der Rückbank des Wagens verstaut und waren davongefahren.

Er wußte, daß der Zwischenfall beim Tierarzt, diese Heuchelei für die Stadtverwaltung, bedeutungslos war, verspürte aber dennoch eine gewisse Besorgnis. In der Vergangenheit hatte er keine Schwierigkeiten gehabt, Dinge mit einer Definition zu versehen. In seinen Augen waren Definitionen ein Kinderspiel, und er war darin Meister. Jeder

der Frauen, mit denen er je ausgegangen war, hatte er vom Fleck weg eine Definition verpaßt, gemäß einem System, an dem er jahrelang gearbeitet hatte. Sie hatten Namen, Berufe und Intelligenzquotienten in angenommener Höhe, sie besaßen Maße, Betten und Gerüche, manchmal vergossen sie Tränen, und alle hatten Forderungen, die aus seiner Sicht unerfüllbar waren. Einige von ihnen – und diese haßte und bewunderte er –, hatten sich seinen Definitionen rechtzeitig entzogen und ihn mitsamt seinem System sitzenlassen.

Da war zum Beispiel die Schriftstellerin gewesen. Eigenartigerweise glich sie, wie er fand, irgendwie der Frau, strahlte jedoch eine gewisse Rätselhaftigkeit aus, die die Frau nicht besaß. Auch die Schriftstellerin hatte glattes, schwarzes Haar, das ihr bis zu den Schultern reichte, und auch sie war zierlich. Aber sie strotzte vor Egoismus und war alles andere als schüchtern. Die ganze Zeit hatte sie nur über sich gesprochen und ihm nicht zugehört und keine Fragen gestellt, was er allerdings völlig in Ordnung gefunden hatte, weil er in ihrer Gesellschaft geradezu erpicht darauf gewesen war, stumm zu bleiben. Sie hatte ihn dazu gebracht, sich als Null zu fühlen, und zu Anfang hatte ihm das gefallen. Es war ein Kinderspiel für ihn gewesen.

Die Schriftstellerin chauffierte ihn in ihrem Wagen zu ihrer Wohnung. In einem schwarzen Sportcabriolet, dessen Schaltknüppel unter ihrer Hand krachte und kreischte. Er hatte angeboten, mit seinem Wagen zu fahren, und sie hatte gefragt, was er denn fahre. Nachdem er es ihr gesagt hatte, meinte sie: »Dann nehmen wir meinen.« Sie wohnte in einem Haus mit einem großen, verwilderten Garten und hatte zwei Perserkatzen.

Sie saßen im Wohnzimmer und tranken Cognac aus bauchigen Gläsern und hörten irgendein Requiem – der Mann wußte jetzt nicht mehr, welches –, das Lieblingsrequiem der requiemsüchtigen Schriftstellerin. Die Perserkatzen – eine Katze und ein kastrierter Kater, die Geschwister waren – stolzierten aufreizend langsam und mit hoch aufgerichtetem Schwanz über den Teppich, beschnupperten hin und wieder die Schuhe des Mannes und bedachten ihn mit gleichgültigen Blicken.

Die Schriftstellerin hob eine der Katzen hoch, er meinte, es sei der Kastrat gewesen, streichelte sie, setzte sie sich auf den Schoß und sagte zu dem Mann, sie sei nicht an einer festen Beziehung interessiert. Ihre Freiheit sei ihr wichtig, erklärte sie, sie könne keinerlei Form von Abhängigkeit ertragen. »Deshalb«, sagte sie, »halte ich mir Katzen.«

Der Mann bemühte sich, den Geschmack des Cognacs zu genießen, aber es wollte ihm nicht gelingen. Er war zu aufgeregt über die ihm bevorstehende Erniedrigung. Einen Augenblick lang hatte es etwas Erregendes, Opfer zu sein; das ununterbrochene Geschwafel der Schriftstellerin, ihre Mißhandlung des Schaltknüppels, dieses Haus, die tragische Musik, die Perserkatzen – das alles war eindeutig Bestandteil einer gegen ihn gerichteten Verschwörung.

Die Schriftstellerin war älter als der Mann. Sie war fast vierzig. Sie wollte ein Spielchen spielen, und er war durchaus willig mitzuspielen, obwohl ihn der Gedanke beunruhigte, daß die attraktive Frau, die, vertieft in die Trauerfeiermusik, neben ihm auf der Couch saß, so wenig für sich haben wollte, und dieses wenige, das sie wollte, war er.

Er lag in ihrem überdimensionalen Bett, und die beiden Katzen lagen breit auf den Kissen am Kopfende des Betts und schnurrten. Die Schriftstellerin weigerte sich, sie auszusperren. Sie liebe es, wenn jemand zusehe. Er versuchte, einen Witz zu reißen: Wenn schon Zeugen, dann lieber Menschen, damit sie wenigstens kapieren, was da abgeht. Sie meinte, ihre Katzen kapierten ganz genau, was da abgehe. Die Katzen wirkten äußerst amüsiert, was in dem Mann das Gefühl von Hilflosigkeit und Verlegenheit auslöste, als würde von ihm verlangt, im Bett eine Show hinzulegen – nicht etwa für die Schriftstellerin, sondern für die Katzen. Er wußte, daß sie ihn auf die Probe stellten und er nicht die geringste Chance hätte, denn soviel war klar: Diese Katzen hatten schon alles gesehen.

Es war schnell vorbei, und die Schriftstellerin forderte ihn auf, nach Hause zu gehen. Gehorsam las er seine Sachen vom Fußboden auf, zog sich an und ging zu ihr hin, um ihr zum Abschied einen Kuß zu geben, aber die Schriftstellerin meinte, daß für derlei Höflichkeiten kein Anlaß bestehe. Sie bat ihn, beim Hinausgehen die Tür hinter sich zu schließen. Plötzlich verspürte er das dringende Bedürfnis, sie zu verprügeln und ihre Katzen abzumurksen, statt dessen aber fragte er sie, ob sie sich wiedersehen würden, was sie mit einem klaren Nein beantwortete.

Trotzdem trafen sie sich noch einige weitere Male – immer auf die Initiative des Mannes hin und immer nach längerem Feilschen –, und jedesmal kam er sich ein wenig besser dabei vor, erschien ihm sein nacktes Spiegelbild, das da in vierfacher Ausführung in den gläsernen blauen Augen vor sich hin rammelte, sympathischer. Im krassen Ge-

gensatz zu dem, was man von einem Menschen erwartet, der so viel Unabhängigkeit und Rätselhaftigkeit ausstrahlt, war die Schriftstellerin im Bett katastrophal. Außer seinen schnellen Atemzügen und dem unbeirrbaren Schnurren der Katzen war in dem Zimmer kein Laut zu hören. Ihr massives Geschwafel, der vielversprechende Fahrstil, die Worte, die sie genauso behandelte wie ihre Haustiere, selbst die tragische Musik, die sie so liebte – von alledem blieb in dem überdimensionalen Bett keine Spur übrig, und der Mann ging unter in dem verzweifelten Versuch, sich selbst etwas zu beweisen – hauptsächlich aber den Katzen.

Die kurze Affäre mit der Schriftstellerin endete nicht mit einer Trennung und auch nicht mit einem langsamen und qualvollen Dahinsiechen der Beziehung, sondern mit einer knappen und unpersönlichen Nachricht auf ihrem Anrufbeantworter.

Zwei, drei Wochen nach ihrer letzten Begegnung hatte er wie gewohnt angerufen, und ihre aufgezeichnete Stimme hatte die übliche kreischende Ansage gemacht: »Hi, schön daß ihr anruft, schade nur, daß ich beschäftigt bin, hinterlaßt eine Nachricht«, doch dann hatte sie plötzlich seinen Namen genannt und gesagt: »*Du* kannst dir deine Nachricht sparen«, gleich im Anschluß war der lange Pfeifton gekommen, und er hatte aufgelegt. Er hatte nicht gewußt, was ihn mehr beleidigte: daß sie seinen Namen nannte, damit alle übrigen Anrufer ebenfalls in den Genuß der Abfuhr kämen, oder das Wort ›Du‹, das plötzlich anonymer klang als alles andere, was sie inzwischen miteinander gehabt hatten.

Der Regen schwoll zu einer Sintflut an. Der Mann stand an der Ampel und wartete ungeduldig, daß sie auf Grün schaltete. Auch als sie dann auf Grün stand, wußte er, daß es immer noch eine ganze Weile dauern würde, bis er zu Hause wäre. Die ganze Stadt war verstopft, infolge des Regens, aber auch aufgrund der ungünstigen Uhrzeit; es war Rush-hour, und alle wollten möglichst schnell nach Hause. Er schaltete das Radio ein und zündete sich eine Zigarette an. Der Besuch beim Tierarzt hatte ihn erschöpft. Er sah den Hund an und tätschelte ihm den Kopf. Er beklagte sich bei ihm über den endlosen Stau und machte den Tierarzt schlecht. Aber der Hund hatte die Erniedrigung bereits vergessen und war fasziniert vom Spiel der Scheibenwischer.

21

An ihren ersten Streit erinnerte er sich gut. Auch jetzt, wo seine Zwingerkameraden aufgehört hatten, in ihren Käfigen auf und ab zu tigern, sich auf dem Betonboden ausgestreckt hatten und eingeschlafen waren, konnte er das Weinen der Frau noch hören. Seine Augen waren geschlossen, und ein Ohr stellte sich auf, bereit, die Erinnerung an die Stimme des Mannes aufzunehmen, an den beherrschten, schulmeisterlichen Ton, den der Mann ihm gegenüber angeschlagen hatte, wann immer er etwas verbrochen hatte – dieser Ton, der ihn regelmäßig dazu gebracht hatte, sich, alles zugebend und um Verzeihung bittend, in seine Ecke unter dem Sofa zu verkriechen, dieser besserwisserische Ton, der die Frau regelmäßig dazu gebracht hatte, noch stärker zu weinen und mit den Türen zu knallen –, die Erinnerung an diese nun für immer verlorene Stimme, die aus dem Hund das Beste herausgeholt hatte und aus der Frau das Schlechteste.

Sechs Monate lang waren sie allein gewesen. Sechs Monate hatten sie sich zu Hause eingesperrt, jeder hatte sich eine Ecke ausgesucht, in der die anderen ihn nicht stören durften, und jeder hatte gelernt, daß es Grenzen gab.

Der Mann belegte für sich das Karree im Eingangsbereich. Es bot genügend Raum, um einen Arbeitstisch aufzustellen. Er besorgte sich einen Zweitanschluß fürs Telefon und eine Steckdose, und neben dem Tisch stellte er auch einen metallenen Aktenschrank auf, den er auf der Straße gefunden hatte.

An der Wand über seinem Tisch befestigte er eine Korktafel, an die er mit farbigen Reißnägeln alle möglichen Fotos heftete. Fotos von sich bei der Arbeit, wie er neben einer großen Kamera steht und mit dem Kameramann spricht, wie er vertraulich mit dem genialen Regisseur tuschelt, wie er einer der Schauspielerinnen Feuer gibt, sie schiebt mit der einen Hand ihr Haar zurück, die andere Hand greift nach der seinen, die ihr das Streichholz hinhält. Und es gab auch andere Fotos: eines von einem pummeligen Baby mit blondem Haarschopf, das von einem Paar behaarter Arme festgehalten wird und vor der Kamera seine beiden Zähnchen entblößt, und eines von der Kupplerfreundin im Badeanzug, sie hat die Arme um die Hüften des Mannes gelegt, und der Mann lächelt und zeigt mit zwei Fingern an ihrem Hinterkopf Hasenohren.

Die Ecke der Frau bestand aus einer territorialen Abfolge mehrerer Ecken. Sie begann im Schlafzimmer, wo sie die Hälfte des Bettes und drei Viertel vom Schrank umfaßte, und führte dann weiter zum Badezimmer, das ihr praktisch allein gehörte – abgesehen von einer Zahnbürste, dem Rasierzeug und einer gelben Gummiente, die der Mann sich einmal gekauft hatte, als er den Freund zu einem Einkaufsbummel für das Baby begleitet hatte. Auf das Badezimmer folgte das Wohnzimmer, wo ihr Arbeitstisch stand und die meisten Sachen des Mannes verteilt waren – Bücher, Kassetten, Kleinigkeiten, denen er seit seinem Einzug bei der Frau keine Beachtung mehr schenkte. Auch die Küche gehörte ihr und vor allem der Tisch, der sich im Laufe der Zeit von einem gewöhnlichen Resopaltisch zu einer Festung wandelte. Von ihrem Platz an diesem Tisch, an dem sie am liebsten ihre Übersetzungsaufträge bearbeitete, zu dem sie das Telefon schleppte, wenn sie mit ihren Freundinnen telefonierte, und unter dem sie den Heizlüfter aufstellte, hatte sie das rechte Ende des Arbeitstischs des Mannes im Blick.

Der Hund hatte zwei Meter Länge und einen halben Meter Breite an kaltem Fußboden unterm Sofa, die ihm ganz allein gehörten. Manchmal fegten der Mann und die Frau seine Ecke sauber, und er stand daneben und sah besorgt zu, wie die Besitztümer, die er gehortet hatte, zusammengekehrt wurden. Eine weiße Socke, leere Joghurtbecher, Zeitungsfetzen, ein gelber Tennisball – sie alle zog der Stock mit dem haarigen Ende, den der Hund umtänzelte und protestierend anbellte, unter dem Sofa hervor.

Sie sortierten dann seine Sachen, das meiste davon

landete im Mülleimer, und was sie verschonten – den Tennisball und die Socke –, plazierten sie an verschiedenen Stellen in der Wohnung, die der Hund nur mit Mühe erreichen konnte. Wenn er seinen Blick lange genug auf einen dieser Gegenstände heftete – den gelben Ball, der auf dem Arbeitstisch des Mannes lag, oder die Socke, die an einer der Türklinken hing – oder wenn er den jeweiligen Gegenstand anknurrte oder anheulte, dann ließen sich der Mann oder die Frau dazu erweichen, ihn wieder herauszugeben und beobachteten, wie der Hund sich auf ihn stürzte, ihn packte und sich damit unter das Sofa verzog.

Sechs Monate. So lange brauchte es, bis die Gegenstände in der Wohnung – die Sachen der Frau, die Sachen des Mannes und die wenigen persönlichen Besitztümer des Hundes – wie in einem Päckchen Spielkarten immer wieder aufgemischt wurden, bis alle ihren Platz gefunden hatten. Und eines Tages kam per Post die Lizenz zum Halten eines Hundes. In dem oberen kleinen Feld stand in kleinen Druckbuchstaben das Wort »Anonymus«, dann folgten die Einträge für Rasse und Farbe des Hundes sowie die Namen des Mannes und der Frau. Die Frau wollte wissen, was das alles sollte, und der Mann erzählte ihr wie beiläufig die ganze Geschichte.

Das Abendessen war die Idee des Mannes. Er meinte: »Komm, wir laden Freunde von mir und Freunde von dir ein, zwei Paare.« ›Verbinden wir unsere beiden Welten‹, lautete die unausgesprochene Botschaft hinter seinen Worten, und die Frau war einverstanden. Es weckte in ihr Erinnerungen an die Zeiten, als sie noch Abendessen gegeben hatte für Paare, die befreundete alleinstehende Männer anschleppten, aber jetzt war alles anders.

Der Mann lud seinen besten Freund, den Vater des Babys, mit dessen Frau ein, die Frau eine gute Freundin mit deren Lebenspartner. Gemeinsam planten sie das Menü, beratschlagten und diskutierten und gaben sich alle Mühe, die verschiedenen Geschmäcker des Paares von seiten des Mannes und des Paares von seiten der Frau unter einen Hut zu bringen. Das Essen wurde für einen Donnerstag angesetzt, und schon am Sonntag sah der Mann die Frau an ihrem Tisch in der Küche sitzen; sie war in eine Decke gehüllt und wärmte sich am Heizlüfter die Hände. Vor ihr aufgeschlagen lagen all ihre Kochbücher, darunter auch das Buch, das er ihr gekauft hatte. Er liebte sie. Dessen war er sich jetzt sicher.

Während all dieser Monate hatte er es tunlichst vermieden, sich mit derlei Gedanken zu belasten. Sie sind überflüssig, hatte er bei sich gedacht, und gefährlich dazu. Zu gut kannte er die ihm eigene Logik, sein Geschick, jede Angelegenheit in Faktoren zu zerlegen, mit dem einzigen Ergebnis, am Ende mit dem Gefühl der Befriedigung über die erfolgreiche Zerlegung dazustehen – und mit einem Berg von Faktoren.

Er stand an der Küchentür und betrachtete die Frau, die ihn anlächelte; ihr Haar war noch etwas zerdrückt vom Schlaf, ihre Füße bewegten sich in seinen weißen, von ihr so heiß geliebten Sportsocken, und an ihrem Hals hatte sie einen kleinen Kratzer: Den hatte er ihr in der gestrigen Nacht verpaßt, und er war stolz darauf wie ein Kind. Sie fragte: »Kaffee?«

Er zog sie zu sich auf den Schoß, blätterte mit ihr die Kochbücher durch und wählte mit ihr die Vorspeisen aus, und dann schlief er mit ihr auf dem Fußboden. Durchdrungen von der großen Liebe, die er mit einem Mal für sie verspürte und die bislang geschlummert hatte, half er ihr anschließend wieder auf die Beine, drehte sie zu sich um und streifte die Staubflocken ab, die überall an ihr hafteten.

Er nahm einen Schluck von ihrem inzwischen erkalteten Kaffee und ging den Hund wecken, um ihn zu einem Spaziergang auszuführen. Der Hund schlief an seinem angestammten Platz, auf dem Teppich am Fußende des Betts. In den letzten Monaten war seine Aufgewecktheit in Faulheit umgeschlagen. Der Mann hatte ihn gut erzogen. Er verrichtete seine Bedürfnisse immer seltener. Zweimal am Tag ging der Mann mit ihm auf die Straße, am Morgen und in der Nacht, bevor sie schlafen gingen. Das Halsband paßte ihm nun genau, und es wurden auch zwei silberfarbene Erkennungsmarken daran befestigt – die eine seine Nummer bei der Stadtverwaltung, die andere ein herzförmiger Schmuckanhänger, den der Mann für ihn gekauft hatte. Die Leine hingegen blieb immer zu Hause. Es hatte sich gleich zu Anfang herausgestellt, daß dieser Hund zu der Sorte gehörte, die man nicht anzuleinen brauchte.

Manchmal ging die Frau mit ihm hinunter, aber dem Hund waren die Spaziergänge mit dem Mann lieber. Die Frau hatte ständig Angst, daß er ihr ausbüxen oder auf die Straße rennen würde. Sie vertraute ihm nicht, und jedesmal, wenn er sich kurz von ihr fortbewegte, um etwas zu beschnuppern, oder stehenblieb, um einem anderen Hund hinterherzustarren, der mit seinem Herrchen den gegenüberliegenden Gehsteig entlanglief, rannte sie zu ihm hin, packte ihn am Halsband und signalisierte ihm, daß es Zeit sei, wieder nach Hause zu gehen. Der Mann hatte ihr vorgeschlagen, ihn anzuleinen, wenn sie solche Befürchtungen habe, und einmal hatte sie es versucht; sie hatte die noch immer nagelneue Leine an dem Halsband eingehakt, doch der Hund war an der Wohnungstür sitzen geblieben und hatte sich geweigert, sich in Bewegung zu setzen.

Am Donnerstag morgen weckte der Mann die Frau, machte ihr einen Kaffee und servierte ihn ihr im Bett. Er brachte den Heizlüfter mit, stellte ihn auf ihrer Seite des Betts auf den Fußboden, setzte sich zu ihr auf die Bettkante und überreichte ihr ein kleines, in Geschenkpapier gehülltes Päckchen. Die Frau riß es ihm aus der Hand, entfernte ungeduldig das Geschenkpapier und öffnete das Schächtelchen. Als sie die Kette sah, umarmte sie ihn stürmisch. Sie hatten sie einmal gemeinsam im Schaufenster eines kleinen Ladens in der Nähe der Wohnung entdeckt. Sie legte sie an, und der Mann half ihr, den Verschluß einzuhaken, und küßte ihr den Nacken. Dann bückte er sich, kraulte den Hund am Genick und sagte, es wäre doch nett, zu ihrem Abendessen auch die Kupplerfreundin einzuladen.

Sie sei einsam, fügte er hinzu, und er fühle sich ein wenig schuldig, daß er sie so vernachlässigt habe.

Die Frau wußte nicht, was sie sagen sollte. Sie schwieg einen Augenblick und meinte dann: »Aber es kommen doch lauter Paare. Vielleicht fühlt sie sich dann gar nicht wohl.«

»Genau das«, erwiderte der Mann, »ist mir auch durch den Kopf gegangen. Aber dann habe ich mir überlegt – und wenn du das nicht gut findest, sag's ruhig –, daß du vielleicht deine Freunde fragen könntest, ob sie nicht jemanden mitbringen könnten. Meine Freunde versuchen schon seit Jahren, sie zu verkuppeln, und nichts funktioniert. Sie hat ihnen schon den gesamten Fundus verschlissen. Vielleicht kennen deine Freunde jemanden? Bloß so, ich dachte, das wäre vielleicht nett. Findest du nicht?«

»Doch«, sagte die Frau, »schon.«

»Aber nur, wenn du wirklich nichts dagegen hast«, betonte der Mann und band seine Socke um die Schnauze des Hundes, aber der Hund war nicht zum Spielen aufgelegt. Er beäugte die Socke, die inzwischen wieder auf dem Boden lag, und ließ sich dann auf seinem Teppich nieder, schloß die Augen und stellte ein Ohr auf.

»Das geht also klar?« fragte der Mann.

»Geht klar«, erwiderte die Frau.

»Haben wir genug eingekauft?«

»Ja«, sagte die Frau.

»Könntest du mal kurz bei deinen Freunden anrufen? Macht es dir was aus, sie zu fragen?«

»Nein«, antwortete die Frau. »Ich rufe nachher an und frage.«

Am Mittag rief der Mann die Frau aus einer Telefonzelle an, und sie hörte ihn in einem Radau aus Geschrei, Gekicher und hupenden Autos sagen, daß die Freundin sich über die Einladung sehr gefreut habe und gerne kommen wolle.

»Hast du deine Freunde erreicht?« erkundigte er sich. Sie wußte, daß er sie in diesem Lärm kaum hören konnte.

»Ja«, sagte sie, »ich habe sie erreicht.«

»Und was haben sie gesagt?« schrie der Mann in den Hörer. »Was haben sie gesagt?«

»Sie haben gesagt, daß sie jemanden kennen, aber nicht wissen, ob er heute schon was vorhat. Sie werden später noch einmal versuchen, ihn zu erreichen.«

»Was hast du gesagt?« fragte der Mann. »Ich verstehe kein Wort, es ist wahnsinnig laut hier. Wir machen hier gerade Außenaufnahmen.«

»Sie haben gesagt, sie kümmern sich darum«, erklärte die Frau.

»Bringen sie jemanden mit?« erkundigte sich der Mann, und die Frau, die mit dem Telefon am Balkon in der Küche stand, wurde plötzlich wütend und schrie: »Was ist los mit dir? Bist du schwerhörig?«

»Was hast du gesagt?« schrie der Mann zurück, und im Hintergrund hörte sie die Stimme einer Frau und dann den Mann auflachen.

»Was?« fragte der Mann noch einmal. »Ich kann nichts hören. Warte mal kurz, ja?«

»Ja«, sagte die Frau leise zu sich selbst, verdrehte die Augen und kraulte mit dem Fuß den Bauch des Hundes, der vor dem Kühlschrank auf der Seite lag. Im Hintergrund hörte sie Autos hupen und ferne Stimmen von Menschen, und sie fragte sich, ob die Frau, deren Stimme sie soeben vernommen hatte, wohl die schöne Schauspielerin von dem Foto an der Korkwand war.

Als der Mann wieder ans Telefon kam, war es von draußen nicht mehr so laut; statt dessen begannen nun Störungen in der Leitung. Jetzt konnte sie ihn nicht hören.

»Also, was hast du eben gesagt? Daß du sie erreicht hast?« erkundigte sich der Mann.

»Was?« fragte die Frau.

»Hast du mit ihnen gesprochen?«

»Ja!« brüllte die Frau in den Hörer. »Ja! Ich habe mit ihnen gesprochen! Das hab ich dir jetzt doch schon tausendmal gesagt: Ich habe mit ihnen gesprochen!« Und ihr Fuß, der auf dem Bauch des Hundes geruht hatte, versetzte dem Hund unvermittelt einen Tritt, und er sprang jaulend auf und lief verwirrt durch die Küche.

»Entschuldige!« rief die Frau, »entschuldige!«

Der Mann fragte: »Was?«

Die Frau schrie: »Mir reicht's! Ich kann nichts verstehen! Wir reden später.«

»Wir sollen später reden?« fragte der Mann.

»Ja! Ja!« rief die Frau und knallte den Hörer auf die Gabel.

Als der Mann nach Hause kam, war schon alles vorbereitet: Der Küchentisch stand, mit einer blauen Tischdecke versehen und für acht Personen gedeckt, in der Mitte des Wohnzimmers, und aus der Küche drangen wunderbare Gerüche, die den Mann bereits im Treppenhaus empfangen hatten. Es war ein kalter Abend gegen Ende des Winters, und alle Öfen in der Wohnung brannten. Der Mann zog seinen Mantel aus, legte den Schlüsselbund auf seinen Tisch und fand die Frau auf dem Sofa sitzend vor; der Hund lag friedlich neben ihr.

Er betrachtete den Tisch und stieß einen Laut der Bewunderung aus. Er stellte die beiden Weinflaschen, die er besorgt hatte, dazu und erklärte: »Ich habe Wein gekauft.

Du hast zwar vergessen, mir aufzutragen, daß ich Wein besorgen soll, aber ich habe trotzdem welchen mitgebracht.«

»Ich hab's nicht vergessen«, erwiderte die Frau. »Die Leute bringen Wein mit. Du hättest keinen zu kaufen brauchen.«

Er ging zur Wohnungstür zurück und musterte von dort den Tisch, um ihn aus der Entfernung weiterzubewundern und zu prüfen, wie er für jemanden aussah, der gerade hereinkam. Dann ging er in die Küche, öffnete die Ofentür und warf einen kurzen Blick ins Innere, hob die Deckel von den drei Töpfen, die auf dem Herd standen, öffnete den Kühlschrank und bewunderte mit einem Pfiff das Dessert, das dort mit Frischhaltefolie abgedeckt wartete. Dann ging er wieder ins Wohnzimmer, setzte sich neben die Frau, legte den Kopf des Hundes auf seinen Schoß, um sich ein wenig an ihm zu wärmen, und sagte: »Dann ist ja alles vorbereitet.«

Der Hund merkte es als erster. Schon am Morgen hatte er gespürt, daß etwas Schlimmes bevorstand, und dann war am Mittag dieser Tritt gekommen. Es war der erste richtige Tritt, den er abbekommen hatte seit dem Tag, an dem der Mann und die Frau ihn aufgelesen hatten, und er ähnelte keinem der anderen Tritte, die ihm in seinem Leben verpaßt worden waren. Er war unter das Sofa gekrochen und hatte beobachtet, wie die Füße der Frau im Wohnzimmer auf und ab gingen, dann hatte er sie weinen gehört, ein kurzes und leises Schluchzen, das nicht länger als ein paar Minuten anhielt. Als er schließlich wieder hervorgekrochen war, um sich leise zur Küche zu schleichen, hatte die Frau versucht, ihn hochzunehmen. Aber er war kein Welpe mehr, und so hatte sie nur seinen Oberkörper erwischt, während seine Hinterbeine, festen Boden unter sich suchend, durch die Luft strampelten. Eine Weile lang hatten die beiden einen seltsamen Tanz vollführt, bis die Frau ihn schließlich freigegeben hatte, und in seinem Kopf war eine vage Erinnerung an seinen ersten Tag in ihrer Wohnung aufgeflackert – als er fünf Wochen alt war, ein unbeleckter Straßenköter.

»Was ist los?« erkundigte sich der Mann. »Hast du mal wieder eine deiner Launen?«

Die Frau blieb still und nahm den Schwanz des Hundes in die Hand.

»Weißt du«, sagte sie, und ihre Augen, die sie vor einigen Minuten geschminkt hatte, füllten sich mit Tränen, »ich finde deine Frage, ob ich mal wieder eine meiner Launen habe, ziemlich bescheuert. Man ist doch immer so oder so gelaunt.«

»Es ist doch bloß eine Redensart«, sagte der Mann, »ich habe nie richtig darüber nachgedacht. Also, bist du jetzt gut oder schlecht gelaunt?«

»Schlecht«, erwiderte die Frau und fing mit der Zungenspitze eine große Träne auf, die ihr über die Wange herabkullerte.

»Weinst du?« fragte der Mann.

»Nein«, antwortete die Frau.

»Was ist denn passiert?» wollte der Mann wissen und versuchte sie in den Arm zu nehmen, aber sie rückte von ihm weg und zog ihren Anteil am Hund mit sich mit an das andere Ende des Sofas.

»Du hältst es für selbstverständlich, daß ich alles mache«, sagte sie. »Das ist passiert.«

»Was?!« fragte der Mann und kraulte und rubbelte den Hund hinter den Ohren.

»Ich bin nicht dein Dienstmädchen«, erklärte die Frau.

»Was?!« fragte der Mann nochmals. »Wovon redest du?«

»Von diesem Essen«, sagte die Frau. »Es war *deine* Idee, *du* wolltest Leute einladen, und die ganze Woche bin *ich* am Arbeiten, und heute willst du aus heiterem Himmel noch diese Freundin von dir einladen, und wenn sie allein käme, wäre das Ganze halb so wild, aber jetzt kommt da noch ein Typ, den wir überhaupt nicht kennen.«

»Dann bringen sie also jemanden mit?« freute sich der Mann und vergaß, daß er an der Schwelle zu einem Streit stand.

»Ja!« brüllte die Frau. »Zufrieden? Ja! Sie bringen jemanden mit. Und ich war den ganzen Tag mit dieser bescheuerten Koordiniererei beschäftigt. Den ganzen Tag!«

Der Mann setzte seinen schulmeisterlichen Ton auf, was den dösenden Hund sogleich veranlaßte, ein Ohr aufzustellen, um herauszufinden, ob die Belehrung an ihn gerichtet sei. Der Mann sagte: »Jetzt hör mal gut zu. Es lag nicht in meiner Absicht, daß alles an dir hängenbleibt. Ich habe dir vorgeschlagen, daß wir ein Essen geben, weil ich dachte, es könnte uns beiden guttun. Ich dachte, es sei langsam an der Zeit, daß du meine Freunde kennenlernst und ich deine. Seit sechs Monaten hocken wir zu Hause herum, allein, und nicht, daß es mir damit schlechtginge, aber wir gehen nie aus und lernen keine neuen Leute kennen, und da dachte ich, das wäre mal eine Abwechslung. Mehr nicht. Und außerdem habe ich dir sehr wohl geholfen. Wir haben gemeinsam geplant, was wir kochen.«

»Was *wir* kochen?!« schrie die Frau. »Wer hat denn hier gekocht? Du etwa?«

»Nein«, sagte der Mann, »du. Du hast gekocht.«

»Natürlich!« fauchte die Frau und zog den Hund heftig am Schwanz. Er erwachte und starrte sie an, ohne zu winseln. Dann sprang er vom Sofa und trabte langsam, wie lahmend, ins Schlafzimmer.

»Wie immer! Du lebst hier wie ein Pascha, dreimal am Tag Essen, feste Uhrzeiten, was will man mehr?«

Sie wollte diese Dinge, die ihr genauso neu waren wie dem Mann, nicht sagen, aber sie konnte sich nicht bremsen. »Weißt du eigentlich, daß du hier eingezogen bist, ohne mich zu fragen? Wir waren gerade mal eine Woche zusammen, und plötzlich landen deine Sachen hier, und aus mir wird über Nacht ein Heimchen am Herd…«

Mit einem Mal schäumte die Frau förmlich über vor Genuß, diese Dinge auszusprechen – auch wenn sie nicht ganz stimmten –, weil der Wutausbruch ihr besser schmeckte als die Wahrheit.

Der Mann hingegen wollte die Wahrheit.

»Meinst du das etwa ernst?« fragte er, und die Frau, die das Gefühl hatte, im Waggon einer Achterbahn zu sitzen, wollte unbedingt ausprobieren, ob die Sicherheitsreling, die sie jetzt mit beiden Händen umklammerte, der Belastung standhielte.

»Ja«, antwortete sie, »das meine ich ernst.«

»Ich hatte keine Ahnung, daß du das so empfindest.«

»Ich auch nicht«, entgegnete die Frau.

»Ich dachte, unsere Beziehung sei echt«, sagte der Mann.

»Ich auch«, gab die Frau zurück.

»Ich dachte, unsere Beziehung kommt aus, ohne ständig aufzurechnen«, sagte der Mann, und die Frau, deren Waggon den Abgrund bereits durchquert und den Anfangspunkt einer neuen Steigung erreicht hatte, rief aus: »Ohne aufzurechnen? So etwas gibt es nicht. Alle rechnen auf, ständig und alles. Ein Leben lang.«

»Aber ich habe immer gedacht, wenn man liebt, dann hat man das nicht mehr nötig.«

»Das habe ich auch immer gedacht«, erklärte die Frau.

»Du hättest etwas sagen sollen. Du hättest etwas sagen sollen, bevor ich meine Wohnung aufgegeben habe. Das war ein echtes Schnäppchen! So etwas Billiges finde ich kein zweites Mal. Wenn du das so empfindest, warum hast du nicht vor zwei Wochen den Mund aufgemacht?«

»Ist das alles, was dich interessiert?« höhnte die Frau. »Deine lausige Wohnung? Und du willst mir was von einer Beziehung erzählen, die auskommt, ohne aufzurechnen?«

Und irgend jemand in ihr – jemand, der schon sehr lange auf dem Jahrmarkt arbeitete – warnte sie, es sei jetzt an der Zeit, vom Waggon abzuspringen, ehe er am Scheitelpunkt des Berges angelangt wäre und sie wieder mit dem Gesicht zum Abgrund stünde, der, wie sich das für eine anständige Achterbahn gehöre, noch tiefer wäre als der vorangegangene. Und in seiner Großzügigkeit flüsterte der alte Kontrolleur der Achterbahn ihr noch ins Ohr: ›Hast du nicht gut zugehört? Er hat gesagt: Wenn man *liebt*‹, doch seine Worte gingen im Gekreische der angsterfüllten Mitfahrer unter.

»Hör mal«, meinte sie, »in einer halben Stunde sollen die Gäste hier sein. Es hat keinen Sinn, dieses Gespräch jetzt fortzuführen.«

»Nein, hat es auch nicht«, entgegnete er. »Und wenn ich ehrlich sein soll, weiß ich auch nicht, ob es danach einen Sinn hat.«

Und mit einem Mal brach die Sicherheitsreling weg, und der alte Kontrolleur, der enttäuscht von ihr war, sagte nur: ›Steig aus, die Fahrt ist zu Ende. Diesmal ist dir nichts zugestoßen, aber noch einmal lassen wir dich nicht mitfahren.‹

Die Frau brach in Tränen aus, wie ein kleines Mädchen, das vom Fahrrad gefallen ist. Diesmal empfand der Mann kein Mitleid mit ihr. Er stand auf, zog seinen Mantel an, nahm den Schlüsselbund in die Hand und pfiff nach dem Hund.

Der Hund wollte nicht hinaus in die Kälte. Er stellte ein Ohr auf, hob kurz den Kopf vom Teppich und war unschlüssig, ob er auf den Pfiff reagieren solle. Es bestand immerhin die Möglichkeit, daß es sich um einen Irrtum handelte. Daß seine Ohren ihn getäuscht hatten. Daß der Mann mit dem Pfiff nicht ihn gemeint hatte. Aber der Mann wollte hinaus, die Kälte war ihm egal, und er kam, mit den Schlüsseln klimpernd, ins Schlafzimmer. Der Hund schlug die Augen auf und wedelte mit dem Schwanz, und als er den sanft rügenden Ton vernahm, erzieherisch, zärtlich und enttäuscht zugleich, und hörte, wie die Frau die Badezimmertür zuknallte, erhob er sich, streckte sich und trabte hinter dem Mann her zur Tür.

22

Als der Mann von dem Spaziergang mit dem Hund zurückkehrte, saßen die Frau und die Kupplerfreundin auf
dem Sofa. Fast eine Stunde war er mit dem Hund durch
die Straßen gelaufen, bis hin zum Strand, was in dem Hund,
der anfangs lustlos und in einem seltsam lahmenden Gang,
den er sich plötzlich angeeignet hatte, neben ihm herge-
trabt war, wieder Freude entfachte und das Gefühl von
Abenteuer. Als er die Strandpromenade mit ihrem Meer
von Lichtern auf der gegenüberliegenden Seite der breiten
Fahrbahn vor sich sah, stellte er sich auf die Hinterbeine
und lehnte sich mit den Vorderpfoten an die Oberschenkel
des Mannes, wedelte mit dem Schwanz und bellte zustim-
mend. Doch der Mann machte plötzlich wieder kehrt und
trat in derselben Richtung, aus der sie gekommen waren,
den Rückweg an. Der Hund blieb am Straßenrand sitzen,
schaute abwechselnd auf die Ampel – auf das stehende
Ampelmännchen, das von dem gehenden, das er stets lieber mochte, abgelöst wurde – und auf den Mann, der sich
im Laufschritt von ihm entfernte.

Bis der Mann merkte, daß der Hund nicht an seiner Seite
war, vergingen ein paar Minuten. Er wußte, daß er spät dran
war, bestimmt waren die Gäste schon da, und er rannte, in
seinem langen Mantel schwitzend, zurück zur Strandpromenade. Aus der Entfernung konnte er den Hund sehen, der
mit dem Rücken zu ihm dasaß und die Ampel anglotzte.
Verärgert rief er ihn mit einem einzelnen, langgezogenen
Pfiff herbei, und der Hund spitzte ein Ohr, wandte den
Kopf nach ihm um, erhob sich und trabte, den Schwanz

zwischen den Beinen, zu ihm hin. Den Nachhauseweg machte der Hund in seiner neuen, lahmenden Gangart, wobei er immer wieder an die Knie des Mannes stieß, der ihn schalt, ihn zur Eile antrieb und immer wieder fragte: »Was hast du denn? Was ist heute nur los mit dir?«

Die Frau und die Kupplerfreundin saßen auf dem Sofa, die eine am einen und die andere am anderen Ende, Gesicht, Hals und Schultern einander zugewandt. Als der Mann hereinkam, stand die Freundin auf und umarmte ihn, dann kniete sie sich neben dem Hund nieder und liebkoste ihn, indem sie seinen Körper mit den Händen beutelte und ihm allen möglichen Unsinn ins Ohr flüsterte. Sie war sein erster Besuch, und er hatte keine Ahnung, wie man damit umging. Er unterdrückte ein kurzes Knurren in der Kehle und wartete darauf, daß sie ihn wieder in Ruhe lassen würde. Als sie schließlich von ihm abließ, humpelte er in die Küche, trank ein wenig Wasser und ging dann ins Schlafzimmer. Auf dem Weg warf er einen letzten Blick zurück auf die Freundin, die wie ein Welpe um den prächtigen Tisch und den Mann herumschwänzelte. Der Mann blickte mit Stolz auf die gedeckte Tafel, und sie fragte nach, ob es noch etwas zu helfen gebe.

Die Frau ging in die Küche, und der Mann folgte ihr und fragte die Freundin von der Küche aus, was sie trinken wolle.

»Egal«, sagte die Freundin. Sie stellte sich vor das große Bücherregal, ließ ihren Blick über die vielen Bände schweifen und blieb vor den ihr bekannten Büchern des Mannes stehen, von denen sie hin und wieder eines mit den Fingerspitzen berührte.

»Weiß sie Bescheid, daß wir sie mit jemandem verkuppeln wollen?« erkundigte sich die Frau.

»Ja«, antwortete der Mann und strich ihr mit einem Finger, der vom Spaziergang noch kalt war, übers Kinn.

»Sprichst du noch mit mir?« fragte die Frau.

»Natürlich spreche ich noch mit dir«, erwiderte der Mann.

»Bedeutet das, wir sind wieder gut?« wollte sie wissen und warf einen flüchtigen Blick auf den vollen Napf des Hundes.

»Es bedeutet, daß ich mit dir spreche«, erklärte der Mann. »Hat er heute nichts gefressen?«

»Nein«, antwortete die Frau. »Ich habe ihm sein Mittagessen hingestellt, aber er hat es nicht angerührt. Ich weiß nicht, was er hat. Er hat wohl eine seiner Launen.«

Der Mann grinste und fragte: »Soll ich dir noch etwas helfen?«

»Nein«, erwiderte die Frau. »Es ist schon alles fertig, ich sehe nur noch einmal nach dem Kartoffelgratin. Besorge du ihr inzwischen etwas zu trinken, ich komme gleich nach.«

Es klingelte, und der Mann ging zur Wohnungstür. Die Frau hörte die Stimmen von ihrer Freundin und deren Lebensgefährten, und wie der Mann ›Sehr erfreut‹ sagte und sich ihnen vorstellte. Sie kam aus der Küche und umarmte ihre Freundin, und der Mann nahm dem Lebensgefährten ihrer Freundin die Weinflasche ab, die er mitgebracht hatte, bekundete lautstark sein Entzücken und stellte sie zu seinen eigenen beiden Flaschen auf den Tisch. Die Frau ging zurück in die Küche und hörte, wie die Kupplerfreundin von dem Mann alles mögliche über den Wein wissen wollte und wie der Mann und der Lebensgefährte ihrer Freundin sie in aller Ausführlichkeit aufklärten.

Ihre Freundin gesellte sich zu ihr in die Küche, legte ihr eine Hand auf die Schulter und fragte: »Hast du geweint?«

»Ja«, antwortete die Frau, »vorhin. Wir hatten Streit.«

»Weswegen denn?« wollte die Freundin wissen und mischte den großen Salat, der in einer Glasschüssel auf dem Küchentisch stand.

»Wegen nichts«, erwiderte die Frau, klappte die Ofentür auf und sagte: »Schau mal rein und sag mir, ob die Kartoffeln schon durch sind.«

»Er sieht nett aus«, meinte die Freundin und stach mit einer Gabel in den Kartoffelgratin. »Durch«, verkündete sie und leckte die Gabel ab.

Es klingelte abermals an der Tür, und wieder ging der Mann aufmachen – mitsamt der Weinflasche, die das Gespräch im Wohnzimmer in Gang gebracht und inzwischen eine kleine, aber freundschaftliche Diskussion zwischen ihm und dem Lebensgefährten ihrer Freundin entfacht hatte.

Nun spazierte das Paar, das mit dem Mann befreundet war, ins Wohnzimmer. Die beiden entschuldigten sich für ihre Verspätung und schoben die Schuld auf das Baby. Dicht hinter ihnen folgte der alleinstehende Mann.

»Schau mal, was wir mitgebracht haben«, verkündete der Freund des Mannes stolz und zog eine Flasche französischen Wein aus einer Tüte.

Der Mann tat abwehrend und rief der Frau zu: »Sieh dir an, was sie da mitgebracht haben! Weißt du, was für ein unglaublicher Wein das ist? Was fällt euch ein, so etwas mitzubringen? Seid ihr verrückt geworden?«

»Wieso nicht?« meinte die Mutter des Babys. »Ein Essen bei euch, das ist doch ein umwerfendes Ereignis.«

»Umwerfend«, frotzelte der Mann und nahm die Flasche entgegen. Nun stand er, mit zwei Flaschen wedelnd, im Wohnzimmer, und über der Fachsimpelei in Sachen Qualitätsweine wäre der alleinstehende Mann beinahe in Vergessenheit geraten. Er stand, noch immer im Mantel, am Tisch und studierte die Etiketten der beiden aus dem Rennen ausgeschiedenen Weinflaschen.

Sogleich stellten sich alle einander vor, und die Frau sammelte die Mäntel ein und brachte sie ins Schlafzimmer. Als sie die Tür öffnete und in das dunkle Zimmer trat, hob der Hund den Kopf, und die Frau hörte ihn mit dem Schwanz auf den Teppich klopfen. Sie legte die Mäntel auf das Bett. Sie rochen nach frischer Luft und Kälte.

23

Der alleinstehende Mann war schüchtern. Schweigsam verfolgte er das lebhafte Gespräch, das sich zwischen den beiden Paaren entwickelte – dem Paar von seiten des Mannes und dem Paar von seiten der Frau, die vom ersten Moment an eine gemeinsame Sprache fanden –, und das diskrete Parallelgespräch zwischen dem Mann und der Frau, das sich um gastgeberische Angelegenheiten drehte. Auch der Kupplerfreundin, die zuviel Wein trank und ständig versuchte, sich in beide Gespräche hineinzudrängen, hörte er aufmerksam zu. Er selbst sagte kaum ein Wort, doch als er hörte, daß es in der Wohnung einen Hund gab, bat er, ihn sehen zu dürfen. Der Mann meinte: »Ich glaube, er ist im Schlafzimmer, soll ich ihn herholen?« Aber die Frau fand, man solle ihn lieber in Ruhe lassen. Er sei so viele Leute um sich nicht gewohnt.

Der alleinstehende Mann war enttäuscht. Er sei ein großer Hundeliebhaber, erklärte er, und wenn er nicht in einer kleinen Einzimmerwohnung hausen würde, hielte er sich mit Sicherheit einen oder zwei Hunde. Die Freundin stand auf und sagte: »Komm, ich zeig ihn dir«, und der alleinstehende Mann folgte ihr verlegen ins Schlafzimmer. Die drei Paare grinsten, und im Wohnzimmer wurde es still. Der Mann legte die Finger der Frau zwischen die seinen und schloß die Hand. Er war enttäuscht von seiner Freundin. Sie war betrunken und ihr Verhalten ziemlich durchsichtig.

Die Kupplerfreundin knipste das Licht im Schlafzimmer an, und der Hund erwachte blinzelnd. Er setzte sich auf sein Hinterteil und glotzte unter Gähnen die beiden Menschen an, die da in der Tür standen. Die Freundin meinte: »Komm, wir streicheln ihn ein bißchen«, umklammerte die Hand des alleinstehenden Mannes und zerrte ihn näher an den Hund heran. Der alleinstehende Mann löste seine Hand aus der ihren und beugte sich hinab, um den Hund zu streicheln. Die Freundin lehnte sich über ihn, und der alleinstehende Mann und der Hund rochen ihren alkoholisierten Atem. Er streichelte sanft den Kopf des Hundes, der Hund leckte ihm die Finger, und die Kupplerfreundin legte dem alleinstehenden Mann eine Hand auf die Schulter.

Als sie wieder im Wohnzimmer erschienen, wollten alle wissen, wie es dem Hund gehe, und die Freundin fing an, von ihm zu erzählen, als ob er ihr gehörte. Sie erzählte seine Geschichte, berichtete von seinen Gewohnheiten und was er gerne fraß, und sogleich verfielen alle in ein Gespräch über Hunde. Es war ein hervorragendes Thema, denn der alleinstehende Mann vergaß kurzfristig seine Schüchternheit und bereicherte alle mit seinem enormen Hundewissen. Er war ein attraktiver Mann, attraktiver als die anderen Männer im Raum, von denen jeder still für sich registrierte, daß die Kupplerfreundin blendend aussah. Trotz der kalten Witterung trug sie eine tief ausgeschnittene, dünne Bluse und einen Minirock und schwarze Stiefel, die bis zu den Oberschenkeln reichten, und ihre Lippen waren in einem Braunton geschminkt, mit einem dunklen Lippenstift, der, wie die Frauen registrierten, inzwischen größtenteils am Rand ihres Glases haftete.

Der Mann kannte ihren Körper gut. Zwischen seinen einzelnen *blind dates*, zwischen *one-night stands* und Zweimonatsaffären, hatte er mit ihr Sex gehabt, und bevor er dann am anderen Morgen aufgebrochen war, hatten sie beide Vermutungen darüber angestellt, wie lange es wohl dauern würde bis zum nächsten Mal. Das letzte Mal lag mehr als sechs Monate zurück, im Sommer, einige Wochen, bevor er die Frau kennengelernt hatte. Es war an seinem Geburtstag gewesen. Merkwürdig, dachte er jetzt, während er sie beobachtete, irgendwie merkwürdig, daß er sie nie als sexuelles Wesen betrachtet hatte. Für ihn war sie eine gute Freundin, und der Sex mit ihr eine Frage der Gewohnheit. Am heutigen Abend sah er sie zum erstenmal in einem anderen Licht, in einem *follow-spot*, der sie anstrahlte wie die Suchscheinwerfer der Polizei in einer dunklen Gasse. Er dachte: »Wenn ich nicht mit ihr befreundet wäre und sie nicht kennen würde – noch vor sechs Monaten hätte ich sie auf einer Party abgeschleppt und mit ihr geschlafen.« Er schämte sich für diese Gedanken, noch mehr aber schämte er sich für die Freundin. Er verabscheute es, sie so zu sehen, so verführerisch und so verzweifelt. Doch sie war jetzt Teil der Vergangenheit, und ihre aufreizende sexuelle Präsenz in diesem Raum hatte nicht mehr mit ihm zu tun. Dieser Gedanke tröstete ihn ein wenig. Er freute sich, daß er jetzt auf einer anderen Party war – seiner eigenen, die, wie er sich plötzlich eingestehen mußte, zu einer kleinen Siegesfeier geraten war.

Der alleinstehende Mann saß in einem Sessel und hielt seine Hundereden, und die Kupplerfreundin stand auf, ging zum Tisch und schenkte sich Wein nach. Sie kehrte nicht zu ihrem Stuhl zurück, sondern nahm auf der Erde Platz, zu Füßen des alleinstehenden Mannes. Dieser versuchte, nach hinten wegzurücken, doch der Sessel war zu schwer. Er spürte, wie die Kupplerfreundin sich mit dem Rücken an seine Beine lehnte; ihre Wirbelsäule und ihre Schulterblätter rieben sich an seinem Knie. In aller Ruhe, um kein Aufsehen zu erregen, schlug der alleinstehende Mann die Beine übereinander. Die Freundin wandte sich lächelnd zu ihm um, wartete mit hocherhobenem Glas, bis er seine neue Position im Sessel eingenommen hatte, und lehnte dann ihren Kopf an sein am Boden verbliebenes Bein. Der alleinstehende Mann erzählte der Runde von dem Hund, den er als Kind gehabt hatte – einen im Hof angeketteten Wachhund –, und wie dieser auf ihn aufgepaßt habe; wer immer es gewagt hatte, sich ihm auch nur zu nähern, den habe er angeknurrt.

Daraufhin erzählte der Vater des Babys von dem kleinen Hund aus seiner Kindheit, der von einem anderen Hund zerfleischt worden war, und der alleinstehende Mann, der interessiert zuhörte und nickte, stellte nun sein anderes Bein auf die Erde zurück und grätschte die Beine, woraufhin die Kupplerfreundin nach hinten wegkippte. Sie sagte: »Ups!«, er sagte: »Entschuldigung!«, und von da an mußte sie sich mit dem Sessel als Lehne begnügen.

Das Gespräch über Hunde wurde abgelöst von einem Gespräch über Autos, und der alleinstehende Mann verfiel in Schweigen. Die Kupplerfreundin wandte sich zu ihm um und fragte: »Was für einen Wagen fährst du?«

Noch ehe er antworten konnte, daß er gar kein Auto habe, erklärte sie: »Ich liebe Autos. Und ich liebe Männer, die schnell fahren.«

»Du – du hast ja nicht mal den Führerschein«, höhnte der Mann, der anfing sie zu hassen; er saß auf dem Sofa und hatte einen Arm um die Schulter der Frau gelegt.

»Und er fährt viel zu schnell!« konterte die Freundin und deutete auf den Mann. »Ihr solltet ihn mal sehen. Er fährt wie eine gesengte Sau. Man müßte ihm glatt den Führerschein entziehen. Ich schwör's euch, wenn ich nicht mit ihm befreundet wäre, ich hätte ihn längst bei der Polizei angezeigt.«

»Das stimmt doch gar nicht«, widersprach die Frau, »er ist ein guter Fahrer. Mag sein, daß er schnell fährt, aber er hat alles im Griff.«

»Ich bin ein ziemlich schlechter Fahrer«, erklärte der alleinstehende Mann. »Ich habe, wie gesagt, kein Auto, und ich bin schon ewig nicht mehr gefahren.«

»Das heißt doch nicht gleich, daß du schlecht bist«, meinte die Freundin der Frau. »Du bist eben vorsichtig.«

»Ich mag vorsichtige Fahrer«, verkündete die Kupplerfreundin, stand abermals auf, um sich Wein nachzuschenken, und fragte, ihr Glas schwenkend: »Noch jemand?«

Niemand meldete sich. Es war schon spät, jeder hatte einen Grund aufzubrechen, und auch das Ziel war bekannt. Das Paar des Mannes mußte den Babysitter ablösen, und das Paar der Frau wollte früh aufstehen, um eine Wohnung zu besichtigen, die sie eventuell kaufen wollten. Der alleinstehende Mann hatte nichts besonderes vor – außer der Kupplerfreundin zu entkommen, die sich inzwischen mit einem vollen Weinglas abermals zu seinen Füßen niedergelassen hatte.

Der Mann und die Frau beobachteten sie und bereuten den Streit, den sie am Nachmittag gehabt hatten. Der Mann konnte sich an fast nichts mehr erinnern, außer daß er überflüssig gewesen war. Was die Frau von seinem Fahrstil hielt, schmeichelte ihm. Und im Kopf der Frau echote die ganze Zeit sein ›…wenn man sich liebt‹. Plötzlich war sie voller Sympathie für die Kupplerfreundin. Hier, in ihrer Wohnung, in ihrer und des Mannes Wohnung, einem echten Zuhause, in dem gekocht und einmal die Woche geputzt wurde, in dem ein Hund aufwuchs und auch mal Streit ausbrach – und selbst daraus konnte einem gelegentlich das Gefühl von Sicherheit entwachsen –, wurde soeben eine Horrorshow der Einsamkeit präsentiert. Zum ersten Mal in ihrem Leben saß sie an einem gemütlichen und geschützten Platz in der Loge und durfte Zuschauerin sein in diesem Schauspiel, das sie auswendig kannte.

Die Gäste standen auf, um zu gehen, und das Paar der Frau bot dem alleinstehenden Mann und der betrunkenen Kupplerfreundin eine Mitfahrgelegenheit an. Der Mann und die Frau bedauerten den alleinstehenden Mann, der kein Auto hatte und daher gezwungen sein würde, auf dem Rücksitz des Autos des Paares Platz zu nehmen – neben der Kupplerfreundin, die sich mit fliegenden Fahnen auf die Mitfahrgelegenheit stürzte und sofort ins Schlafzimmer lief, um dem alleinstehenden Mann seinen Mantel zu holen. In ihrer Aufregung vergaß sie die anderen Leute und Mäntel, und in der Dunkelheit des Schlafzimmers trat sie auch noch auf den Hund, der endlich das Knurren herausließ, das sie verdient hatte – das erste Knurren in seinem Leben.

24

Dem Hund standen schlimme Tage bevor. Vom Erfolg ihrer ersten Veranstaltung ermutigt, begannen der Mann und die Frau, Leute zu sich nach Hause einzuladen. Sie hatten das dringende Bedürfnis, sich in den Augen anderer Paare zu spiegeln, und der Hund, der sie blindlings liebte, war ihnen nicht genug. Fast jeden Abend kam jemand zu ihnen in die Wohnung. Manchmal war es ein Paar, manchmal zwei, und manchmal rückte mit einem der Paare auch ein angriffslustiges Wesen an, das fröhlich quietschend überall in der Wohnung herumkrabbelte, Schränke ausräumte und Sachen kaputtmachte, herumsabberte und auf den Boden pinkelte und in dem Hund wilde Triebe weckte, die nicht nur den Mann und die Frau sowie das Paar überraschten, das für dieses Wesen zuständig war, sondern auch den Hund selbst.

Jedesmal, wenn das Paar mit dem Baby zu Besuch kam, sperrten der Mann und die Frau den Hund ins Schlafzimmer. Jedesmal, wenn die Kupplerfreundin zu Besuch kam, zog er sich unaufgefordert dorthin zurück. Die Wohnung war nun nicht mehr sein Zuhause, sondern das des Mannes und der Frau, und er, der ihren wechselnden Launen hilflos ausgeliefert war, führte das Leben eines Untermieters.

Das alles wäre noch irgendwie zu ertragen gewesen, hätten der Mann und die Frau nicht eines Nachts beschlossen, ihn aus dem Schlafzimmer zu verbannen und die Tür von innen zu schließen. Er schickte sich in die neue Schlafordnung, wußte aber nicht mehr, was nun drinnen und was draußen war. Im Laufe der acht Monate seines Lebens hatte er nur erfahren, wie es sich anfühlte, im Schlafzimmer des Mannes und der Frau eingesperrt zu sein, nicht aber, wie es sich anfühlte, daraus ausgesperrt zu bleiben.

Es war die Idee der Frau gewesen, und zwar in der Folge ihres zweiten Streits. Sie hatten Gäste gehabt, wen genau, wußte er jetzt nicht mehr, doch ging er davon aus, daß es weder das Baby noch die Kupplerfreundin gewesen sein konnte, da er den ganzen Abend im Wohnzimmer verbracht hatte, an seinem angestammten Platz auf dem Sofa, zwischen dem Mann und der Frau.

Diesmal wurde nicht über Hunde oder Autos gesprochen. Diesmal war Sex das Thema. Jeder gab eine amüsante Geschichte aus seiner Vergangenheit zum besten. Keiner hatte etwas zu befürchten, denn jeder der Anwesenden, die Gastgeber eingeschlossen, hatte ja einen festen Partner oder eine feste Partnerin, die einen Puffer bildeten zwischen ihnen und ihren Vergangenheiten. Der Mann erzählte von der Schriftstellerin, und das Gelächter seiner Zuhörer animierte ihn zu Höhenflügen. Er beschrieb sie als psychopathische und frigide alte Jungfer und sich selbst als Wissenschaftler, der sie für private Forschungszwecke hergenommen hatte. Das verschaffte ihm das Gefühl, sich auf diese Weise gerächt zu haben an der Schriftstellerin, die seit damals schon wieder wer weiß wie viele Opfer auf dem Gewissen hatte und mit Sicherheit noch immer allein war in ihrem riesigen Haus mit dem verwilderten Garten, ihren Requiems und den Perserkatzen.

Die Frau erzählte in einem Atemzug von dem jungen Rechtsanwalt und dem geschiedenen Maler, und während sie redete, steckte sie sich einen Finger in den Hals und machte Kotzgeräusche. Alle, insbesondere die anwesenden Frauen, kugelten sich vor Lachen, nur der Mann blieb stumm.

Als die Gäste gegangen waren, räumten der Mann und die Frau die Gläser und Aschenbecher in die Küche und wechselten dabei nicht ein einziges Wort. Der Hund blieb auf dem Sofa liegen und stellte abwartend ein Ohr auf. Diese Stille jagte ihm mehr Angst ein als jedes plötzliche Geräusch, mehr noch als die Musik, die der Mann immer bis zum Anschlag aufdrehte, wenn die Frau nicht zu Hause war. Er lag auf dem Sofa und lauschte ihren Schritten vom

Wohnzimmer in die Küche und wieder zurück, hörte, wie der Wasserhahn auf- und wieder zugedreht wurde, das Rascheln der Tüte im Mülleimer, das Knarren der Schranktür im Schlafzimmer, die leisen Putzgeräusche der Zahnbürsten. Hin und wieder zuckte sein Ohr, ansonsten regte sich kein Muskel in seinem Körper. Er wartete beharrlich wie jemand, der unter seiner Decke liegend einem Einbrecher auflauert, der in der Wohnung gerade sein Unwesen treibt.

Der Mann setzte sich neben den Hund auf das Sofa und schaltete den Fernseher ein. Die Frau stellte zwei dampfende Tassen Tee auf den Tisch.

»Wo sind die Zigaretten?« fragte sie.

Der Mann zuckte mit den Schultern.

»Gerade eben waren sie doch noch da«, sagte die Frau.

»Jetzt sind sie es jedenfalls nicht mehr«, gab der Mann zurück.

Die Frau stellte sich, die Sicht auf den Fernseher versperrend, vor ihn hin und fragte: »Ist irgendwas vorgefallen?«

Der Mann schwieg.

»Bist du schlecht drauf?«

Der Mann nickte.

»Was ist passiert?« wollte sie wissen und setzte sich sofort zu ihm auf das Sofa. Der Mann rückte ein Stück von ihr ab.

Sie lehnte sich zu ihm hinüber, wobei ihr Ellenbogen den Rücken des Hundes berührte, streichelte den Mann am Arm und fragte abermals: »Was ist passiert?«

»Was eben passiert ist.«

»Was ist denn passiert?«

»Du fragst, als ob du es nicht wüßtest.«

»Weil ich es nicht weiß.«

»Du weißt es also nicht?« fragte der Mann.

»Nein. Ich habe keine Ahnung«, erwiderte die Frau.

»Aber vom Vögeln, davon hast du sehr wohl Ahnung«, sagte der Mann, nahm die Fernbedienung zur Hand und wechselte den Kanal.

»Moment mal«, sagte die Frau und mußte lachen, »redest du von dem, was ich da vorhin erzählt habe?«

»Was ist denn daran so lustig?« fragte der Mann.

»Ich kann's nicht fassen! Du bist ja eifersüchtig!« rief die Frau und wollte den Mann am Bauch kitzeln, doch er umklammerte ihr Handgelenk und führte es zurück auf das Sofa.

»Mußtest du das unbedingt vor versammelter Korona erzählen?«

»Aber alle haben etwas erzählt. Du doch auch!«

»Aber deine Geschichte war besonders abstoßend.«

»Nicht mehr als deine«, gab die Frau zurück.

»Das ist etwas anderes«, meinte der Mann.

»Was ist daran anders?« erkundigte sich die Frau. »Sag mir, was daran anders ist.«

»Keine Ahnung«, entgegnete der Mann, »aber es ist anders.«

»Warum? Weil ich eine Frau bin?«

»Vielleicht«, meinte der Mann.

»Willst du etwa behaupten, du hättest gedacht, ich sei noch Jungfrau, als du mich kennengelernt hast?«

»Nein«, erwiderte der Mann in gemessenem Ton, »daß du noch Jungfrau bist, habe ich nicht gedacht, aber ich hätte dir auch nicht zugetraut, daß du solche Leichen im Keller hast.«

»Leichen im Keller?« schrie die Frau. »Ein Fick und ein halber *blow job* – das nennst du Leichen?«

»Ja«, entgegnete der Mann und suchte mit den Augen nach der Zigarettenschachtel.

»Du willst mir etwas über Leichen erzählen, wo du selbst geschlagene drei Monate eine lebendige Leiche gevögelt hast?!« ereiferte sich die Frau.

»Das ist nicht dasselbe«, sagte der Mann, »und weder waren es drei Monate, noch war sie eine lebendige Leiche.«

»Wieso?« fragte die Frau. »Wieso ist es nicht dasselbe? Erklär mir das.«

»Wieso?« gab der Mann zurück, und in seine Stimme mischte sich der schulmeisterliche Ton. »Ich werde dir sagen, wieso: Weil Männer und Frauen unterschiedlich sind. Ficken ist Männersache. So ist das. Und wenn es noch so abstoßend ist – so ist es nun mal. Alles wäre nur halb so wild, wenn du mir erzählt hättest, daß man dich dazu gezwungen hat, daß du nicht wußtest, was du da tust, daß du sturzbesoffen warst. Aber so wie ich das verstanden habe – und du hast es heute abend ja sehr anschaulich beschrieben –, hattest du die Sache voll im Griff: Du hast die Typen auch noch scharf gemacht!«

»Dann hättest du es also vorgezogen, mich als Opfer einer Vergewaltigung zu sehen?« fragte die Frau. »Das hättest du wohl ›anständiger‹ gefunden?«

»Was ich auch sage, immer drehst du mir das Wort im Mund um«, erwiderte der Mann und stand auf, um die Zigaretten zu suchen. »Ich sage A, und du verstehst B.

Eigentlich wollte ich sagen: Ich habe gefickt, weil ich einsam war.«

»Und ich?« schrie die Frau. »Was meinst du, was ich war? Und im übrigen – weißt du was? Ich nehme zurück, was ich vorhin gesagt habe. Du hast recht: Du hast keine lebendige Leiche gefickt. Deine Leiche hat *dich* gefickt. Dich aufs Kreuz gelegt hat sie – sie und ihre widerlichen Katzen –, und weißt du was: Sie hat Achtung verdient!«

»Dein Feminismus ist wirklich beeindruckend«, sagte der Mann.

»Ich habe gar nicht gewußt, was für ein Chauvinist du bist«, gab die Frau zurück. »Und ich muß dir leider sagen: Ich finde es alles andere als beeindruckend.«

Er lief unruhig im Wohnzimmer umher und suchte die Zigaretten, aber er war zu zerstreut, um sie ausfindig zu machen. Die Frau hatte die Packung und das Feuerzeug inzwischen auf dem obersten Brett im Bücherregal gesichtet, behielt ihre Entdeckung aber für sich. Sie verfolgte, wie der Mann sämtliche Kissen umdrehte, auf denen er gesessen hatte, wie er sich bückte, um einen Blick unter das Sofa zu werfen – sogar den Hund schob er beiseite, um nachzusehen, ob der vielleicht auf den Zigaretten hockte –, und fixierte dann wieder die Schachtel und das Feuerzeug, die den Mann von den Höhen des Regals herab verspotteten. Der Mann setzte sich wieder und vergrub sein Gesicht in den Händen. Immer wieder schüttelte er den Kopf, später fing er an, sich mit den Fäusten die Augen zu reiben. Sie wußte nicht, ob sein Kummer ihr galt oder den unauffindbaren Zigaretten.

Schließlich stand sie auf, ging zum Bücherregal, nahm

sich die Zigaretten und zündete eine an und legte dann die Packung mitsamt dem Feuerzeug zurück aufs Regal. Der Mann hob den Kopf: »Gibst du mir auch eine?« Die Frau setzte sich neben ihn und legte Zigaretten und Feuerzeug vor ihn auf den Tisch. Schweigend rauchten sie zwei Zigaretten hintereinander. Sie wußten nicht, was sie einander sagen sollten. Sie wußten noch nicht, wie man miteinander streitet. Dies war eine Technik, von der der Mann nicht geglaubt hatte, daß er sie eines Tages würde beherrschen müssen, und die Frau hatte sich auf ihre Instinkte verlassen – sie würden ihr am Tage X schon sagen, was sie zu tun habe. Doch nun war der Tag gekommen, und ihre Instinkte hüllten sich in Schweigen.

25

In dieser Nacht und auch in den darauffolgenden Nächten kuschelte sich die Frau in die Arme des Mannes, streichelte ihn sanft und versuchte seine Aufmerksamkeit zu erheischen. Mal wollte sie sich von ihm trösten lassen, mal wollte sie ihn erregen, doch der Mann konnte ihr weder Trost spenden noch mit ihr schlafen. Er streichelte ihr Haar und strich mit dem Finger zaghaft über ihre Wirbelsäule und spürte, wie ihr Körper sich in der Dunkelheit ihm entgegenspannte. Dann murmelte er etwas von Müdigkeit und kehrte ihr den Rücken.

Sauer war der Mann inzwischen nicht mehr. Er war gelähmt vor Angst. Wenn er auch nur einem seiner Muskeln nachgäbe, so fürchtete er, würde er zu dem jungen

Rechtsanwalt werden, der es ohne Lust mit ihr getrieben hatte, oder noch schlimmer, zu dem geschiedenen Maler, der es überhaupt nicht geregelt gekriegt hatte, mit ihr zu schlafen. Es tat ihm leid, daß er nicht sein konnte wie die Schriftstellerin, daß er nicht, ohne sich zu rühren, auf dem Rücken liegen und die Frau mit ihm machen lassen konnte, was sie wollte, ohne daß sie wüßte, ob er tot war oder lebendig, und ohne daß es einem von ihnen etwas ausgemacht hätte. Und eines Abends sagte die Frau zu ihm, daß vielleicht der Hund das Problem sei.

»Du hast ein Problem damit, daß Tiere dich beobachten. Das hast du selbst gesagt«, erklärte sie.

Sie hatte es ironisch gemeint, sie wollte sich rächen an ihm für die Wochen, in denen er ihr den Rücken gekehrt hatte, aber der Mann, der sich nach ihr sehnte und nicht wußte, wie er sich ihr wieder zuwenden sollte, ließ ihre Worte an sich heran und meinte: »Kann gut sein, daß du recht hast.«

Seit jenem Streit war dies das erste Mal, daß sie lachten. Sie lagen auf dem Rücken im Bett und hielten Händchen und brachten einander mit allen möglichen Vergehen, die sie dem Hund anlasteten, zum Lachen. Nach fünf Minuten derlei Verleumdungen ging nicht nur die zeitweilige Impotenz des Mannes auf das Sündenkonto des Hundes, sondern auch die politische Lage sowie der Umstand, daß es auf dieser Welt Kriege, hungernde Kinder und Erdbeben gab.

Sie lagen im Bett, zeigten auf den Hund, der auf seinem Teppich döste, und kugelten sich vor Lachen. Dann begannen sie einander zu küssen. Der Mann fühlte sich plötzlich erregt, wollte aber kein Risiko eingehen. Er stand auf, stellte sich an die Zimmertür und pfiff. Der Hund hob den Kopf und blickte den Mann an, legte dann den Kopf wieder auf die Vorderpfoten und schloß die Augen. Der Mann schob zwei Finger in den Mund und stieß einen langgezogenen Pfiff aus, und die Frau prustete vor Lachen. Sie fand es zu lustig, wie der Mann splitternackt und mit einem Ständer in der Tür stand und dabei pfiff wie ein Bademeister. Auch der Mann mußte lachen, und das Gelächter erschütterte seine Pfiffe. Ermutigt durch die gute Stimmung, die im Schlafzimmer herrschte, erhob sich der Hund, streckte sich, wedelte mit dem Schwanz und trottete in Richtung Tür. Er stand einen Moment lang dort, ohne recht zu verstehen, was nun genau von ihm erwartet wurde. Der Mann packte den Hund am Genickfell und führte ihn in den Flur. Dann ging er rückwärts bis zur Türschwelle, schloß die Tür und sprang mit einem Satz zurück ins Bett.

»Der Arme«, sagte die Frau, als das Gelächter verebbt war und der Mann sie zu streicheln begann. »Gib ihm doch wenigstens seinen Teppich.«

Die Schlafzimmertür öffnete sich, und der Mann kam, den Teppich des Hundes zwischen den Fingerspitzen, heraus. Er breitete ihn entlang der Wand auf dem Boden aus und befahl dem Hund »Platz«, und der Hund setzte sich auf sein neues Lager.

Es funktionierte. Jetzt, wo der Hund nicht im Zimmer war, konnte der Mann sich einbilden, daß er keinen Hund hatte, und wenn er keinen Hund hatte, dann bedeutete dies, daß er allein in seiner Einzimmerwohnung wohnte und die Frau noch nicht kennengelernt hatte. Und wenn er keinen Hund und keine Partnerin hatte, bedeutete dies, daß die Frau, mit der er schlief, eine fremde Frau war. Das belastete zwar sein Gewissen, aber es half. In der Nacht, in der der Hund auf den Flur verbannt wurde, war der Mann besonders animalisch. Er gab Laute von sich, von denen er nie gewußt hatte, daß sie in ihm waren, er vollführte Kunststücke, von denen er nicht gewußt hatte, daß er sie kannte, und er tat der Frau weh und merkte nicht einmal, daß er ihr weh tat.

Eine Woche, zwei Wochen oder drei – im nachhinein konnte er sich nicht erinnern, wie lange es angehalten hatte –, hatte die Frau mit geschlossenen Augen unter dem Mann gelegen, ohne Lust zu empfinden, aber inständig darauf hoffend, daß die Brutalität nur eine Phase sei, die vorübergehen und von Erfreulicherem abgelöst werden würde. Sie hatte mitgespielt und plötzlich gemerkt, daß auch ihr übertrieben animalische Laute entfuhren – in Erwiderung der fremden Töne, die er von sich gab. Sie hatte ihm den Rücken zerkratzt und ihn mit Bissen traktiert und vorgetäuscht, daß die Tränen, die ihr die ganze Zeit über die Wangen liefen, Tränen des Glücks seien. Anschließend hatte dann sie dem Mann den Rücken zugekehrt und seinen Atemzügen gelauscht, bis er einschlief.

Zu jener Zeit versteckten sie sich in ihren jeweiligen Ecken. Der Mann trank den Morgenkaffee an seinem Arbeitstisch, ging dabei seinen Terminkalender durch, blätterte hin und wieder zurück, vereinbarte Termine und sorgte dafür, Telefonate zu führen – in einer maßlos übertriebenen Lautstärke, damit die Frau hörte, daß er beschäftigt war. Die Frau trank ihren Kaffee am Küchentisch, und manchmal, wenn sie die Vormittage nicht ertragen konnte, zog sie sich an und verließ, vorgeblich, um sich mit irgendwelchen Freundinnen zu treffen, die Wohnung und setzte sich in das Café mit der rothaarigen Kellnerin.

Ihr fiel es schwer zu arbeiten, während der Mann sich bis über die Ohren in Arbeit stürzte. Jeweils am Mittag verließ er die Wohnung, kehrte erst Stunden nach dem Abendessen wieder und hing dann auf dem Sofa vor dem Fernseher herum. Wenn er die Blicke der Frau nicht mehr ertragen konnte, unternahm er mit dem Hund ausgedehnte nächtliche Ausflüge in zügigem Marschtempo und mit Riesenschritten, und der Hund zuckelte hinter ihm drein.

Einige Male kam er an seiner vorigen Wohnung vorbei und fragte sich, wer jetzt wohl der Glückliche sei, der dort eingezogen war. Einmal sah er kurz nach Mitternacht zwei junge Leute dort, einen Mann und eine Frau, die den schweren Schrank der Vermieterin hinausschleppten und ihn auf die Straße stellten. Fast wollte er loslaufen und sie anschreien und fragen, wer ihnen gestattet habe, den Schrank zu entsorgen, doch er beherrschte sich. An ein Gartenmäuerchen gelehnt, bezog er auf der gegenüberliegenden Straßenseite Posten. Auch nachdem das junge Paar wieder hineingegangen war, blieb er noch eine gute Weile stehen und behielt den Schrank und die Passanten im Auge, von denen einige vor dem Schrank stehenblieben, dessen quietschende Türen öffneten und schlossen, um ihn herumgingen, ihn mit den Fingern abklopften und sich überlegten, ob sie ihn mitnehmen sollten. Doch keiner wollte den Schrank haben.

Wenn er auf diesen langen Spaziergängen nicht mit der Beobachtung des Geschehens in und um seine alte Wohnung beschäftigt war, lenkte er seine Schritte manchmal in die Straße, in der die Kupplerfreundin wohnte. Er hatte sie lange nicht gesehen und fragte sich, wie es ihr wohl ging. Hin und wieder telefonierten sie miteinander, meist rief sie an, gewöhnlich am Freitagnachmittag, wenn die Einsamkeit der Woche unerträgliche Höhepunkte erreichte. Wenn die Frau ans Telefon ging, brachte die Freundin gekonnt alle Fröhlichkeit der Welt auf, um ein kurzes, belangloses Gespräch mit ihr zu führen, ehe sie schließlich fragte: »Ist er zu Hause?«

Eines Nachts, als er auf ihrem Balkon Licht brennen sah, wäre er beinahe zu ihr hinaufgegangen, doch er hatte Angst vor dem Augenblick, in dem er sich auf den alten Sessel setzen würde, der einmal sein Sessel gewesen war, und seine Gedanken würde ordnen und der Freundin berichten müssen, was sich so abspielte, weil sie dann sofort wüßte, daß er unglücklich war.

Wenn er von seinen Streifzügen nach Hause kam, war es dort schon dunkel. Es war Frühlingsanfang, die Fenster und Rolläden standen offen, und ein angenehmer Wind strich durch die Wohnung und suchte die bösen Geister zu vertreiben, die im Winter dort gefangen gewesen waren. Die Frau fand er gewöhnlich schlafend vor, oder sie gab vor zu schlafen, eingekuschelt in ihre Daunendecke, von der sie sich trotz der milden Witterung nicht trennen mochte. Er stellte sich neben das Bett und zog sich aus, und abgesehen vom Rauschen der Blätter draußen und den Schlabbergeräuschen des Hundes in der Küche und dem weichen Geraschel seiner Kleider, die zu Boden glitten, war alles still. Eine Stille, die lediglich vom Zuschlagen der Schlafzimmertür gestört wurde und dann vom Geflüster, den Forderungen und dem Gegrunze.

Eines Nachts hatten sie es im Badezimmer getrieben. Die Frau stand am Waschbecken und putzte sich die Zähne, und der Mann stellte sich hinter sie, strich ihr mit dem Finger über die Wirbelsäule, bückte sich und zog ihr die Unterhose bis zu den Knöcheln herunter. Er sah, wie ihr Gesicht im Spiegel ihn anblickte. Sie legte ihre Zahnbürste aus der Hand, spülte den Mund, wischte ihre Hände an seinem Hemd ab, brachte sich besser in Position und umklammerte mit den Händen den Rand des Waschbeckens.

Der Hund ging gerade auf dem Weg zu seinem Teppich durch den Flur, und als er sie dort stehen sah, hielt er inne. Sie bemerkten ihn nicht. Der Kopf der Frau hing herab, ihr Haar verdeckte das Gesicht. Die Wange des Mannes war an ihren Kopf geschmiegt, sein Gesicht zur Wand gekehrt. Der Hund wurde von Traurigkeit erfaßt. Der Mann und die Frau nahmen sich aus wie die Hunde in der öffentlichen Parkanlage, zu denen er manchmal hinlief, um sich ihnen schnuppernd und zunehmend erregt anzuschließen; wenn die größeren Männchen ihn anknurrten, verzog er sich oder erkämpfte sich einen Platz zwischen den mittleren und kleinen Rüden, die sich um das Hinterteil des Weibchens scharten, und manchmal, wenn sein Glück ihm hold war, wenn er mutig genug war, gelang es ihm sogar, das Weibchen kurz zu bespringen.

Nun stand er da und beobachtete den Mann und die Frau, und in der Stille, die dort herrschte, hörte er nur das Fiepen, das seine Kehle erstickte, und die Kette der Frau, die an den Rand des Waschbeckens schlug.

Mitte Frühling hatte es den Anschein, als sei wieder Routine eingekehrt. Gäste wurden zum Abendessen eingeladen, bekundeten in aller Freundschaft ihren Unmut darüber, daß sie wochenlang vernachlässigt worden waren, und die Wohnung füllte sich wieder mit Lärm, Leuten und Lebensmitteln. Es war eine friedliche Zeit voller Höflichkeiten, Sonnenlicht und angenehmer Witterung. Es war auch eine Zeit voller Geschenke, die der Mann und die Frau einander überreichten: alberne Kleinigkeiten, die aus einem flüchtigen Impuls heraus gekauft wurden, aus dem Verlangen, die Beschwichtigungen fortzusetzen. Die Krise war zwar überstanden – das war ihnen auch bewußt –, doch Reste davon zogen noch immer wie Wolkenbänder durch die Wohnung.

Sie waren nun seit neun Monaten zusammen. Jeder von ihnen machte sich Gedanken über den symbolischen Gehalt dieser Zeitspanne. Und jedem ging dabei etwas anderes durch den Kopf. Der Mann sah im Geiste ein Kind. Die Frau sah im Geiste die Trennung. Jeder dieser Gedanken hatte etwas, das zwar durchaus vorstellbar, aber in ausreichender Ferne lag, etwas, mit dem man spielen konnte, ohne es wirklich zu berühren – des Nachts, kurz bevor sie fest umschlungen einschliefen.

Eines Samstags beschlossen sie, die Wohnung zu streichen. Sie rackerten den ganzen Tag, tauchten die Pinsel in Farbe, stiegen die Leiter rauf und runter und wechselten nur die nötigsten Worte, um ja keine Zeit zu verschwenden. Sie tünchten wie die Wahnsinnigen, beseitigten unermüdlich jeden Fleck, füllten die Löcher mit Gips und trugen Schicht um Schicht Farbe auf, bis die feuchten Wände vollständig gesättigt waren. Als es dunkel wurde, schalteten sie die Lichter in der Wohnung an, und die Wände reflektierten das Licht wie ein gleißendes Messer. Sie schauten geblendet um sich und sammelten dann die Zeitungen vom Boden auf, stellten die Möbel zurück an ihren Platz, reinigten sich von der Farbe und befreiten den Hund aus seinem Balkongefängnis, in das er mitsamt seinem Futternapf, dem Wassertrog, der Socke und dem gelben Tennisball seit dem frühen Morgen eingesperrt gewesen war.

Sie saßen in der Küche und aßen ihr Abendbrot unter dem Neonlicht, dessen Kälte und strahlendes Weiß durch die getünchten Wände ebenso verstärkt wurde wie das Flimmern, das die Augen reizte. Jeder hing seinen Gedanken nach. Der Mann dachte bei sich, daß er die Frau noch immer liebte, und die Frau dachte: Es ist schon eine Weile her, seit ich mir eigene Gedanken gemacht habe. Der Mann saß ihr gegenüber und aß, frisch geduscht, das Haar noch glänzend vom Wasser, sein Omelett, lächelte sie an und streckte eine Hand über den Tisch, um sie am Kinn zu berühren. Sie dachte: Es ist schon eine Weile her, seit er das das letzte Mal gemacht hat. Sie wollte es ihm mit einer kleinen Geste ihrerseits lohnen, doch fiel ihr keine Geste ein, die für das hätte stehen können, was im Winter zwischen ihnen gewesen war.

Aber was genau ist damals zwischen uns gewesen? fragte sie sich und begann, ihre Brotscheibe auf den Teller zu bröseln. Angst, dachte sie, nichts als Angst. Ich bin die Lebensgefährtin eines Mannes geworden und ein schrecklicher Feigling. Angefangen hatte es mit der Angst vorm Alleinsein, und als sie den Mann kennenlernte, hatte sich die Angst nicht etwa in Luft aufgelöst; sie hatte sich vielmehr verdoppelt, sich intensiviert und sie geblendet. Und jetzt, dachte sie weiter, selbst wenn sie jetzt zu jener anfänglichen, unabhängigen Angst zurückkehren wollte, sie könnte es nicht, denn die Angst vor dem Alleinsein hatte sich nun zu etwas Größerem ausgewachsen: zu der Angst davor, *wieder* allein zu sein. Wie ein Kranker, der erst dann richtig über seine Krankheit erschrickt, wenn er wieder auf dem Weg zur Genesung ist, ging es ihr durch den Kopf, und sie löste ihren Blick vom Teller, um den Mann anzusehen.

Er war in die Zeitung vertieft. Seine eine Hand berührte, weit über den Tisch ausgestreckt, die ihre, seine andere Hand blätterte langsam die Seiten um, und der Mund kaute im Lesetempo an einer Scheibe Brot; jedesmal, wenn die Augen an diesem oder jenem Satz hängenblieben, brach die Kaubewegung ab.

Sie saß auf ihrem Stuhl und wartete auf die Welle von Angst, die kommen und sie überschwemmen würde, doch sie kam nicht. Abermals hob sie den Blick, um den Mann anzusehen – sie wollte ihn ansehen, damit sie Angst bekäme, daß sie ihn verlieren könnte –, doch sie sah nicht mehr *ihn*. Vor ihr, am anderen Ende des Tischs, saß ein Mann, der die Beine weit von sich gestreckt hatte, Zeitung las und dabei seine Zehen in den Socken spielen ließ und Fingernägel kaute. Ein fremder Mensch, der ein vertrautes Aussehen hatte und einen vertrauten Geruch und vertraute

Gesten, insbesondere dieses flinke Abknabbern eines Fingernagels, das sie an die Technik erinnerte, mit der Vögel Kerne knackten.

Früher hatte sie über diese Geste nicht weiter nachgedacht. Es war eben eine der Gesten, die dem Mann eigen waren, etwas, das zu ihm gehörte, doch jetzt, wo ihr Blick den Mann in seine Einzelteile zerlegte, wurde aus dem Nägelkauen etwas Isoliertes, eine Schwäche, ja, sogar eine Krankheit. Sie beobachtete das papageienhafte Knabbern und lauschte den knackenden Tönen, um den Mann anschließend weiter zu zerlegen: Zuerst den Kopf, dessen Ende über der Zeitung hervorlugte, ein männlicher Kopf mit millimeterkurz geschorenem Haar. Schwarzes Haar, in dem sich da und dort weiße Fäden zeigten, die der Mann stets verärgert und umgehend vor dem Spiegel ausriß. Dann kam die Stirn, die nun infolge angestrengten Lesens gerunzelt war, die Augenbrauen und die Augen, die über die Seite wanderten und nicht gewahrten, daß sie von ihr beobachtet wurden, und dann die vollen Wangen, noch ein wenig gerötet von der Rasur, und die Nase. Unter der Nase lagen die Lippen, die obere schmaler als die untere, und beide waren jetzt gespannt – die eine nach oben und die andere nach unten –, um den emsigen Zähnen, die gerade den Nagel des linken kleinen Fingers abknabberten, den Weg freizugeben.

Und dann waren da noch die Schultern, breit, einladend und von ihr besonders geliebt, die Arme mit den Haaren, die sie bedeckten, und die Hände mit den dicken Fingern, mittelgroße Hände. Dann folgte die Brust, danach der Ansatz eines Bauchs und die Haarlinie, die an der Brust einsetzte, sich über dem Bauch gabelte und unter ihm wieder zusammenlief – auch dort entdeckte der Mann manchmal ein weißes Haar, das ihn traurig machte –, und dann war da noch sein Schwanz, und als sie versuchte, isoliert an ihn zu denken, wie an die Stirn, die Wangen oder das Knabbern, sah sie nur die vergangenen Wochen vor sich – den fremden Mann.

Sie wollte aufstehen, zu ihm hinlaufen und ihn in die Arme schließen, damit die Umarmung ihn wieder zusammensetzen würde, aber ihr Auge fuhr unaufhaltsam fort, ihn in einzelne Bestandteile aufzulösen, als enthielte ihr Blick hochwirksame Verdauungssäfte. Sie sah die Oberschenkel des Mannes, rund und stramm, seine Knie mit der großen, häßlichen Narbe am linken Knie, die sich jedesmal etwas seltsam anfühlte, wenn sie mit den Fingern oder der Zunge darauf stieß; dann sah sie die Füße, die Knöchel und schließlich die trockenen und rauhen Fersen und die Zehen, die schön und perfekt geformt waren und auf die der Mann stolz war. Er liebte es, sie zu betrachten, und jetzt rieb er sie in den Socken aneinander.

Danach pirschte sich ihr hungriger Blick von hinten an den Mann heran, verweilte im Nacken, den kleine Haarbüschel zierten, am Rücken, an den beiden Fettpölsterchen über dem Becken, am Hintern – diesem kleinen, strammen Po eines Kindes – und dann an der Rückseite der Oberschenkel, den Kniekehlen und den gestreckten Sehnen der Knöchel, bis er wieder bei den Fersen angelangt war.

Angst wollte jedoch keine aufkommen, eher das Gegenteil. Sie wurde von einer eigenartigen Ruhe erfaßt. Nicht die Ruhe, von der sie immer geträumt und die sie sich ersehnt hatte, sondern eine müde und etwas schüchterne Ruhe. Sie wollte sich von dem Mann nicht trennen, aber diese Eventualität ängstigte sie nicht mehr. Ich bin so allein gewesen in den letzten Wochen, dachte sie, daß ich mich vor nichts mehr zu fürchten brauche.

Der Hund, der still neben dem Kühlschrank gelegen hatte, erwachte plötzlich, als hätte er gewittert, daß sein Herrchen in Gefahr war, trottete zu dem Mann hinüber und schmiegte sich an seine Beine.

»Was ist los?« fragte der Mann, ließ die Zeitung auf den Tisch sinken, sah sich abwesend um und schauderte, als wäre er von einem Traum erwacht, den jemand anderes von ihm geträumt hatte.

»Es wird langsam kühl«, bemerkte er und ging die Balkontür schließen. »Vielleicht sollte ich mir ein Hemd überziehen.«

Er hatte vor, ins Schlafzimmer zu gehen, doch dann verfing sich sein Blick wieder in der Zeitung, und er setzte sich hin, rieb sich die Oberarme und las weiter.

Das stille Abendessen, die getünchte Wohnung und die Dusche erfüllten ihn mit Zufriedenheit. Die Zeitung verbarg die Frau vor seinem Blick, doch ihre Anwesenheit am anderen Ende des Tischs, das Geklapper ihres Bestecks, ihrer beider Hund, der gekommen war, um sich an ihm zu reiben – sie alle waren Teil des Bildes, das er im Geiste für sich zusammensetzte, ein Familienporträt, das sich mit den Informationen, die er der Zeitung entnahm, verquickte, eine Vorstellung, die in allen Überschriften und zwischen den Zeilen aufschien und die Worte, die er las, mit Satzzeichen versah, ihm lächelnd zuzwinkerte und ihm versicherte, daß sie auch nachher noch da sein würde, wenn er die Zeitung niederlegen, sich umsehen und nach ihr suchen würde.

Ihn fröstelte, aber seine Trägheit behielt die Oberhand. Er hockte auf seinem Stuhl, rieb sich die Oberarme und hoffte, die Frau würde ins Schlafzimmer gehen und ihm ein Hemd holen. Er blieb sitzen und rieb sich demonstrativ die Oberarme, doch die Frau machte keinerlei Anstalten aufzustehen. Der Mann warf einen kurzen Blick über die Zeitung hinweg: Sie saß da und starrte auf ihren Teller, während ihre Finger Brotbrösel zu kleinen Kügelchen kneteten.

»Hey«, sagte er. »Was ist los? Alles in Ordnung?«

Die Frau antwortete: »Ja. Absolut.«

»Es ist ein bißchen kühl geworden«, meinte der Mann.

»Weil du kein Hemd anhast«, gab sie zurück und streckte die Hand aus, um ihm die Zeitung wegzunehmen.

27

Im Sommer fuhren der Mann und die Frau in Urlaub. Das sei, was jetzt sie brauchten, erklärten sie, einen kleinen Urlaub, fern von allen, fern von den Freunden. Sie sehnten sich zurück nach den ersten sechs Monaten, als sie noch allein gewesen waren. Sie beschlossen, nach Paris zu reisen. Weit weg von diesem großen Spiegel der Paare, der ihnen unaufhörlich ihr Ebenbild zeigte, der sie auf die Probe stellte, ihre Widerspiegelung brach, ihnen spottete und sie verwirrte. Der Mann fragte die Kupplerfreundin, ob sie eine Woche lang in ihrer Wohnung wohnen und den Hund hüten würde, und sie erklärte sich gerne dazu bereit.

Sie kam am Abend ihrer Reise, ging mit ihnen hinunter zum Taxi und half ihnen, das Gepäck im Kofferraum zu verstauen. Dann übergab ihr der Mann die Wohnungsschlüssel, und die Frau schärfte ihr noch einmal ein, wann der Hund zu füttern sei, wieviel Futter er bekomme und zu welchen Tageszeiten er am liebsten spazierenginge. Die Freundin fragte, ob die Zimmerpflanzen gegossen werden müßten, und die Frau erwiderte, das sei nicht nötig, sie habe ihnen gerade eben Wasser gegeben. Das war zwar gelogen, aber die Frau wollte von der Kupplerfreundin keinerlei Gefälligkeiten. Sollten die Pflanzen nicht durchhalten, wären sie bei ihrer Rückkehr eben verwelkt. Das mit dem Hund war eine ganz andere Geschichte.

Die Freundin küßte den Mann auf die Wangen, wünschte beiden eine gute Reise und winkte, als das Taxi losfuhr. Sie ging hinauf zur Wohnung, steckte den Schlüssel ins Schloß und hörte den Hund fiepen und seine Erkennungsmarken klimpern, aber als er sie mit ihrem Rucksack in der Eingangstür stehen sah, trollte er sich wieder, sprang mit einem Satz auf das Sofa und rollte sich auf dem Platz der Frau ein.

Die Freundin holte ihre Kleider aus dem Rucksack, ging ins Schlafzimmer, warf sie aufs Bett und öffnete den Schrank. Der Mann hatte versprochen, ein Fach für sie leerzuräumen, doch alle Fächer waren belegt. Sie stand vor dem offenen Schrank und wußte nicht, wo sie nun ihre Sachen unterbringen sollte. Sie öffnete alle drei Türen.

Rechts hingen dicht gedrängt Kleider, Röcke und Jacken, und links in den beiden oberen Fächern lagen Blusen und Hosen der Frau und in den beiden unteren Fächern alle Sachen des Mannes. Auch die schwarze Jeans, die sie ihm einmal gekauft und die er nie getragen hatte, lag zusammengefaltet als unterste im Stapel. Sie versuchte im mittleren Schrank ihr Glück, fand aber nur ein Durcheinander aus Socken, Unterwäsche und weichen Accessoires des Mannes und der Frau vor, die keiner bestimmten Kategorie angehörten. Sie packte ihren kleinen Stapel obenauf.

Dann ging sie in die Küche, füllte den Elektrokocher mit Wasser, stellte ihn an und las den langen Zettel mit den Betreuungsanweisungen für den Hund durch, der in der schönen Handschrift der Frau geschrieben war. Am Ende hatte die Frau in ihrem Namen und im Namen des Mannes geschrieben: »Wir hoffen, du fühlst dich wie zu Hause.«

Sie ging ins Schlafzimmer, setzte sich auf das Bett und zog die Schuhe aus. Sie legte sich auf den Rücken, wand sich aus ihrer Jeans und zog dann die Bluse aus. Nur mit ihrer Unterwäsche bekleidet, blieb sie auf dem Rücken liegen und verbrachte noch eine Zeitlang auf dem Bett des Mannes und der Frau. Dann drehte sie sich auf den Bauch, legte ihren Kopf auf eines der Kissen und merkte plötzlich, daß sie unwillkürlich daran schnupperte. Sie atmete den zarten Duft des Weichspülers ein, obwohl sie eigentlich einem ganz anderen Geruch nachgespürt hatte.

Der Hund kam den Flur entlang, warf einen Blick zu ihr hinein und trottete mit traurigen Schritten zurück ins Wohnzimmer. Er war jetzt etwas mehr als zehn Monate alt. Die Freundin lag auf der Seite und berührte mit den

Fingerspitzen das saubere Leintuch, das über die Matratze gespannt war. Sie mußte an den Mann denken. Sie dachte: Seit zehn Monaten habe ich nicht mehr mit ihm geschlafen.

Sie erhob sich vom Bett und suchte etwas zum Anziehen, zerrte ein Top und ein Paar kurze Hosen aus ihrem Stapel und zog sie an. Sie hörte den Schalter des Wasserkochers klacken, schloß den Schrank, öffnete ihn jedoch sogleich noch einmal und zerrte ein weites, weißes Polohemd mit langen Ärmeln aus dem Sammelsurium von Klamotten des Mannes und der Frau. Sie wußte nicht, wem von den beiden es gehörte. Sie zog Top und Hose wieder aus, packte sie zurück auf ihren Stapel und schlüpfte in das Hemd.

Dann machte sie sich einen Kaffee und suchte etwas Eßbares. Im Kühlschrank fand sie einen Topf mit Resten von Reis und zwei Fleischklößchen in Tomatensauce. Sie stellte den Topf auf den Herd und zündete die Gasflamme an, konnte aber plötzlich vor Hunger nicht länger warten. Sie nahm den kalten Topf vom Herd, stellte ihn auf den Tisch und setzte sich, um zu essen.

Von den Kochkünsten der Frau hatte der Mann ihr erzählt. Jedesmal, wenn sie ihn gefragt hatte, wie es mit der Frau gehe, ob er nicht bereue, daß er zu ihr gezogen sei, ob er meine, daß ihre Beziehung eine Zukunft habe, was er für sie empfinde, hatte er irgendein Essen beschrieben, das die Frau gekocht hatte, als wäre dies die Antwort auf all ihre Fragen. Vom Sex mit ihr hatte er nichts erzählt.

Dann luden der Mann und die Frau sie zum Abendessen ein, so daß sie Gelegenheit bekam, die Speisen selber zu kosten. Sie hatte sich allerdings so betrunken, daß es ihr tags darauf bei sich zu Hause nicht gelang zu rekonstruieren, was genau passiert war oder was sie gegessen hatte. Sie hatte nur noch gewußt, wie die Abfuhr des alleinstehenden Mannes geschmeckt hatte. Sie wußte noch, wie sie sich im Auto der Freunde der Frau an ihn rangeschmissen hatte, und auch, daß sie ihm ihre Telefonnummer aufgeschrieben hatte, ehe sie von den dreien vor ihrem Haus abgesetzt worden war.

Mit großem Appetit verzehrte sie die Fleischklößchen und den Reis, kratzte die Reste mit einer Gabel vom Topfboden und sammelte heruntergefallene kalte Reiskörner auf. Der Hund, in dem Futtergeräusche noch immer eine wie per Knopfdruck ausgelöste Hoffnung weckten, sprang vom Sofa und setzte sich schüchtern zu ihr in die Küche. Die Freundin sah zu seinem Napf hinüber. Er war leer. Sie studierte noch einmal den Zettel, um nachzusehen, wann sie ihn füttern sollte. ›Um acht‹, hatte die Frau geschrieben, und jetzt war es bereits nach neun. Der Hund schnupperte in der Luft. Die Freundin stand auf, hielt ihm den leeren Topf vor die Schnauze und stellte ihn dann in die Spüle. Sie warf einen Blick auf den Sack voller Hundefutter, der auf dem Kühlschrank stand, den frischen Sack, den der Mann und die Frau vor der Reise gekauft hatten, um ihr die Mühe zu ersparen. Der Zettel versprach, daß er die ganze Woche reichen würde. Sie holte den Sack herunter und stellte ihn auf den Tisch, und der Hund begann mit dem Schwanz zu wedeln. Sie nahm seinen Napf und stellte ihn neben den Sack. Sie hätten ihr ruhig ein Fach freiräumen können. Sie hätten seinen Napf füllen können, bevor sie abgerauscht waren, aber nein. Das hatten sie schön ihr überlassen.

In der Schublade fand sie eine Schere und war kurz davor, den Sack aufzuschneiden, überlegte es sich dann aber plötzlich anders und legte die Schere wieder zurück. Den schweren Sack hievte sie wieder auf den Kühlschrank. Dann stellte sie den leeren Napf auf den Fußboden, und als der Hund hinlief, davor stehenblieb, fassungslos hineinstarrte und dann die Freundin mit fragenden Augen ansah, streckte sie ihm die Zunge heraus.

Sie ging ins Wohnzimmer und lümmelte sich auf das Sofa. Sie nahm die Zeitung zur Hand, die auf dem Tisch lag, und als sie gerade anfangen wollte zu lesen, starrte ihr vom Kragen des weißen Polohemds ein Fleck von der Tomatensauce entgegen. Sie sprang vom Sofa auf und rannte ins Badezimmer, zog das Hemd aus, legte es ins Waschbecken und seifte den Fleck ein. Sie stand eine gute Weile da, rieb den Stoff zwischen den Fingern und traute sich nicht, das Hemd aus dem schaumigen Wasser zu ziehen, um nachzusehen, ob der Fleck verschwunden war.

Der Hund kam den Flur entlang, blieb kurz stehen und sah sie an. Dann trottete er zu seinem Teppich, legte sich hin, kuschelte sich zu einem kleinen Knäuel ein und schloß die Augen. Die Freundin zog das nasse Polohemd aus dem Waschbecken und hielt es ans Licht, aber es war kein besonderes Licht nötig, um zu erkennen, daß der Fleck noch immer da war. Er war nach allen Seiten hin zerflossen und hatte eine andere Form angenommen, war von einem kleinen, von Spritzern umringten Kreis zu einer riesigen Amöbe angewachsen, die sich im Stoff noch immer weiter teilte und verdoppelte.

Die Freundin wirbelte durch die Wohnung auf der Suche nach einem Bleichmittel. Sie suchte unter der Spüle in der Küche und in den Schränken, auf dem Küchenbalkon, im Badezimmer und sogar im Kleiderschrank im Schlafzimmer – nichts. Sie warf das nasse Polohemd in die Badewanne und rannte ins Wohnzimmer, um ein Blatt Papier und einen Stift zu suchen. Auf dem Arbeitstisch der Frau fand sie ein Heft, riß eine Seite heraus und schrieb sich in großen Buchstaben auf: »Klorix kaufen!« Ihren erschrokkenen Zettel legte sie auf den Küchentisch, neben den entspannten Zettel der Frau.

Am Morgen, nachdem sie im Bett des Mannes und der Frau genächtigt hatte, ging sie in die Küche und sah, wie der Hund, den Kopf auf den Vorderpfoten, vor seinem leeren Napf döste. Ihr Blick fiel sogleich auf den Zettel, den sie sich hingelegt hatte, und sie machte sich einen Kaffee, trank ihn hastig aus und spülte den Becher sowie den Topf und die Gabel ab, die noch immer in der Spüle standen. Sie zog sich an, ging hinunter zum Minimarkt, kaufte zwei Flaschen Bleiche, Milch, Bier und Reis und kehrte zurück in die Wohnung. Sie stopfte das weiße Hemd, das mittlerweile einen strengen Geruch verbreitete, in den Eimer, den sie auf dem Küchenbalkon gefunden hatte, und kippte die beiden Flaschen Klorix darüber. Sie hörte das Telefon klingeln und den Anrufbeantworter anspringen: »Wir sind nicht zu Hause. Hinterlaßt eine Nachricht, wir rufen zurück«, dann folgte der Pfeifton, und jemand hinterließ eine Nachricht: »Wo seid ihr? Was ist los? Wie geht's euch? Meldet euch mal.«

Sie achtete darauf, daß er Wasser bekam, seinen Freßnapf aber ließ sie leer. Sie beabsichtigte ja nicht, ihn umzubringen, sie wollte ihn nur leiden sehen. Nach drei Tagen, die sie ihn nicht ausgeführt hatte, verrichtete der Hund seine Bedürfnisse auf dem Fußboden im Badezimmer, neben dem Eimer, aus dem ein schrecklicher Gestank emporstieg.

Er lag die meiste Zeit auf dem Teppich im Flur und döste. Ab und an stand er auf und schlich in die Küche, den Schwanz zwischen den Beinen, das Becken geknickt, als könnte er sich zwischen Sitzen und Stehen nicht entscheiden. In dieser neuen Haltung stand er eine gute Weile im Kücheneingang und sah aus wie ein großer, greiser Hase. Von weitem starrte er auf seinen Napf – zu hungrig, um die Freundin anzubetteln, und zu gut erzogen, als daß er den Versuch unternommen hätte, ihr, die mit Appetit alles vertilgte, was der Kühlschrank hergab, etwas aus der Hand zu schnappen.

Es war eine Woche mit brütend heißem Wetter, und die Wohnung glühte. Der Hund trank den ganzen Tag von dem Wasser, und in der Nacht, wenn die Freundin wegging und ihn allein ließ, trottete er ins Badezimmer, hockte sich neben den Eimer und pißte. Tagsüber ließ die Freundin die Rolläden herunter und lungerte in BH und Unterhose auf dem Sofa herum, und am Abend ging sie aus. Sie kehrte sehr spät wieder, weit nach Mitternacht, und zog sich schon auf dem Weg ins Badezimmer aus, wo sie unter einem kalten Wasserstrahl duschte. Den Geruch von Klorix und Urin ignorierte sie ebenso wie die Pfütze auf dem Fußboden und das im Eimer vor sich hin modernde Polohemd. Anschließend hüllte sie sich in ein Badetuch, öffnete die Rolläden und Fenster im Schlafzimmer und legte sich aufs Bett. Sie fragte sich, wie wohl das Wetter in Paris sei.

Und sie überlegte, wie sie in genau drei Monaten feiern würde – ihren vierunddreißigsten Geburtstag. Fünf Jahre lang hatte sie ihre Geburtstage mit dem Mann gefeiert, der ihr immer irgendein albernes Geschenk überreichte – verspielte Ohrringe, Seifen in Herzform, Kuscheltiere. Zu seinen Geburtstagen hatte sie ihn immer mit großen Partys überrascht, die sie bei sich in der Wohnung organisierte. In drei Monaten wird auch er vierunddreißig, dachte sie. Während all dieser Jahre hatte sie die Tatsache, daß der Mann und sie mit einer Woche Abstand voneinander im selben Jahr geboren waren, als ein weiteres Zeichen dafür gehalten, daß sie wie dafür geschaffen waren, zusammen zu sein. Es gab noch viele andere Zeichen, die sie sich zusammenphantasiert hatte, aber das Hauptzeichen waren ihre Geburtstage.

Zwei Wochen bevor er die Frau kennenlernte, hatten sie seinen Geburtstag gefeiert. Er war deprimiert gewesen. Er hatte darüber geklagt, daß er nun schon dreiunddreißig sei und immer noch allein. Sie veranstaltete für ihn eine Party auf ihrem Balkon. Es war ein angenehmer Sommerabend – nicht so heiß und drückend wie die heutige Nacht –, und man konnte frei atmen. Sie lud alle seine Freunde ein, alle, die sie in den Jahren davor auch eingeladen hatte, und achtete darauf, dem Paar mit dem Baby einige Wochen im voraus Bescheid zu geben, damit sie einen Babysitter auftreiben könnten. Dennoch kamen sie mitsamt dem Baby, das damals ein halbes Jahr alt war und sofort zum Mittelpunkt der Party wurde. Der Mann spielte mit der Kleinen, hob sie auf seine Arme, knutschte und knuddelte sie, und nachdem er mit ihr gemeinsam die Kerzen auf seinem Kuchen ausgepustet hatte, trug er sie ins Schlafzimmer, um ihr auf dem Bett die Windeln zu wechseln. Man hätte glatt meinen können, das Kind gehöre ihm.

Sie hatte ihm die schwarze Jeans gekauft, von der sie wußte, daß sie ihm gefiel, und nachdem die Gäste gegangen waren, während der Mann noch immer auf seinem Sessel auf dem Balkon saß, sagte sie zu ihm: »Probier sie doch mal an.« Er ging ins Schlafzimmer, zog seine Hose aus und kam in der neuen Jeans, die ihm zu eng war, wieder auf den Balkon.

»Nicht schlimm«, meinte er, »ich werde sie ein bißchen tragen, dann wird sie schon noch weiter.« Aber dann trug er sie doch nie.

Anschließend ging er wieder ins Schlafzimmer, legte seine Kleidung ab, diesmal auch Hemd und Unterhose, machte es sich, auf dem Rücken liegend, im Bett bequem und rief ihr zu, sie solle endlich schlafen kommen.

Sie räumte schnell die leeren Flaschen, die Aschenbecher und die Pappteller mit den Resten des teuren Kuchens ab, den sie gekauft hatte: eine wunderschöne Torte mit mehreren Schichten, die weniger gut schmeckte, als sie in der Vitrine ausgesehen hatte. Zum Schluß sammelte sie noch die vierunddreißig kleinen, rosa Kerzen – dreiunddreißig und eine für das nächste Jahr – zusammen, die das Baby aus dem Kuchen herausgerissen und in der ganzen Wohnung verstreut hatte und begab sich umgehend ins Schlafzimmer. Der Mann schlief mit ihr, küßte sie anschließend auf die Wange und bedankte sich bei ihr für die

Party, das Geschenk und den Aufwand, den sie getrieben hatte. Dann kehrte er ihr den Rücken zu und schlief ein.

Jetzt, wo sie im Bett des Mannes und der Frau lag, und zwar genau in der Mitte, wußte sie nicht mehr, was sie dazu bewegt hatte, jene Zeit für Tage des Glücks zu halten.

Ins Kopfkissen weinend, schlief sie ein; sie hatte mittlerweile nicht mehr die Energie, sich zu fragen, wessen Kissen sie da gerade erwischt hatte. In der Wohnung stand weiterhin die Luft, heiß und schwer und gesättigt von Träumen, die sie im Tiefschlaf hatte – sie sah sich als große, graue Taube, die auf einem verregneten, europäisch anmutenden Platz Krümel aufpickte –, und von Alpträumen über den hungrigen Hund, die sie im Halbschlaf überfielen.

Am Morgen des vierten Tages rannte die Freundin zum Metzger und kaufte ein paar Kilogramm frisches Fleisch. Schweißtriefend von der Hitze kehrte sie in die Wohnung zurück und füllte den Plastiknapf mit Futter. Sie setzte sich an den Küchentisch, wo noch immer der Zettel der Frau lag, der inzwischen voller Flecken von Kaffee und Tomatensauce war, und beobachtete den Hund. Er stand vor seinem Napf und glotzte. Seine Beine zitterten, und ihr kam der Gedanke, daß vielleicht schon alles zu spät sei, vielleicht war er ja inzwischen zu schwach, vielleicht war er bereits am Abnibbeln, vielleicht hatte er auch vergessen, wie man frißt.

Sie ermunterte ihn mit guten Worten, drängte ihn, doch bitte zu fressen, sie flehte ihn an, aber der Hund blieb stur vor dem Napf voller Fleisch stehen. Das Zittern wanderte nun von den Beinen zum Rücken hinauf, der Schwanz hing zwischen den Hinterbeinen herab, und aus seinem Maul kamen schwache Winsellaute.

Dann brach er unvermittelt in Geheul aus. Es war ein langgezogenes, schakalartiges Geheul, das die Luft zerschnitt und dazu führte, daß im Nachbarhaus die Rolläden geöffnet wurden. Den Rücken ihr zugewandt, stand er da, den Kopf zur Küchendecke gereckt, die Augen geschloßen, und sein Geheul zerriß die Stille des brütend heißen Vormittags.

Sie hielt sich die Ohren zu und begann zu weinen. Ich habe ihn umgebracht, ging es ihr durch den Kopf, und sie dachte angestrengt nach, was sie dem Mann und der Frau sagen sollte, wenn sie in drei Tagen, erholt und verliebt, zurückkehren und ihren Hund suchen würden. Und sie überlegte, wohin mit dem Kadaver.

Plötzlich verstummte der Hund wieder. Er wandte den Kopf nach ihr um, und die Freundin lächelte ihn an und flüsterte: »Friß.« Er umkreiste den Napf, beschnupperte ihn und sah wieder die Freundin an, dann packte er sachte einen Brocken Fleisch mit den Zähnen und lief zu seinem Teppich. So lief er hin und her zwischen Teppich und Küche, bis der Napf leer war und sich auf seinem Teppich ein Berg aus roten Fleischbrocken auftürmte. Der Hund lag davor, sein Kopf ruhte auf den Vorderpfoten. Er zog sich einen Brocken Fleisch heraus und zerkaute ihn schleppend, als hätte er ein wundes Maul, und sein Gesicht verzerrte sich zu einem eigenartigen Lächeln.

28

In Paris war die Frau die Dolmetscherin des Mannes. Er verstand kein Wort Französisch, und die Frau, die fließend französisch sprach, übernahm mit Freuden die Aufgabe der Fremdenführerin, der Besserwisserin: Im Restaurant holte sie die Empfehlung der Kellner für ihn ein und gab seine Bestellung auf, auf der Straße plauderte sie mit Fremden und ließ sich den Weg erklären. Morgens verließ sie immer unbemerkt das Zimmer und kehrte mit einem großen Frühstück zurück, das sie dann im Bett verschmausten, und die Frau erzählte ihm begeistert von den Abenteuern, die sie unterwegs erlebt hatte. Alles in jener Woche war für sie Abenteuer. Die ganze Woche regnete es ohne Unterlaß.

Sie freundete sich auf Anhieb mit den nassen Gassen und den unfreundlichen Verkäufern an, und auch mit dem ältlichen Friseur des *quartier*, dessen Händen sie eines Morgens auf dem Heimweg vom Feinkostgeschäft ihr Haar anvertraute. Bei ihrer Rückkehr war sie mit einem Satz aufs Bett gesprungen, hatte das kurzgeschnittene Haar direkt vor dem Gesicht des Mannes geschüttelt und ihn mit kalten Wassertropfen naßgespritzt.

Eine Woche lang zerrte sie ihn durch die Straßen, seine Hand mit der ihren umklammert, und er versuchte, mit ihr Schritt zu halten, immer den riesigen Regenschirm, den sie am Flughafen gekauft hatten, über ihrer beider Köpfe balancierend. Sie war glücklich, und er hatte sie noch nie so gesehen. Zu Hause schwebte, auch wenn sie gute Laune hatte, stets eine Kummerwolke über ihr, die jederzeit brechen und eine Flut von Tränen über beide herabregnen lassen konnte. Er liebte diese Wolke. Und er liebte ihre Tränen. Er sah die Frau nicht gern traurig, aber daß man mit ihren Tränen fest rechnen konnte, das liebte er, und auch die Tatsache, daß er sie leicht zum Weinen bringen konnte. Hier im verregneten Paris war diese Wolke plötzlich wie weggeblasen. Ab und an versuchte er zu testen, ob sie noch vorhanden sei, indem er imaginäre Nadeln in die Luft piekte, provozierte, beharrlich schwieg – aber nichts. Die Wolke und die Frau, die er kannte, waren zu Hause geblieben, und er lief dieser fremden Frau hinterher durch die Straßen.

Auf dem Rückflug sagte sie ihm, daß sie ihn liebe. Den ganzen Flug über waren sie still gewesen, er hatte geschmollt, sie ihren Gedanken nachgehangen, und kurz vor der Landung hatte die Frau seine Hand in die ihre genommen und den Kopf dem Fenster zugewandt, um den weißen Wolkenboden und den darüber hinweggleitenden Flugzeugflügel zu betrachten. Dann hatte sie ihn angeblickt und gesagt: »Ich liebe dich.«

Er hätte am liebsten losgeheult. Einerseits wollte er weinen, weil er erleichtert war, weil er ihr glaubte, andererseits, weil er den Verdacht hegte, daß sie ihn anlog. Hauptsächlich aber war ihm nach Weinen zumute, weil er sich noch nie so einsam gefühlt hatte wie im Laufe dieser Woche. Er schnallte seinen Sicherheitsgurt an und dann den ihren und sagte gar nichts. Er legte seine Hand wieder in ihre Hand, die wartend in seinem Schoß verblieben war. Er wartete darauf, daß sie ihn fragte, ob auch er sie liebe, aber die Frau schaute durch das Fenster hinaus. Er wartete darauf, daß sie wenigstens fragte, warum er auf ihre unvermittelte Liebeserklärung nicht reagierte, doch die Frau zog ihn zu sich heran und rief: »Sieh mal! Die Küste!« und fieberte wie ein kleines Mädchen aufgeregt der Landung entgegen.

Zur brüllend heißen Mittagszeit kamen sie wieder zu Hause an und fanden die Rolläden verschlossen und den Hund im Flur auf seinem Teppich schlafend vor. Er hatte ihre Schritte im Treppenhaus und den Schlüssel, der ins Schloß gesteckt wurde, gehört, war aber, ein Ohr aufgestellt und lauschend, auf der Seite liegengeblieben. Verwundert und besorgt gingen sie zu ihm hin und beugten sich über ihn, um ihn zu streicheln. Er hob den Kopf und sah den Mann und die Frau an, dann ließ er seinen Kopf wieder auf den Teppich sinken und starrte auf die Wand.

Die Wohnung war sauber und aufgeräumt, der Geruch von Putzmitteln lag noch in der Luft. Auf dem Küchentisch, in einem Einmachglas, stand ein Blumenstrauß. Der Napf des Hundes war gefüllt mit Trockenfutter. Auf dem Tisch lag ein an beide adressierter Zettel. ›Willkommen daheim‹, hatte die Freundin geschrieben und eine ganze Zeile voller Ausrufezeichen dahinter gesetzt. ›Ich hoffe, Ihr hattet Spaß. Hier ist alles mehr oder minder in normalen Bahnen verlaufen, bis auf ein kleines Mißgeschick, das mir passiert ist: Ich habe Euch ein T-Shirt kaputtgemacht. Ein Polohemd. Ein weißes. Ich kaufe Euch demnächst ein neues. Ich habe Futter für Euch besorgt und ein bißchen aufgeräumt. Wir telefonieren dann später. Ich hoffe, Ihr hattet einen guten Flug. Wir haben Euch vermißt. P.S. Ich habe Milch geholt.‹

Sie hatten achtzehn Anrufe auf dem Anrufbeantworter. Sieben für den Mann, fünf für die Frau und sechs für beide zusammen. Während das Gepäck noch immer im Wohnungseingang stand, saßen sie im Wohnzimmer und hörten die Anrufe ab. Dann ging die Frau duschen, und der Mann machte für beide kalten Kaffee. Wortlos trinkend und eine Zigarette rauchend, nahmen sie Abschied von ihrem Urlaub. Am Nachmittag liefen sie in der abgedunkelten Wohnung umher, ständig darauf bedacht, einander nicht in die Quere zu kommen und nicht auf den Hund zu treten, der reglos auf seinem Teppich weiterschlief. Gegen Abend öffnete die Frau die Fenster und Rolläden und ging ins Schlafzimmer, um die Koffer auszupacken. Der Mann pfiff nach dem Hund.

Sie spazierten zum Strand, denn dort, dachte der Mann, wäre es frischer, sie hockten sich nebeneinander in den Sand und beobachteten die letzten Badenden, die aus dem Wasser kamen und sich abtrockneten. Es waren hauptsächlich Senioren dort, dazu ein paar Familien mit Kindern und herumlungernde Jugendliche. Auch ein paar Hunde liefen bellend über den Strand, jagten ins Wasser und wieder heraus aufs Trockene und schüttelten sich das Wasser aus dem Fell.

Was in Paris vorgefallen ist, läßt sich wohl kaum als Krise bezeichnen, überlegte der Mann. Mit einer Krise wurde man besser fertig, das war eine fest umrissene, bekannte Größe, doch was in Paris vorgefallen war, nahm sich weit schlimmer aus als eine Krise: Zum ersten Mal in seinem Leben, dachte der Mann, hatte er Angst vor dem Alleinsein gehabt. Ihm fiel wieder ein, wie er in dieser deprimierenden Pension nackt auf dem Bett gesessen und auf die Frau gewartet hatte. Noch immer unvergessen auch der strömende Regen, die schmutzigbraune Farbe der Vorhänge und die fremde Sprache, die er in jener Woche hassen lernte.

Als er am vierten Tag ihres Aufenthalts morgens aufgewacht war, war die Frau nicht dagewesen. Er war unruhig im Zimmer auf und ab gewandert, vom Fenster zum Bett und wieder zurück zum Fenster und hatte immer wieder den Vorhang beiseite geschoben und auf die Straße hinuntergespäht, um nachzusehen, ob die Frau endlich wiederkäme.

Aus purer Langeweile hob er Sachen vom Fußboden auf – ihre Strümpfe, ihren BH, ihre Unterhose, Haarnadeln, die er überall verstreut fand und von denen er nicht mit Sicherheit wußte, ob sie ihr gehörten oder einer anderen Frau, die vor ihnen Gast in diesem Zimmer gewesen war. Diese Haarnadeln machten ihn wahnsinnig. Er krabbelte auf allen vieren herum, suchte in aller Gründlichkeit den Teppich ab und sammelte sie alle ein, das hielt ihn eine halbe Stunde lang beschäftigt. Dann legte er den ganzen Haufen auf das kleine Nachtkästchen neben dem Bett auf der Seite der Frau.

Hunger hatte er zwar nicht, aber er wollte endlich sein Frühstück. Er lag im Bett und rauchte und wartete auf sie. Plötzlich hörte er, wie auf dem Flur eine weibliche Stimme lachte und eilige Füße die Treppe hinaufstiegen, und er richtete sich sogleich auf und zog die Decke über sich, bereit, sie auszuschimpfen, sobald sie einträte, aber es war nicht sie. Die weibliche Stimme wurde von einer männlichen begleitet, die ihr die Treppe hinauf zur nächsten

Etage folgte. Es war wohl eine andere Frau gewesen, die Lebensgefährtin eines anderen Mannes. Nicht die seine, die verschwunden war, ohne auch nur einen Zettel zu hinterlassen.

Daß irgend etwas passiert sein könnte, kam ihm gar nicht erst in den Sinn. Für ihn stand fest, daß sie sich vorsätzlich aus dem Staub gemacht hatte und ihr Verhalten gegen ihn gerichtet war, und obwohl es erst elf Uhr war, erschien es ihm, als hätte er die Frau seit Stunden, gar seit Tagen nicht gesehen, als wäre sie bereits vor längerer Zeit spurlos verschwunden.

Es war das erste Mal in seinem Leben, daß er Angst hatte. Es war das erste Mal in seinem Leben, daß er seine Uhr vom Handgelenk löste und sie sich vor die Augen hielt und den Minutenzeiger verfolgte. Er fand es unrühmlich, aber es diente der Ablenkung, und es hielt ihn eine geschlagene Stunde lang beschäftigt. Als er dann plötzlich ihre hastigen Schritte auf der Treppe hörte und es mit Gewißheit die Schritte ›seiner‹ Frau waren, legte er die Uhr sofort auf das Nachtkästchen und lehnte sich in die Kissen zurück.

Eine fremde Frau kam herein. Es war nicht ihr Haar, das sie so fremd erscheinen ließ – und jetzt, am warmen Strand mit dem stillen Hund neben sich, mußte er zugeben, daß ihr die neue Frisur geradezu ausgezeichnet stand –, es war, als wäre ein Puzzlespiel aus ihm wohlbekannten weiblichen Teilen zu einem neuen Bild zusammengefügt worden, nicht zu dem Familienporträt, das vor einiger Zeit in der Küche in seinem Kopf geboren worden war, sondern zu einer attraktiven Frau aus einer ausländischen Illustrierten.

»Wo bist du gewesen?« wollte er wissen, und selbst jetzt, am Strand, hörte er in seinem Kopf noch den rauhen Klang seiner Stimme in jenem Pensionszimmer.

»Wo bist du gewesen?« fragte er noch einmal, und sein Auge schielte, inzwischen süchtig nach den Zeigern, kurz hinüber zur Uhr, die auf dem Nachtkästchen lag, als wären noch einmal sechzig Minuten verstrichen, seit sie das Zimmer betreten hatte, und er fragte abermals, schon zum dritten Mal innerhalb jener zwei Minuten: »Wo, zum Teufel, bist du gewesen?«

Sie lächelte ihn an, dann sprang sie mit einem Satz auf das Bett, schüttelte ihren Kopf direkt vor seinem Gesicht, wobei sie ihn mit Wassertröpfchen naß spritzte, und erklärte: »Ich habe mir die Haare schneiden lassen.«

»Ja«, sagte er, »das sehe ich. Aber wo bist du gewesen?«

»Beim Friseur«, erwiderte sie und lief zum Spiegel. »Schön?«

»Den ganzen Vormittag?« fragte er. »Den ganzen Vormittag warst du beim Friseur?«

»Nein«, sagte sie. »Ich war ein bißchen bummeln, Sachen besorgen. Die Haare habe ich mir gleich hier unten schneiden lassen. Da war so ein Laden. Ist gut geworden, findest du nicht?«

»Nein«, erwiderte der Mann. »Ich find's nicht gut. Es steht dir nicht.«

»Nein?« fragte sie.

»Nein. Wirklich nicht.«

Er saß angelehnt im Bett und zündete sich noch eine Zigarette an, schnallte bedächtig seine Uhr wieder ums Handgelenk und wartete auf die Tränen. Sie stand mit dem

Rücken zu ihm vor dem Spiegel und zupfte mit schnellen Handgriffen einige Haarsträhnen zurecht, drehte sich um und lächelte ihn abermals an, doch er schüttelte den Kopf und brummte: »Nein, es steht dir nicht.«

Er sah auf die Uhr – mittlerweile konnte er es gar nicht mehr lassen – und wartete darauf, daß die Frau in Tränen ausbrach. »Aber halb so wild«, meinte er dann, »es wächst ja wieder. Haare wachsen schnell.«

Die Frau sprang wieder auf das Bett, kniete sich, den Kopf schüttelnd, vor ihn hin und verkündete: »Sie sollen aber nicht wachsen, ich will so bleiben. In drei Wochen, wenn sie länger werden, lasse ich sie wieder kürzen. Ich finde leicht jemanden, der sie mir nachschneidet. Das ist ein ganz simpler Schnitt.«

Und als wäre ihr gerade etwas eingefallen, rannte sie zurück vor den Spiegel und erklärte: »Das ist der einzige Haken an diesem Schnitt. Er muß alle drei Wochen nach-geschnitten werden.«

Dann fragte sie, was er heute unternehmen wolle. Er er-widerte, daß er hungrig sei, und wollte wissen, was sie mitgebracht habe, und sie breitete ein großes Handtuch über das Bett und servierte das Frühstück.

29

Der Sommer neigte sich dem Ende zu, und der Mann hatte der Frau noch immer nicht gesagt, daß auch er sie liebte. Erst sagte er es nicht, weil er darauf wartete, daß sie ihre Liebeserklärung noch einmal wiederholte, damit sein Ichliebe-dich etwas abgeschwächt würde und nur eine Erwiderung wäre. Später sagte er nichts, weil er den Verdacht hegte, daß sie ihn im Flugzeug doch angelogen habe; nach ihrer Rückkehr machte sie nämlich keinerlei Anstalten, ihm ihre Liebe zu beweisen, im Gegenteil, er hatte das Gefühl, daß sie eher kühl zu ihm war. Und schließlich hörte er auf zu glauben, daß er sie wirklich liebte.

Der Mann war während der gesamten Woche ihres Urlaubs müde und gereizt gewesen – und in jeder Hinsicht auf sie angewiesen, weil er kein Französisch konnte. Die Frau dagegen hatte sich pudelwohl gefühlt und war während der ersten drei Tage davon ausgegangen, daß die fremde Stadt, die Sehenswürdigkeiten, das gute Essen und selbst der unaufhörliche Regen für ihre Hochstimmung verantwortlich seien.

Am vierten Tag war sie sehr früh aufgewacht und hatte den Mann im Schlaf betrachtet. Er lag auf der Seite, die Knie an den Bauch gezogen, eine Hand hing neben dem Bett herunter, die andere lag zur Faust geballt in der Nähe seines Munds. Selbst im Schlaf wirkte er bedrückt. Sie saß im Bett und beobachtete ihn, bis er sich unvermittelt auf die andere Seite drehte und seine Stirn ihr Knie berührte. Die Stirn legte sich in Falten, als würde er angestrengt nachdenken, über den traumbewegten Augen zuckten seine Lider, und sein Daumen berührte die Lippen. Sie sah ihn an und dachte: Wenn er schläft, bringt er mehr Gefühle zum Ausdruck, als wenn er wach ist.

Sie zog sich in aller Stille an und schminkte sich, nahm dann den großen Schirm und verließ das Zimmer. Während sie die alte Holztreppe der Pension hinunterging, plante sie ihren gemeinsamen Tag: Sie würde mit dem Frühstück zurückkehren und den Mann wecken, sie würden zusammen essen, ein wenig plaudern, vielleicht miteinander schlafen, und danach würde sie ihm vorschlagen, sie auf einen Fußmarsch durch die Stadt zu begleiten. Er würde sich weigern, ihr sagen, daß er dazu keine Lust habe, sie würde sich darüber empören, aber nicht allzu heftig, und ihn dann in der Pension zurücklassen. Sie machte sich in Gedanken eine Notiz, ihm eine englischsprachige Zeitung zu besorgen, vielleicht eine Monatszeitschrift über Filmkunst, damit er sich in ihrer Abwesenheit nicht langweilte. Am Abend würden sie sich dann treffen und zusammen essen gehen. So könnte sie den einen Teil des Tages ohne den Mann verbringen, und den anderen mit ihm. Voller Vorfreude trat sie hinaus auf die Straße und rannte los in Richtung *boulangerie* und *épicerie*. Er soll mir nichts verderben, sagte sie sich, als sie vor dem Tresen in der *épicerie* stand und auf die Dinge zeigte, die sie haben wollte, immer von allem zwei. Er ist ja gar nicht imstande, mir etwas zu verderben, dachte sie weiter, und erkannte unvermittelt, daß die Triebfeder für ihre gegenwärtige Hochstimmung seine Niedergeschlagenheit war.

Nachdenklich blieb sie vor der *épicerie* stehen und konnte sich nicht entscheiden, ob sie direkt zur Pension zurückkehren, den Mann wachrütteln, ihn umarmen und verköstigen sollte oder nicht doch lieber noch ein Weilchen durch die Straßen bummeln wollte. Wenn ihre gegenwärtige Hochstimmung von seiner Niedergeschlagenheit abhing, würde sich mit ihrer Rückkehr der Spieß umdrehen und sie wieder unglücklich werden. Sie fand es merkwürdig, daß es immer so laufen mußte – entweder er oder sie –, und fragte sich, ob es sich bei anderen Paaren ebenso verhalte, ob alle Männer und Frauen gezwungen waren, einander im Glücklich- und Unglücklichsein abzuwechseln. Wie sie das wohl über die Jahre aushielten? Vielleicht wurde es ja mit der Zeit leichter, weil jeder wußte, wann er mit seiner Hochstimmung an der Reihe war, und vielleicht konnte man sogar lernen, auch dann glücklich zu sein, wenn gerade der andere obenauf war.

Das Bild einer Wippe drängte sich ihr auf, und ihr fiel einer der ersten Sätze wieder ein, den sie zu dem Mann damals bei dem *blind date* gesagt hatte: »Immer sind es Fahrräder oder Wippen.« Oder täuschte sie jetzt ihre Erinnerung, und er hatte erzählt, daß er sich seine Narbe beim Schaukeln eingehandelt hatte?

Sie ging ins nächstbeste Café, stellte ihre Einkaufstüte auf den ihr gegenüberstehenden Stuhl und bestellte sich einen Espresso. Sie trank den Kaffee und rauchte eine Zigarette und versuchte, die Armbanduhr eines Gasts am Nebentisch abzulesen, da sie ihre eigene im Zimmer hatte liegenlassen. Schon elf, dachte sie. Bestimmt war der Mann längst wach. Sie fühlte, wie ihr ganzer Körper sich verkrampfte, um sein Gewicht zu verdoppeln – als würde sie, wenn sie jetzt aufstünde, vom Gegengewicht des Mannes hochgerissen und durch den Nebel und über die Dächer hinweg auf direktem Weg in das Pensionszimmer katapultiert. Der Mann hatte recht: Es war wirklich ein ziemlich deprimierendes Zimmer.

Sie bestellte noch einen Espresso, zündete sich eine weitere Zigarette an und betrachtete gedankenverloren die

Tüte mit den Delikatessen, die ihr gegenüber auf dem Stuhl stand und beinahe menschlich wirkte. Prall und kerzengerade saß sie da und harrte der Dinge, die da kommen mochten. Inzwischen hatten sich Fettflecken auf ihr gebildet, und ihr Inhalt büßte von Minute zu Minute an Frische ein.

Während die Frau die Tüte betrachtete, kamen ihr plötzlich die Croissants und das Baguette in den Sinn, ihr Frühstück, das vor ihren Augen am Vertrocknen war, und sie stand auf und zahlte, umschlang mit beiden Armen die Tüte, öffnete – eine neue Fertigkeit, die sie sich in den letzten Tagen angeeignet hatte – einhändig den Schirm und rannte los in Richtung Pension.

Gerade als das grüne Ziegeldach, die Zierkante mit den kleinen Fratzen in Reliefmanier und dann auch das Fenster ihres Zimmers im zweiten Stock in Sicht kamen, stach ihr der kleine Friseurladen ins Auge. Es war ein unscheinbarer Friseur für Herren, drei Häuser von der Pension entfernt. Sie warf einen letzten kurzen Blick hinauf zu ihrem Fenster, dann drückte sie mit der Schulter die Tür auf, erschrak kurz vor dem Bimmeln der Türglocke und trat ein.

Der Laden war leer und verströmte den Geruch von Rasierschaum. Obwohl außer dem ältlichen Friseur kein Mensch da war, strahlte der Ort etwas sehr Männliches aus, das dem recht dramatischen Auftritt einer jungen Frau mit einem riesigen Regenschirm und einer aufgeweichten Papiertüte nicht gerade wohlgesonnen schien. Sie stellte die Tüte auf dem Fußboden ab und ließ sich auf dem hohen Sessel nieder, und als der ältliche Friseur an sie herantrat und sich höflich erkundigte, was sie wünsche, verkündete sie: »Kurz!«

Er erklärte ihr, daß dies ein Herrenfriseur sei. Mit Damenfrisuren habe er keine Erfahrung, sagte er, er wisse nicht, was sie sich vorstelle, und habe Angst, sie zu enttäuschen. Sie solle sich vielleicht doch lieber in einen Damensalon begeben, dort könne man ihr mit Sicherheit weiterhelfen. Mit einem langen Finger deutete er durchs Fenster hinaus, bemüht, ihr zu erklären, wie sie zu einem solchen gelangen könne, doch sie lächelte ihn an und wiederholte: »Kurz. Das ist alles.«

Der Friseur seufzte, berührte schüchtern ihr Haar, warf ihr einen weißen Stoffumhang über, nahm seine Schere vom Regal und begann, Möglichkeiten auslotend und mürrisch vor sich hin brummelnd, um sie herumzutänzeln. Er schnitt und schnippelte kleine Haarsträhnen ab, bedächtig, zaghaft. Jedesmal, wenn er eine Strähne gekürzt hatte, trat er ein paar Schritte zurück und begutachtete sein Werk. Als er fertig war, zeigte die große Uhr an der Wand zwölf. Es war der längste Kurzhaarschnitt ihres Lebens.

Die Frau blieb auf dem hohen Sessel sitzen und lächelte sich im Spiegel an. Der alte Friseur stand, die Handflächen an den Stuhlrücken gelehnt, hinter ihr, und reagierte auf ihre Komplimente, indem er immer wieder den Kopf neigte und dazwischen kurze, neugierige Blicke in den Spiegel warf. Er war fünfundsiebzig Jahre alt und hatte noch nie einer Frau die Haare geschnitten. Hin und wieder hatte er kleinen Mädchen, die mit ihren Vätern zu ihm gekommen waren, einen Kinderschnitt gemacht, aber das war ein leichtes gewesen. Diese Person war die erste Frau, die je in seinem Sessel Platz genommen und mit einer derart eigenwilligen und zugleich charmanten Dreistigkeit von ihm verlangt hatte, ihr die Haare zu schneiden. Es war eine Herausforderung für ihn gewesen, beängstigend, aber es war gelungen.

Als sie schließlich, die Papiertüte in den Armen, fortging – die Tüte hatte die Geruchsmischung von Pfefferminze und Seife in dem Friseurladen inzwischen um den Duft von Butter bereichert –, hielt der Friseur ihr die Tür auf und geleitete sie hinaus. Sanft zog er den Regenschirm unter ihrer Achsel hervor, spannte ihn über ihrem Kopf auf und drückte ihr den hölzernen Griff in die Hand. Dann ging er wieder hinein und machte sich daran, ihr schwarzes, auf dem Fußboden verstreutes Haar zusammenzufegen. Mit bloßen Händen sammelte er das Haar auf, warf es in den Mülleimer und wurde plötzlich traurig, als ihm aufging, daß er womöglich nie wieder die Gelegenheit bekäme, einer Frau die Haare zu schneiden.

Der Mann war in grauenvoller Stimmung und hackte den ganzen Tag auf ihr herum. Nie zuvor hatte er solche Anstrengungen unternommen, sie zu beleidigen und ihr Selbstvertrauen zu erschüttern, und nie zuvor hatte er eine derart herbe Niederlage einstecken müssen. Je mehr er ihre Frisur heruntermachte, desto besser gefiel sie ihr, je mehr er daran arbeitete, die Beleidigung herunterzuspielen, die sie ihm durch ihr spurloses Verschwinden zugefügt hatte, desto öfter überließ sie ihn sich selbst, und der Rest ihres Urlaubs geriet zu einer Abfolge Dutzender von Manövern, sich zwischenzeitlich von ihm abzusetzen.

Tag für Tag beobachtete sie nun, wie der Mann, den Daumen an den Lippen, eingerollt auf der Seite lag und schlief, bis sie am letzten Tag ihres Urlaubs plötzlich erschrak. Vielleicht bin ich ja doch zu weit gegangen, dachte sie. Wer weiß, ob es nicht gar schon zu spät ist. Sie hatte ihn nämlich noch nie so unlebendig und niedergeschlagen erlebt, und vor allem noch nie so still.

Den letzten Abend verbrachten sie in einem teuren Restaurant. Das Essen war mies, aber entgegen seiner Gewohnheit verlor der Mann darüber kein Wort. Er verzichtete sogar darauf, ihr unter die Nase zu reiben, daß das Restaurant ihre Wahl und er von vornherein dagegen gewesen war. Anschließend spazierten sie noch ein wenig durch die Straßen. Es war die erste Nacht ohne Regen. Der Mann ließ den Blick hierhin und dorthin schweifen und schwang den arbeitslos gewordenen Regenschirm vor und zurück. Die Frau hoffte inständig darauf, daß er etwas Beleidigendes von sich geben würde, daß er etwas zu kritisieren hätte, um sogleich zu erklären, er gehe jetzt zurück in die Pension, doch der Mann schwieg beharrlich.

Am nächsten Tag, als sie stumm ihre Sachen zusammenpackten und alles in den beiden Koffern verstauten, kam ihr der Gedanke, daß sie in dem Mann möglicherweise etwas abgetötet habe. Sie saßen in der Cafeteria am Flughafen und tranken Kaffee aus Pappbechern, und als die Frau zum Reden ansetzte, um mit ihm die gemeinsamen Eindrücke ihrer Reise zu rekapitulieren, obwohl sie genau wußte, daß es kaum gemeinsame Eindrücke gab, verzog der Mann den Mund zu einem bitteren Beileidslächeln, als wollte er sagen: »Pech gehabt, meine Liebe, du hast mich verloren.«

Im August, einen Monat, nachdem sie aus Paris zurückgekehrt waren, sprachen sie zum erstenmal von Trennung. Die Frau brachte das Thema auf, und sie tat es sanft, voller Mitgefühl.

»Es geht dir nicht gut mit mir«, meinte sie eines Nachts zu dem Mann und schaltete den Fernseher aus, nachdem sie den ganzen Abend mit leerem Blick auf die Mattscheibe gestarrt hatte.

Er sah sie überrascht an.

»Doch«, bekräftigte die Frau, »ich weiß, daß du dich mit mir nicht gut fühlst. Und zu Recht. Ich bin nicht gut zu dir.«

Er sah sie eine Weile lang an und ließ dann den Blick zurück auf die erloschene Mattscheibe wandern.

»Ich finde, wir sollten reden«, sagte sie. »Ich denke in letzter Zeit viel darüber nach. Im Grunde ist es so ziemlich das einzige, worüber ich nachdenke.«

»Worüber denkst du sonst noch nach?« fragte der Mann.

»Wieso fragst du?« erkundigte sie sich.

»Bloß so«, entgegnete er, »weil wir in letzter Zeit nicht so richtig miteinander reden. Es würde mich mal interessieren.«

»Über mich. Ich denke über mich nach. Ich denke«, flüsterte sie, »daß es mir vielleicht nicht gutgeht mit dir.«

»Es geht dir nicht gut mit mir?«

»Nein«, erklärte die Frau erschrocken, »das habe ich nicht gesagt. Ich habe gesagt, daß ich im Zusammenhang unserer Beziehung über mich nachdenke. Und daß es mir damit vielleicht nicht immer gutgeht. Keine Ahnung. Ich weiß nicht genau, was ich denke«, sagte sie. »Was denkst du?«

»Worüber?« fragte der Mann.

»Keine Ahnung. Über uns. Über alles.«

»Fragst du mich, ob ich mich trennen will?«

»Nein«, sagte die Frau. »Wie kommst du denn darauf?! Ich frage – bloß so –, weil wir tatsächlich, wie du gerade gesagt hast, in letzter Zeit nicht miteinander reden.«

»Haben wir denn früher miteinander geredet?« fragte der Mann.

»Ja«, erwiderte die Frau. »Ich glaube schon, daß wir früher miteinander geredet haben. Nicht daß wir unser Seelenleben voreinander ausgebreitet hätten. Diese Art Gespräch hat zwischen uns nie stattgefunden. Irgendwie hat sich alles immer wie von selbst ergeben. Wir hatten kein Bedürfnis, darüber zu reden. Findest du es schlimm, daß wir nicht das Bedürfnis hatten, darüber zu reden?«

»Keine Ahnung«, entgegnete der Mann. »Ich habe nie darüber nachgedacht.«

»Nein«, sagte die Frau, »ich auch nicht.«

»Du spielst Spielchen«, stellte der Mann fest.

»Gar nicht«, erklärte die Frau. »Ich versuche zu reden.«

»Das ist doch kein Versuch zu reden«, meinte der Mann. »Du versuchst mich dazu zu bringen, daß ich sage, ich will mich trennen. Damit du es leichter hast.«

Beide betrachteten den Hund, der zwischen ihnen auf dem Sofa lag.

»Sieh dir den an«, meinte der Mann, »sieh dir mal an, wie häßlich er geworden ist.«

»Er ist nicht häßlich«, widersprach die Frau. »Wieso findest du ihn plötzlich häßlich?«

»Weil es stimmt«, sagte der Mann. »Weißt du noch, wie niedlich er war, als wir ihn gefunden haben?«

»Ja«, antwortete die Frau und blickte sehnsuchtsvoll den Hund an.

»Hättest du je gedacht, daß so ein Monstrum aus ihm wird?«

»Er ist kein Monstrum«, widersprach die Frau. »Mag sein, daß er nicht der Schönste ist, aber ein Monstrum ist er deswegen noch lange nicht.«

»Hättest du dir je vorstellen können, daß du ihn eines Tages hassen würdest?«

»Ich hasse ihn nicht. Wieso sollte ich ihn hassen?«

»Ich hasse ihn«, erklärte der Mann.

»Das ist nicht wahr. Du liebst ihn«, sagte die Frau.

»Ich liebe und ich hasse ihn«, befand der Mann.

»Und mich ebenfalls.«

»Ja«, gab der Mann zu, »jetzt, in diesem Augenblick, ja.«

»Hat es denn eine Zeit gegeben, in der du mich nur geliebt hast? Ohne mich zu hassen?« fragte sie.

»Ich glaube schon«, erwiderte er. »Am Anfang. In den ersten Monaten.«

»Und wann hast du angefangen, mich zu hassen?«

»In Paris«, antwortete der Mann.

»Das habe ich mir gedacht«, sagte die Frau.

»Und du?« fragte der Mann und spürte, wie seine Augen sich mit Tränen füllten – die Tränen von Paris, die unvermittelt herangereift waren.

»Was – ich?«

»Wann hast du angefangen, mich zu hassen?«

»Ich weiß es nicht«, antwortete die Frau, und der Mann
brach in Tränen aus. Die Frau versuchte, ihn zu umarmen,
doch der Mann schob sie weg, erhob sich vom Sofa und
ging zum Fenster. Sein Weinen hielt nicht lange an. Die
Frau zündete eine Zigarette an, lehnte sich zurück und
schnippte das Zündholz in den Aschenbecher. Der Mann
zog die Nase hoch, hob seinen Arm ans Gesicht und wischte
sich mit dem Ärmel des T-Shirts die Tränen ab. Dann
atmete er tief durch und starrte hinaus in die Ferne. Die
Frau drückte die Zigarette aus, stand auf und trat von hinten an ihn heran. Als sie seinen Bauch mit den Armen umschlang und ihre Wange an seinen Rücken drückte, spürte
sie das beleidigte kleine Zucken, mit dem er versuchte, sie
abzuschütteln. Dann rieb sie ihr Kinn in der Vertiefung
zwischen seinen Schulterblättern, küßte den Stoff des T-
Shirts, das feuchtwarm und verschwitzt war, stellte sich
neben ihn und tastete nach seiner Hand, die tief in der
Jeanstasche steckte.

Sie standen zusammen am Fenster und schauten hinaus
auf die häßlichen Wohnblocks. Ein Teil der Fenster war
bereits dunkel, in anderen brannte noch Licht, vor allem
in den Küchen. Dann betrachteten sie wieder den Hund,
der auf dem Sofa schlief.

»Falls wir uns trennen sollten«, fragte der Mann, »wer
nimmt ihn dann?«

»Aber wir trennen uns nicht«, gab die Frau zurück.

»Aber falls wir uns doch trennen?«

»Ich weiß es nicht«, seufzte die Frau.

»Weil ich nämlich nicht glaube, daß ich ihn haben will.«

»Ja«, sagte die Frau, »ich auch nicht.«

»Es würde alles schrecklich verkomplizieren«, erklärte der Mann, »und mein Leben ist jetzt schon kompliziert genug. Da kann ich ihn nicht auch noch gebrauchen.«

»Laß uns jetzt nicht darüber nachdenken«, sagte die Frau weich.

»Wir sollten ein bißchen unter uns bleiben«, meinte der Mann. »Wie damals am Anfang. Ich habe keinen Bock mehr auf diese ganzen Abendessen und die ständige Ausgeherei. Ich habe die Schnauze voll – von allen.«

»Ich auch«, erklärte die Frau.

»Was hältst du davon, wenn wir für ein Weilchen die Schotten dichtmachen?« fragte der Mann und sah sie an, und die Frau blickte in seine noch immer feuchten Augen.

»In Ordnung«, antwortete die Frau und küßte ihn auf die Lippen.

Sie küßten sich, und auch während des Kusses murmelte er: »Wir sollten uns wirklich eine Zeitlang zurückziehen.«

Das Telefon klingelte, und sie lösten sich aus der Umarmung. Sie konnten sich nicht entscheiden, ob sie abnehmen sollten. Nach sechsmaligem Klingeln reckte der Hund verwundert den Kopf. Der Mann ging abnehmen.

»Wir sollen mitkommen auf einen Drink«, teilte er der Frau mit. »Bist du dabei?«

»Es ist spät«, meinte die Frau. »Ist es nicht schon spät?«

»Ein bißchen schon«, antwortete der Mann und bedeckte mit der Hand die Muschel des Hörers, »aber wir könnten doch auf ein Stündchen vorbeischauen.«

»Aber du hast doch gerade eben selbst gesagt, daß du keine Leute mehr sehen willst. Du wolltest doch, daß wir uns eine Zeitlang zurückziehen.«

»Ich weiß«, sagte der Mann.

»Ich sage nichts dazu«, meinte die Frau. »Wenn du unbedingt hingehen willst. Entscheide du.«

»Ich glaube, es würde uns beiden nicht schaden, heute abend auszugehen, auch wenn es spät ist. Nur auf ein Stündchen. Gut?« fragte der Mann und zog noch einmal die Nase hoch.

»Gut«, sagte die Frau, »wenn du meinst.«

Als sie morgens um drei von der Kneipe nach Hause kamen, war der Mann betrunken. Die Gefahr der Trennung war in die paar Gläser Bier geflossen, die er sich hinter die Binde gekippt hatte, und hatte sich in der Flüssigkeit aufgelöst wie eine Tablette gegen Sodbrennen. Auf dem Nachhauseweg mußte sich die Frau ans Steuer setzen. Sie haßte es, Auto zu fahren, und war sauer auf ihn, aber als sie ihn betrachtete – er stierte, von ihr sicher auf dem Beifahrersitz angegurtet, durchs Fenster und grölte Kinderlieder –, mußte sie lachen und lehnte sich zu ihm hinüber, um ihn auf die Wange zu küssen. Wenn er hilflos ist, dachte sie, ist der Mann richtig gut. Auf der Treppe hinauf zur Wohnung mußte sie ihn stützen. Der Mann ging eine Stufe vor und zwei zurück und grölte ohne Unterlaß das Lied vom erkälteten Häschen, wobei er das ›La-la-la-hatschi‹ im Refrain durch ›Ich lie-lie-liebe-dich‹ ersetzte.

Sie legte ihn ins Bett, zog ihm die Schuhe von den Füßen, schälte ihn aus Hemd und Hose und deckte ihn zu.

»Mir ist kotzübel«, stöhnte er und ließ den Kopf zur Seite fallen.

»Willst du zur Toilette? Mußt du dich übergeben?«

»Nein«, murmelte er, »bloß so. Mir geht's dreckig.«

»Soll ich dir einen Tee machen?« fragte sie.

»Nein«, antwortete er. »Hast du gehört, was ich für dich gesungen habe?«

»Wann?«

»Auf der Treppe.«

»Ja«, erwiderte die Frau, »ich hab's gehört. Die Nachbarn haben es ebenfalls gehört.«

»Und was denkst du?«

»Über deinen Gesang?«

»Nein«, murmelte der Mann ins Kissen. »Du weißt schon, worüber.«

»Ich denke, daß du betrunken bist, und ich freue mich, daß du mich liebst. Ich habe schon lange darauf gewartet, daß du es mir sagst. Seit wir aus Paris zurückgekehrt sind, warte ich darauf, daß du es endlich mal sagst.«

Der Mann versuchte, aus dem Bett zu steigen. Er wußte nicht genau, was er wollte: die Frau umarmen, die vor dem offenen Schrank stand und ein T-Shirt zum Schlafen suchte, oder zur Toilette gehen und sich übergeben. Torkelnd machte er sich auf in Richtung Tür, trat hinaus in den Flur und blieb einen Augenblick lang schwankend stehen und stützte sich an der Wand ab. Er blickte hinunter auf den Hund, der auf seinem Teppich lag, und wurde plötzlich von einem Schwindelgefühl erfaßt. Er rief nach der Frau. Sie kam in den Flur gelaufen und sah ihn mit gespreizten Beinen, die Hände an die Wand gepreßt, dastehen, während der verschlafene Hund zu ihm hochblinzelte.

»Er knurrt mich an«, erklärte der Mann.

»Nein, er knurrt dich nicht an. Komm mit zur Toilette.«

»Hast du nichts gehört?« fragte der Mann. »Gerade eben hat er mich angeknurrt. Er hat die Zähne gefletscht und geknurrt.«

»Komm«, sagte sie sanft. »Komm mit zur Toilette.«

»Ich will nicht zur Toilette«, verkündete der Mann. »Ich will ihn hier weghaben. Schaff ihn weg. Er ist gefährlich. Womöglich fällt er mich gleich noch an.«

»Hör doch auf«, gab die Frau zurück. »Du bist sturzbesoffen. Du erzählst Unsinn. Wenn du nicht zur Toilette willst, dann komm zurück ins Bett.«

»Nein«, versteifte sich der Mann. »Ich will ihn hier weghaben. Es paßt mir nicht, daß er hierbleibt. Er macht mir Angst.«

»Und was willst du jetzt von mir?«

»Daß du ihn wegschaffst.«

»Wohin denn?«

»Keine Ahnung. Aber halte ihn mir vom Leib.«

»Ich bringe ihn ins Treppenhaus«, erklärte sie. »Geh du ins Bett. Ich bringe ihn raus. Mach dir keine Sorgen. Er wird dir nichts antun.«

Sie ging zu dem Hund und streichelte ihm den Kopf. Der Hund rollte sich auf den Rücken. Er hob die angewinkelten Pfoten in die Luft, und seine Ohren klappten nach hinten auf den Teppich. Die Frau wunderte sich. Sie hatte ihn noch nie so daliegen sehen. Die meisten Hunde liebten diese Pose, nicht aber dieser Hund. Sein Bauchfell war weich und fühlte sich kuschelig an. Sie kitzelte ihn und mußte kichern, als sie bemerkte, wie eine seiner Hinterpfoten anfing, im Leeren zu tänzeln. Seine Augen waren geschlossen und seine Nase gerümpft, und aus seinen Lefzen spitzten die Eckzähne hervor. Beinahe schien es ihr, als würde er lächeln.

Sie nahm ihn am Halsband und zog ihn hoch. Er kam auf die Beine, schüttelte sich und schritt neben ihr her zur Eingangstür. Die Frau ging hinaus ins Treppenhaus, und der Hund folgte ihr. Er blickte sie neugierig an, während sie in Unterhose und kurzärmeligem T-Shirt dastand und auf die Sisalmatte zeigte, die vor der Türschwelle lag. »Platz!« befahl sie und zog sich ins Wohnungsinnere zurück. Sie sah ihn noch einmal kurz an, wie er dastand und sie anschaute. Dann erlosch das Licht im Treppenhaus, und die Tür schloß sich.

Als sie ins Schlafzimmer zurückkehrte, fand sie den Mann auf der Seite liegend und still lesend im Bett vor. Er hatte sich auf den Fußboden erbrochen. Sie holte Schrubber und Scheuerlappen vom Küchenbalkon und wischte den Fußboden auf. Dann nahm sie den Lappen mit den Fingerspitzen auf, warf ihn in den Putzeimer im Badezimmer und ließ den Eimer mit Wasser vollaufen.

31

Im Herbst veränderte sich die Haltung des Hundes. Der hintere Teil seines Körpers knickte ein, und sein Gang wurde zu einer Art Kriechen. Der Mann und die Frau brachten ihn zum Tierarzt. Der diagnostizierte ein Problem mit den Hüftgelenken. »Unser kleiner Anonymus leidet an einer genetischen Krankheit«, erklärte er.

Doch der Tierarzt lag mit seiner Diagnose falsch.

Der Hund verbrachte den meisten Teil des Tages und der Nacht auf seiner Matte, die, nachdem er die Beleidigung verwunden hatte, etwas Tröstendes barg. Zweimal am Tag öffneten der Mann oder die Frau ihm die Tür, und er ging in die Wohnung, trank etwas Wasser und fraß aus seinem Napf, schnell, zielstrebig, und die Geräusche vom Zermalmen des Trockenfutters durchbrachen die Stille, die in der Wohnung herrschte. Dann ging er wieder hinaus ins Treppenhaus, wo die Nachbarn rauf und runter liefen, die Kinder, die sich bückten, um ihn zu streicheln, und die einsame alte Frau vom obersten Stockwerk, die Mitleid mit ihm hatte.

Manchmal, wenn der Mann aus dem Haus ging, öffnete die Frau die Tür und ließ den Hund ein, als wäre er ein alter Liebhaber. Sie setzte sich auf das Sofa und schlug mit der Hand aufs Polster, doch der Hund blieb immer in der Tür stehen; manchmal, wenn ihn eine unerklärliche Sehnsucht gegen seinen Willen ins Wohnzimmer zog, legte er sich zaghaft auf den Fußboden. In der Nacht hörte er die Stimmen des Mannes und der Frau aus der Wohnung dringen, leise Stimmen. Kein Geklapper von Töpfen, keine metallische Musik, kein Weinen.

Keiner ging mit ihm hinunter auf einen Spaziergang. Er ging allein hinaus, ein- oder zweimal am Tag, manchmal durchquerte er den Park und beobachtete aus einiger Entfernung irgendwelche Hunde, die miteinander spielten, irgendeinen Hund, der das Glück hatte, daß jemand einen Stock für ihn warf. Wenn der Stock durch die Luft geschleudert wurde, spannte sich sein Körper in Anteilnahme, Kopf und Vorderpfoten schnellten vor, doch der geknickte, wie gebrochen wirkende hintere Teil seines Körpers blieb immer wie angewurzelt auf der Erde, als wollte er ihm sagen: Dieser Stock war nicht für dich bestimmt.

Manchmal begleitete er die Frau zum Minimarkt und setzte sich, die leidenschaftslose Ruhe eines Hundes ausstrahlend, der auf sein Frauchen wartet, vor den Eingang. Wenn sie wieder herauskam, folgte er ihr auf den Fersen, ging hinter ihr die Treppe hinauf und blieb eine oder zwei Stufen vor dem zweiten Stock stehen, wartete, bis sie hineinging, ihm einen entschuldigenden Blick zuwarf und die Tür schloß, und ließ sich dann auf seiner Matte nieder. Er hatte sein Fressen und sein Wasser, er hatte seine Matte, und er war frei. Er war weder ein Straßenköter noch ein Haushund. Er war jetzt so etwas wie ein Zwitterwesen, ein sporadischer Hausgenosse.

Und dann fand eine große Geburtstagsparty statt, und eines Nachts pilgerte ein Trupp von Leuten mit Tüten und Flaschen in der Hand die Treppe herauf. Sie klingelten an der Haustür, bückten sich, um dem Hund den Kopf zu streicheln, und verschwanden in der Wohnung. Musik erfüllte das Treppenhaus, fröhliche Stimmen, Lachsalven und Pfiffe. Um Mitternacht kam die Kupplerfreundin heraus, bückte sich – auf ihren Absätzen schwankend, weil sie wieder einmal betrunken war – zu dem Hund hinunter, küßte ihn auf die Nase und stopfte ihm ein Stück Geburtstagstorte ins Maul.

Sie hatte alles organisiert. Und fast alles bezahlt. Eines Tages hatte sie die Frau angerufen und sich mit ihrer heiteren Stimme erkundigt: »Also – was machen wir am einundzwanzigsten Oktober?«

»Keine Ahnung«, hatte die Frau geantwortet. »Ich habe mir noch nichts überlegt.«

»Nein?« hatte die Freundin sie getadelt. »Aber du weißt doch, welches Ereignis am einundzwanzigsten Oktober stattfindet. Oder nicht?«

»Doch«, hatte die Frau erwidert. »Natürlich weiß ich das. Sein Geburtstag.«

»Und meiner ist heute«, hatte die Freundin erklärt, und ein vorwurfsvoller Schmerz hatte sich in ihre Stimme geschlichen.

»Ja? Gratuliere! Das wußte ich nicht.«

»Macht nichts«, hatte die Freundin gesagt. »Ich habe mir überlegt, daß wir vielleicht zusammen etwas machen. Wir haben immer zusammen gefeiert. Wenn ihr wollt, können wir bei mir was machen. Oder bei euch. Was immer euch lieber ist.«

»Bei uns«, hatte die Frau vorgeschlagen. »Ich glaube, hier ist mehr Platz. Oder? Aber ich bin mir nicht so ganz sicher, daß er eine Party will.«

»Na und?!« hatte die Freundin gekreischt. »Er braucht davon nichts mitzukriegen. Verstehst du? Es soll ja eine Überraschung werden. Er kriegt jedes Jahr eine Überraschung von mir. Glaub mir, er rechnet fest damit.«

»Ja?« hatte die Frau unschlüssig gefragt.

»Ja! Und hör mal, du brauchst nichts vorzubereiten. Ich bringe alles mit.«

»Aber ich kann gern was vorbereiten.«

»Nein, das brauchst du nicht. Wirklich nicht. Ich bin

schon Expertin. Ich kaufe eine Torte, ich habe da einen guten Laden, ich kaufe immer dort. Wenn du willst, kannst du ein paar Dips machen oder so was in der Art und Cracker kaufen oder was immer.«

»Gut«, hatte die Frau gesagt, »ich mache ein paar Dips. Ich kaufe Cracker.«

»Und alle bringen Bier und Wein mit, also kauf nichts in dieser Richtung.«

»Du lädst aber auch Freunde von dir ein.«

»Natürlich. Du lädst deine Leute ein, ich meine. Es wird super!«

Doch sie kam allein. Sie trug eine riesige Torte in einer Kartonschachtel vor sich her, und an den Fingern der rechten Hand hing eine Tüte, aus der ein in bläuliches Papier gewickeltes Päckchen herauslugte. Die Frau öffnete die Tür, nahm ihr die Torte ab und räumte einen Platz im Kühlschrank dafür frei.

»Ich habe noch ein bißchen Deko mitgebracht«, erklärte die Freundin und stellte einen Stuhl in die Mitte des Wohnzimmers. »Komm, wir blasen die Ballons auf. Wann kommt er nach Hause?«

»Er müßte in einer Stunde hier sein. Für wieviel Uhr hast du die Leute bestellt?«

»Für jetzt«, antwortete die Freundin und blies einen riesigen Ballon auf. »Ich habe den Leuten gesagt, um neun. Wann hast du gesagt?«

»Auch um neun«, erwiderte die Frau. Sie nahm der Freundin den Ballon aus dem Mund und knotete ihn zu.

Die Freunde des Mannes und die gemeinsamen Freunde des Mannes und der Frau trafen ein, und die Frau wartete

auf die Freunde der Kupplerfreundin, doch als der Mann
um halb elf kam und den Überraschten mimte, war noch
immer keiner von den Gästen, die die Freundin eingeladen
hatte, erschienen. Der Mann umarmte die Frau und küßte
sie auf den Mund, der Freundin drückte er mit der Hand
die Schulter.

»Das tut sie mir jedes Jahr an«, sagte er zu der Frau.

Dann setzte er sich, um die Geschenke auszupacken,
und jemand schob eine neue Kassette, die er für den Mann
gekauft hatte, in den Recorder – noch so ein metallischer
Greuel, den der Mann sich anhörte, schuldbewußt ki-
chernd wie ein Kind und den Blick fest auf die Augen der
Frau gerichtet, um an ihnen ihre Reaktion abzulesen.

Die Frau hatte ihm ein Hemd gekauft. Es war ein Jeanshemd, von dem sie wußte, daß er es sich wünschte, und sofort wurde er von allen Seiten bedrängt, es anzuprobieren.
Erst wehrte er ab, doch dann ließ er sich nicht länger bitten,
zog sein T-Shirt aus, warf es auf den Fußboden und schlüpfte
in das Jeanshemd, das ihm genau paßte und bestens stand.
Von den Männern und Frauen, die Bier trinkend im Zimmer herumstanden, kamen Pfiffe der Bewunderung.

Der Mann sah die Kupplerfreundin an und sagte: »Es
tut mir leid, aber ich habe es zeitlich nicht geschafft, dir ein
Geschenk zu besorgen.«

»Macht nichts«, gab die Freundin zurück, »ich auch
nicht.« Und die Frau warf einen flüchtigen Blick in Richtung Wohnungseingang, wo an den Arbeitstisch des Mannes gelehnt noch immer die Tüte stand.

»Das Hemd ist traumhaft«, sagte die Freundin zu der
Frau.

»Allerdings«, meinte der Mann. »So eines habe ich mir schon lange gewünscht.«

»Das weiß ich«, sagte die Freundin.

Sie hatte für ihr Hemd viel Geld bezahlt und fragte sich gerade, ob die Frau und sie ihr Geschenk wohl an derselben Adresse gesucht und gefunden hatten.

»Wo hast du es gekauft?« erkundigte sie sich, und die Frau nannte den Namen des Ladens.

Es war nicht derselbe Laden, und das ließ die Sache in den Augen der Freundin plötzlich zu einer noch größeren Beleidigung werden: Als wären beide Frauen irgendwann im Laufe der Woche in zwei verschiedene Richtungen losgezogen, in zwei verschiedene Gegenden der Stadt – die eine bekannt für ihre teuren Boutiquen, die andere für ihre Schnäppchenpaletten –, um für denselben Mann dasselbe Hemd zu kaufen. Die eine würde dieses Hemd nun, ein wenig nach seinem Schweiß riechend, bei sich in den Schrank hängen, während die andere das ihre, in bläuliches Papier verpackt, umgehend in diesen grausig arroganten Laden im Norden der Stadt zurückbringen würde, um die Verkäuferin zu bitten, es umzutauschen.

Die Frau verschwand in der Küche und brachte die Torte mit siebzig brennenden Kerzen darin ins Wohnzimmer. Vierunddreißig für den Mann, vierunddreißig für die Kupplerfreundin, und für beide je eine Kerze für das kommende Jahr. Sie stellte die Torte auf den Tisch, und der Mann und die Freundin, die nebeneinander auf dem Sofa saßen, holten tief Luft und pusteten mit langem Atem alle Kerzen aus. Dann machte sich die Frau daran, die Kerzen, die nun mit weißer Creme beschmiert waren, herauszuziehen und sie auf den Tisch zu legen, doch die Gäste trieben sie zur Eile an; jeder wollte ein Stück Kuchen. Die Freundin lief in die Küche, um ein großes Messer zu holen, und sah die Frau feixend an.

»Darf ich?« fragte sie, und die Frau trat zurück und sah zu, wie die Freundin mit dem Messer in die Tortenmitte stach.

32

Der Mann brachte sie nach Hause. Es war ein komisches Gefühl, in ihre Straße einzubiegen und wieder einmal vor dem vertrauten Gebäude zu parken. Sie fragte, ob er noch auf einen Kaffee mit nach oben komme, doch zu seiner eigenen Überraschung lehnte er dankend ab. Die Frau habe es nicht gern, wenn er sie nachts allein ließ.

»Aber sie hat doch den Hund«, meinte die Freundin. »Wovor hat sie Angst?«

»Ach, der Hund«, wehrte der Mann lächelnd ab. »Das ist doch kein Wachhund. Er ist ein schrecklicher Angsthase.«

»Wollt ihr ihm nicht endlich einen Namen geben?« fragte sie und kramte ihre Schlüssel aus der Tasche.

»Doch«, erwiderte der Mann, »es wird wirklich langsam Zeit. Stell dir vor, wie das wird, wenn wir eines Tages Kinder haben. Was sollen wir ihnen sagen, wenn sie uns fragen, wie der Hund heißt?«

»Eure Kinder bleiben bestimmt auch namenlos«, meinte die Freundin.

Etwas in seinem Herzen verkrampfte sich. Nicht aufgrund ihrer Worte, sondern weil die Wahrscheinlichkeit, daß die Frau zur Mutter seiner Kinder werden würde, in weite Ferne gerückt schien. Er lebte mit der Frau zusammen, er schlief mit ihr, besprach mit ihr das alltäglich Notwendige, und in letzter Zeit bekochte er sie sogar spontan mit martialischen Abendessen. Die Kocherei lenkte ihn ab von der Stille, die in der Wohnung herrschte, von der Frau, die den ganzen Tag vor dem Fernseher lag, die Fernbedienung in der schlaffen Hand, zu apathisch, um auch nur einmal umzuschalten.

Er kochte wie ein Besessener, und sie widersetzte sich nicht. Wenn er sie rief, nahm sie am Küchentisch Platz, und das Essen, in das er seine ganze Phantasie und Wut gesteckt hatte, war ungenießbar. Entweder war es zu stark gewürzt, oder er hatte völlig vergessen, es zu würzen, mal war das Fleisch angebrannt, mal servierte er es praktisch roh. Dann saß er ihr gegenüber und sah zu, wie sie mit einem Hühnerbeinchen kämpfte, wie sie ungeachtet des Blutes, das auf ihren Teller tropfte, hineinbiß und es hastig verzehrte. Sie hoffte, er würde aufstehen und gehen. Er hoffte, sie würde ihm sagen, daß er aufstehen und gehen solle.

Wenn er die Frau ansah, wie sie ihm gegenübersaß und aß oder wie sie komplett angekleidet, als würde sie sich plötzlich vor ihm genieren, aus der Dusche kam, hatte er das Gefühl, von dieser Liebe sei nur noch Angst geblieben. Seine Liebe zu ihr hatte bereits viele Metamorphosen durchgemacht, und doch war es die Liebe seines Lebens, die nun erloschen war, und deshalb machte es keinen Sinn, zu gehen und woanders neu anzufangen: Das Quantum an

Liebe, das ihm zugedacht war, hatte er ja nun ausgeschöpft.

So kam es, daß er doch mit der Freundin in die Wohnung hinaufging.

»Nur auf einen Kaffee«, sagte sie noch einmal.

Er sah sich in der vertrauten Wohnung um, ging sogar kurz ins Schlafzimmer, um nachzusehen, ob dort noch alles wie früher war – das Bett, der dicke, kratzige Überwurf, die beiden Kissen –, und trat dann hinaus auf den Balkon.

»Es ist etwas kühl«, meinte die Freundin, »sollen wir nicht besser drinbleiben?«

Sie holte die beiden Sessel vom Balkon ins Wohnzimmer. Dann verschwand sie im Schlafzimmer – die Tüte, die sie die ganze Zeit über in der Hand gehalten hatte, nahm sie mit – und kehrte mit T-Shirt und Unterhose bekleidet wieder zurück. Der Mann setzte sich in seinen Sessel und warf einen Blick auf seine Armbanduhr. Genau zwei. Er überlegte, ob die Frau schon angefangen hatte, sich Sorgen zu machen, oder ob sie womöglich diese Fähigkeit inzwischen ebenso verloren hatte, wie die Fähigkeit, ihn anzuschreien und an ihm herumzumeckern und mit ihm zu streiten und seinetwegen zu weinen.

»Jetzt sind wir also beide vierunddreißig«, sagte er.

»Ja«, bestätigte die Freundin. »Und beide noch immer nicht verheiratet.«

Das letzte Mal, daß die Frau geweint hatte, war in jener Nacht gewesen, als sie über Trennung gesprochen hatten und danach mit Freunden etwas trinken gegangen waren. Er war zwar sehr betrunken gewesen, doch vor dem Einschlafen hatte er sie im Badezimmer weinen gehört. Seit damals hatten sie ihr Leben weitergeführt, als wären sie noch immer etwas angetrunken; eine dumpfe Schwere und ein kleiner Brechreiz lag zwischen ihnen. Und jeden Morgen schien es, als würde einer von beiden aufwachen, nüchtern werden, sich umschauen und einen Schreck bekommen und dann in die Küche schlurfen, um einige Becher starken Kaffee zu trinken, und wenn der andere dann hereingetorkelt käme, würde er ihm in die Augen schauen und zu ihm sagen: ›Es reicht.‹

Die Freundin brachte ihm einen Becher Kaffee und setzte sich ihm zu Füßen auf den Boden.

»Noch immer zwei Löffel Zucker?« fragte sie.

»Noch immer«, erwiderte er und schloß die Augen. Und nach einer kurzen Pause fügte er hinzu: »Und du einen.«

»Nein«, erklärte die Freundin, »ich ohne.«

»Stimmt«, meinte der Mann, »das habe ich vergessen. Du ohne.«

Plötzlich brach sie in Tränen aus. Der Mann schlug die Augen auf, hörte sich ein Weilchen ihr Schluchzen an, ihre kleinen Schniefer, und berührte ihre Hand, die die Augen bedeckte. Er beugte sich zu ihr hinab und flüsterte: »Was ist passiert?«

»Nichts«, antwortete sie, »nichts.«

»Sag's mir doch. Was ist passiert?«

»Bloß so«, meinte sie, »ich habe schlechte Laune.«

»Ich habe dich noch nie weinen sehen, weißt du das? Liegt es daran, daß ich vergessen habe, wieviel Zucker du nimmst?«

»Ich nehme keinen Zucker«, brach es aus ihr hervor, und sie fing wieder an zu weinen. Sie legte ihren Kopf in seinen Schoß. Er legte ihr eine Hand auf die Schulter.

»Hör auf«, sagte er, »hör auf. Nicht weinen.« Dann blickte er abermals auf die Uhr.

»Geht's wieder?« fragte er.

Ihr Kopf nickte in seinem Schoß.

»Bist du sicher?«

Schniefend hob sie den Kopf, sah ihn mit feuchten Augen an und begann ihm die Jeans aufzuknöpfen. Der Mann packte sie am Handgelenk und sagte: »Hör auf! Was machst du da? Laß das.«

»Aber wieso denn?« jammerte sie. »Wieso?«

»Du weißt genau, wieso«, antwortete er.

»Du bist doch früher nicht so treu gewesen«, sagte die Freundin. »Nie!«

»Ich hatte auch noch nie eine feste Freundin«, erklärte er ihr in väterlichem Ton.

Das Gesicht von ihm abgewandt, hörte sie ihm zu, noch immer liefen Tränen aus ihren Augen, und zwischen ihren Fingern hielt sie einen der Hosenknöpfe fest.

»Warum bist du mit ihr zusammen?« fragte sie. »Es geht dir doch gar nicht gut mit ihr.«

»Ich weiß es nicht«, erwiderte er und streichelte ihr das Haar. »Wahrscheinlich weil ich sie liebe.«

»Von wegen, du liebst sie«, sagte die Freundin. »Du weißt doch gar nicht, was das heißt, lieben.«

»Du mußt es ja wissen«, spottete der Mann.

Er berührte sie am Kinn und hob es ein wenig an, wobei seine Finger aus Gewohnheit nach der kleinen Narbe tasteten.

»Aber daß ich dich immer liebe, das weißt du doch.«

»Ja«, gab sie zurück, »wie eine Schwester.«

»Ja«, lächelte der Mann, »wie eine Schwester.«

Sie legte ihre Wange auf sein Knie. Er spürte, wie die warme Feuchtigkeit ihrer Tränen durch seine Jeans drang. Geistesabwesend fuhr er ihr durchs Haar, wühlte darin, blickte hinauf zur Zimmerdecke und schloß seufzend die Augen.

»Ich bin vielleicht fertig«, sagte er. »Mann, bin ich fertig.«

Er dachte an die Kinder, die er mit der Frau haben wollte. Erst eine Tochter und später einen Sohn. Er versuchte, sich Namen für sie auszudenken, aber es wollte ihm nicht gelingen. Er streichelte die Freundin im Nacken und suchte im Geiste nach Namen. Als er mit den Fingern über den angespannten Nacken strich, spürte er, wie sich die kleinen Härchen unter seinen Fingern aufstellten. Er fühlte sich wohl in seinem alten Sessel.

Er versank in einen Wachtraum über die kleine Tochter, die er haben würde. Er sah sie mit ihrem Windelpopo durch die Wohnung krabbeln. Er sah sie auf dem Hochstuhl in der Küche thronend essen. Er sah sich auf dem Boden im Badezimmer sitzen und sie waschen. In seiner Phantasie sah er sich selbst als fröhlichen Vater. Er hörte ihre Freudenjauchzer, das Gestrampel ihrer Beinchen im Badewasser, einen Moment lang konnte er sogar ihren kleinen Körper fühlen, der sich durch den weißen Frotteebademantel mit Kapuze hindurch an ihn schmiegte. Alles war perfekt. Der Schwamm und die gelbe Gummiente und das Badeshampoo für Babys. Er genoß dieses Bild so sehr, daß er gar nicht merkte, daß die Frau fehlte. Daß sie nicht mit auf dem Bild war. Eine wohlige Wärme durchströmte seinen Körper, und plötzlich hatte er eine Erektion. Erschrocken schlug er die Augen auf. Das Gesicht der Freundin war in seinem Schoß vergraben. Er wollte aufstehen, rührte sich jedoch keinen Millimeter. Er flüsterte: »Was machst du da?« und hörte sich nicht flüstern. Er hörte sie auch nicht antworten. Mit beiden Händen hielt er die Sessellehne umklammert, biß sich auf die Unterlippe und stöhnte: »Hör auf!« Seine Beine bewegten sich über den Fußboden, als gingen sie ohne ihn irgendwohin. Er zermarterte sich das Gehirn, um den Moment aufzuspüren, in dem das alles angefangen hatte, den Moment, in dem er sich so hingegeben hatte, doch sein Kopf war leer. Da war kein Baby und kein Bad und auch kein weißer Frotteebademantel mit Kapuze, und die Frau war nicht da, und er war plötzlich mutterseelenallein. Seine Beine hörten auf, über den Fußboden zu rudern, und seine Hände ließen die Sessellehnen los und schwebten kurz in der Luft, bis sie auf dem Kopf der Freundin landeten und ihn hinunterdrückten.

Wie gelähmt blieb er im Sessel sitzen. Die Freundin stand auf, ging ins Badezimmer und kam mit einem in warmes Seifenwasser getauchten Handtuch zurück. Sie kniete nieder und wischte ihn sauber. Er blickte sie an und schloß sogleich wieder die Augen. Dann warf er einen Blick auf seine Armbanduhr.

33

Als er kurz vor drei nach Hause kam, brannten in der Wohnung noch die Lichter. Auf dem Tisch im Wohnzimmer war ein großer Stapel Pappteller und daneben ein

Turm von Einweggläsern. Am Sofa lehnte der Besen, daneben das Kehrblech, in das die Geburtstagskerzen gefegt worden waren. Auf dem Fußboden stand eine große Mülltüte, aus der eine gekenterte halbe Schokoladentorte ragte. Er trat näher heran, um einen Blick in die Tüte zu werfen, und sah seinen Namen in weißen, verschnörkelten Cremebuchstaben auf der geplatzten Tortenglasur.

Er ging durch die Wohnung und löschte die Lichter, dann betrat er das dunkle Schlafzimmer. Die Frau lag, das Gesicht zur Wand gedreht, im Bett. Am Fußboden auf ihrer Seite des Betts lag reglos auf dem kleinen Teppich, der während der letzten Monate in einer Tüte auf dem Küchenbalkon aufbewahrt worden war, der Hund. Der Mann stand in der Dunkelheit und sah ihn an. Dann betrachtete er die Frau, die sich unter der Decke zusammengerollt hatte und ebenfalls tat, als ob sie schliefe.

Er beschloß, die Sache am Morgen zu regeln. Er fühlte sich zu schuldig, um jetzt einen Aufstand zu machen. Er zog sich aus und warf seine Kleider in den Wäschekorb im Badezimmer. Dann kroch er leise ins Bett und legte seinen Arm um die Hüften der Frau. Er wußte, daß sie wach war. Er betete inständig, daß sie etwas sagen, ein unzufriedenes Murren von sich geben würde, aber die Frau schwieg beharrlich.

Am Morgen traf er sie Kaffee trinkend in der Küche an, der Hund lag auf der Seite vor dem Kühlschrank.

»Warum ist er hier?« fragte er, aber die Frau gab keine Antwort.

Er knipste den Wasserkocher an und stützte sich auf die Arbeitsplatte.

»Warum bist du hier?« fragte die Frau.

»Was soll das heißen?«

»Warum du hier bist.«

»Wo sollte ich sonst sein?« fragte der Mann, schob mit dem Fuß den Hund beiseite und öffnete den Kühlschrank.

»Wo ist die Milch?«

»Alle«, erklärte die Frau.

»Aber ich habe doch gestern welche gekauft. Wie kann es sein, daß sie schon alle ist?«

»Weil sie eben alle ist«, meinte die Frau.

Auch wenn er es nicht wissen wollte, wußte er genau, wo die Milch war. Er richtete seinen Blick auf die beiden Steinplatten vor der Balkontür. Auf der einen stand der mit Trockenfutter gefüllte Napf des Hundes, auf der anderen sein Aluminiumtopf, randvoll gefüllt mit Milch. Der Mann wandte sich an die Frau, die einen Schluck von ihrem Kaffee trank und Zeitung las.

»Warum hast du ihm die ganze Milch gegeben?« fragte er und heftete seinen Blick auf den Hund. Der Hund wich seinem Blick aus.

»Weil er Milch liebt«, sagte sie.

»Warum hast du ihn hereingelassen?« fragte der Mann. »Warum hast du ihn überhaupt hereingelassen?«

»Weil das hier sein Zuhause ist«, sagte sie.

»Was willst du mir damit sagen?« fragte er.

»Was willst *du* mir damit sagen?«

»Hör auf!« rief der Mann. »Es reicht. Laß uns reden. Laß uns endlich ernsthaft reden.«

»Schieß los«, sagte die Frau. Sie faltete die Zeitung zusammen, legte sie auf den Tisch und nahm abermals einen Schluck von ihrem Kaffee.

Der Mann lenkte seinen Blick zwischen den Tischbeinen hindurch auf den Fußboden, und er sah die dünnen, zitternden Beine des Hundes. Dieser Hund hat schon merkwürdige Beine, dachte der Mann, wie die Läufe eines Rehs. Das war ihm noch nie zuvor aufgefallen.

»Na, komm«, forderte er ihn mit weicher Stimme auf, doch der Hund ignorierte ihn.

Der Mann pfiff, und der Hund kam zu ihm gelaufen, legte dem Mann seine Vorderpfoten auf die Oberschenkel und fing an zu fiepen und mit dem Schwanz zu wedeln. Der Mann streichelte ihm den Kopf.

»Na, komm«, sagte er zu dem Hund und packte ihn am Genick. »Komm schon, du kleiner Idiot.«

Er erhob sich von seinem Stuhl und führte den Hund zur Tür.

»Du sollst ihn nicht rausbringen«, sagte die Frau ruhig.

Der Mann öffnete die Wohnungstür. Er versuchte, den Hund nach draußen zu zerren, doch der Hund setzte sich ein Stück von der Tür entfernt auf den Fußboden und begann zu winseln.

»Wage es nicht, ihn vor die Tür zu setzen«, rief ihm die Frau aus der Küche nach. »Hörst du? Wehe, du wagst es!«

Der Mann packte die Vorderpfoten des Hundes und zerrte, rückwärtsgehend, den Hund hinter sich her. Er war stärker als der Hund. Der Hund rutschte auf seinem Hinterteil voran – die Vorderpfoten klemmten im Scherengriff des Mannes, die Krallen der Hinterpfoten schrammten über die Steinplatten.

Die Frau rannte zur Tür und schrie: »Laß ihn da! Er gehört mir. Ich will, daß er hierbleibt!« Aber der Mann ignorierte sie. Er blickte dem Hund tief in die Augen, und der Hund blickte ihm tief in die Augen. Jetzt war nur noch sein Schwanz in der Wohnung. Sein übriger Körper lag fest in der Umklammerung des Mannes, in einer Art kämpferischer Umarmung, der Mann vor dem Hund auf Knien, ihre Köpfe dicht an dicht. Beide hatten plötzlich denselben Blick. Später, als der Mann versuchte nachzuvollziehen, was geschehen war, fand er es merkwürdig, wie der Hund ihn angesehen hatte, weil Hunde, das hatte er einmal irgendwo gelesen, angeblich nicht fähig seien, einem in die Augen zu schauen.

Die Frau legte dem Mann eine Hand auf die Schulter. Er hatte nicht gemerkt, daß sie inzwischen dicht hinter ihm war, und er erschrak und stieß ihr den Ellenbogen in den Oberschenkel. Die Frau streckte die Hand aus, um dem Hund den Kopf zu streicheln, doch seine Lefzen vibrierten, und sie vernahm ein Geräusch, das sich anhörte wie ein ferner Stromgenerator, ein tiefes Brummen, das aus seiner Kehle drang. Sie trat einen Schritt zurück, doch der Mann und der Hund verharrten, wie sie waren, Angesicht zu Angesicht, bebend, als hätte sich ein Stromkreis über ihnen geschlossen.

Der Mann lockerte seinen Griff. Dann hob er unvermittelt die Arme und ließ sich im Treppenhaus auf den Hintern plumpsen. Der Hund setzte sich ebenfalls auf sein Hinterteil und beäugte ihn. Der Mann stützte seine Ellenbogen auf die Knie und vergrub den Kopf in den Händen. Der Hund hob den Kopf und blickte die Frau an, dann stand er auf und trottete hinaus ins Treppenhaus. Dort schmiegte er sich an die Wand und ging an ihr entlang auf und ab.

Die Frau beugte sich über den Mann und flüsterte ihm etwas ins Ohr. Der Mann zuckte mit den Schultern, stand dann auf und ging mit ihr in die Wohnung. Am Mittag öffnete sich die Tür, und der Mann kam wieder heraus. Er war frisch geduscht, sein Haar war naß, er wirkte gelassen und rauchte eine Zigarette. Er stieg über den Hund hinweg, der auf seiner Matte lag, und lief hastig die Treppen hinunter. Ein paar Minuten später öffnete sich die Tür abermals, und die Frau, die ebenfalls nasse Haare hatte, sagte zu dem Hund: »Komm fressen.«

34

Der Winter setzte ein. Im Treppenhaus wurde es ungemütlich, und von unten pfiff dem Hund kalte Zugluft entgegen. Jeden Morgen stieg die alte Frau vom obersten Stockwerk mit ihren Einkaufskörben die Treppe herauf, blieb bei ihm stehen und brach einen Augenblick lang ihre Einsamkeit durch eine bescheidene Geste der Wohltätigkeit. »Da hast du einen Keks«, sagte sie kurzatmig und in einem schweren, fremden Akzent. »Da hast du eine Scheibe Wurst.« Sie fing an, ihn bei ihren Einkäufen auf dem Markt mit einzurechnen.

Jeden Tag beobachtete der Hund, wie verschiedene Gegenstände nach und nach die Treppe hinunterwanderten. Bücher, Kassetten, der *Toaster-Oven*, den der Mann unterm Arm hinaustrug, und das Stromkabel baumelte hinter ihm herab wie ein Schwanz. Schließlich sah der Hund an einem verregneten Morgen irgendwann Mitte November auch ein farbiges Kleiderbündel wie eine große Wolke über ihn hinwegschweben, aus dem eine Socke – eine weiße Sportsocke – herausfiel und im Treppenhaus liegenblieb.

Der Mann fehlte ihm. In den Nächten erschien sein Schatten vor seinen geschlossenen Augen, und an den Vormittagen zerschnitt die Erinnerung an die Stimme des Mannes – die Erinnerung an die belehrende und schulmeisterliche Stimme – die Stille des Treppenhauses, die Stille seines regelmäßigen Ganges zum Futternapf, die Stille seiner neuen Routine. Mehr als alles andere war es jedoch der Geruch des Mannes, der ihn mit Wellen von Sehnsucht umspülte, von denen er nicht wußte, wie er mit ihnen umgehen sollte. Wenn sie kamen, kniff er fest die Augen zu und legte den Kopf auf die Vorderpfoten.

Sein Geruch war überall. Der Geruch nackter Füße auf dem Küchenboden, der Geruch von Schuhabdrücken, eingekapselt in Schlammbröckchen auf der Matte, und der peinigende Hauch von Schweiß, der im Treppenhaus verblieb, im Laufe der Wochen nachließ und schließlich aufging in den übrigen Gerüchen des Hauses: den Gerüchen vom Braten und Kochen, den Gerüchen von kleinen Kindern, dem Geruch des Regens, den jeder mitbrachte, der die Treppe hochkam, dem Geruch des Fells einer durchnäßten Katze, die im Treppenhaus Unterschlupf suchte und umgehend Reißaus nahm, sobald sie ihrerseits den Geruch des Hundes wahrgenommen hatte, und die unangenehme Ausdünstung der alten Frau.

Manchmal vermeinte er auf seinen Streifzügen das Auto des Mannes auf der Straße an ihm vorbeifahren zu sehen. Sein Herz pochte wild, wenn das Wagenheck, die weiße Farbe im Dunkeln aufblitzend, um die nächste Ecke bog. Er wollte hinterherjagen, doch irgend etwas hielt ihn immer zurück und ließ ihn wie angewurzelt stehenbleiben: der hintere Teil seines Körpers, in dem seine schlimmsten Erinnerungen gespeichert waren.

Die Frau hätte ihn gerne wieder bei sich in der Wohnung gehabt, aber er blieb lieber draußen. Sie versuchte mehrere Male, ihn zum Bleiben zu bewegen, doch der Hund stellte klare Regeln auf: Er fraß und trank und ließ sich ein wenig von ihr streicheln, dann aber trottete er zur Tür und setzte sich davor, bis die Frau ihn hinausließ.

Und eines Tages gegen Ende des Winters begann er sich zu strecken. Sein Becken hob sich etwas, wie durch den Rettungseinsatz eines kleinen Krans, und fortan wirkte sein Gang weniger entschuldigend. Sein Schwanz hing weiterhin geschützt zwischen seinen Hinterbeinen, aber hier und dort erwachte auch er zaghaft zu neuem Leben, und angesichts eines Artgenossen wedelte er manchmal kurz, ohne daß der Hund das wollte.

Selbst der Anblick des Parks und der Hunde mit ihren Besitzern betrübte ihn nicht mehr so sehr, und manchmal ging er in Begleitung der Frau dorthin. Jetzt nahm der Hund *sie* auf einen Spaziergang mit, und die Frau, die mit seiner neuen, energiegeladenen Gangart kaum Schritt halten konnte, lief immerzu hinter ihm. Ab und an blieb er stehen und wandte den Kopf, um sicherzustellen, daß die Frau ihm nicht ausbüxte oder verlorenging. Manchmal setzte sie sich auf eine Parkbank, zog ein Buch oder eine Zeitung aus ihrer Handtasche und versuchte zu lesen, aber ihr Blick ging immer wieder auf Wanderschaft, verweilte auf älteren Leuten, die auf benachbarten Bänken saßen, und auf Pärchen, die die Wege kreuzten oder aber auf einer Decke im Gras saßen und zusammen picknickten. Wenn er die Frau so dasitzen sah, wie einen schweren und traurigen Freiballon, der vom Wind erfaßt wurde, kam er immer sogleich angepprescht und packte sie mit den Zähnen sachte am Knöchel; er gab sich alle Mühe, das Seil zu erhaschen, das sie zurück auf den Boden holte. Er wollte sie mit Dingen erfreuen, die ihm Freude bereiteten.

Und eines Tages brachte er ihr einen Stock. Er legte ihn in ihren Schoß und wartete. Die Frau nahm den Stock in die Hände und betrachtete ihn, als wüßte sie nicht, was man damit machte. Dann warf sie ihn plötzlich weit weg und mußte lächeln, als sie sah, wie der Hund mit einer Geschwindigkeit losflitzte, die sie ihm nie zugetraut hätte, und wie er mit dem Stock im Maul keuchend zu ihr zurückgejagt kam und ihn mit einer Neigung des Kopfes abermals in ihren Schoß legte. So spielten sie eine gute Stunde lang – die Frau verbesserte ihre Würfe, und der Hund streckte und dehnte sich beim Laufen, als hätte eine Feder in seinem Körper sich gelöst. Als die Frau gegen Mittag müde wurde, lag zu ihren Füßen nicht der dösige Mattenhund, den sie kannte, sondern ein stolzer Jagdhund mit seiner unsichtbaren Beute von Fasanen.

Sie führten ein geruhsames Leben, das dem Hund wunderbar behagte. Die Frau hielt sich in der Wohnung mit ihrer Arbeit beschäftigt, und der Hund döste, immer ein

Ohr aufgestellt, auf seiner Matte im Treppenhaus vor sich hin. Er war weder ein Straßenköter noch ein Haushund, noch ein Zwitterwesen. Er war jetzt ein Wachhund, der den Status quo hütete.

Die Nachbarn störten sich nicht an seiner Anwesenheit und hatten nichts dagegen, wenn ihre Kinder ihn auf ihrem Weg durchs Treppenhaus streichelten. Und da war die alte Frau vom obersten Stockwerk, die er besonders gern mochte, obwohl ihre eigenartige, traurige Ausdünstung ihn an den Geruch erinnerte, den sein eigener Körper vor nicht allzu langer Zeit verströmt hatte, als er noch mit dem Mann und der Frau zusammenlebte und hoffnungslos einsam gewesen war. Er war auch jetzt einsam, aber es war eine andere Form von Einsamkeit. Es war eher ein Persönlichkeitsmerkmal als ein Zustand – eine Einsamkeit, die erträglich war und keine äußere Ursache hatte. Wenn er auf seiner Matte döste oder zum Fressen und Trinken in die Wohnung kam, wenn er im Park der Frau zu Füßen lag – und er wich nie lange von ihrer Seite, aus Angst, daß sich ihr Leben wieder ändern könnte, sobald er sie aus den Augen ließ –, fragte er sich manchmal, ob sie jetzt glücklich war. Die Frau wirkte sehr gelassen und sehr unruhig zugleich.

Aber es gab auch neue Freunde. Anfangs standen sie ihm skeptisch gegenüber und scheuten sich, auf ihn zuzugehen, weil sie mit ihren feinen Spürnasen trotz seines selbstsicheren Auftretens und unaufhörlichen Schwanzgewedels einen letzten Hauch von Trauer und Krankheit an ihm wahrnahmen. Da war ein schwarzer Hund, der auf den ersten Blick gefährlich wirkte, sich dann aber als gutmütiger Kerl und treuer Freund herausstellte. Und es gab eine kleine Hündin, die ständig um ihn herumtollte und ihn heiß machte, und manchmal kam es sogar vor, daß die Frau von jemandem angesprochen wurde.

Und eines Morgens Anfang Frühling kehrte der Mann zurück. Er war etwas schmaler geworden, und an seinem Kinn sproß ein graumelierter Bart. Er trug einen neuen Mantel, nicht den langen, weichen, den der Hund aus dem letzten Winter erinnerte, sondern einen kurzen aus Leder, der einen scharfen Tiergeruch verströmte. Der Mann freute sich, als er den Hund auf seiner Matte sah.

Er bückte sich, um ihn zu streicheln, und der Hund unterdrückte ein Knurren. Er hörte, wie die alte Frau mit den Einkaufskörben, die ihm gerade das tägliche Almosen hingeworfen hatte, ihren langsamen Aufstieg zum obersten Stockwerk fortsetzte. Sie atmete schwer, und jeder ihrer Atemzüge war von einem leisen Pfeifen begleitet. Der Mann streichelte ihm eifrig den Kopf, zauste ihn liebevoll und fragte, wie es ihm denn so gehe, was es in seinem Leben an Neuigkeiten gebe, ob er ihn vermißt habe. Dem Hund entfuhr ein Winseln, und der Mann meinte lachend: »Ja, ich habe dich auch vermißt.«

Der Mann richtete sich auf und fuhr sich mit der Hand über den neuen Bart. Dann zog er seinen Schlüsselbund aus der Manteltasche und spielte mit den Schlüsseln in der Hand, als wollte er sie wiegen. Das rhythmische Geklimper vermischte sich mit den leisen Pfeiftönen, die im Treppenhaus widerhallten, und der Hund spürte, wie sein Körper sich verspannte. Der Mann wählte den mittleren Schlüssel und wollte ihn schon ins Schloß stecken, überlegte es sich dann aber doch anders und ließ den Schlüsselbund wieder zurück in die Manteltasche gleiten. Der Hund hörte, wie im obersten Stockwerk die Tür ins Schloß fiel und der Schlüssel zweimal umgedreht wurde. Dann war das Treppenhaus einen Moment lang still. Der Mann drückte auf den Klingelknopf. Der Hund schloß die Augen und stellte ein Ohr auf. Die Frau öffnete die Tür, und der Mann ging hinein.

Meir Shalev
im Diogenes Verlag

Ein Russischer Roman
Aus dem Hebräischen von Ruth Achlama

Der Waisenjunge Baruch, der bei seinem Großvater aufwuchs, erinnert sich an seine Kindheit im Israel der Gründerjahre und an die ihm überlieferte Familiengeschichte. Die russischen Einwanderer der Zeit zwischen 1904 und 1914, der sogenannten zweiten Alija, versuchten ihre utopisch-sozialistischen Ideale in den Kibbuzim Wirklichkeit werden zu lassen. Selbstironisch und phantasievoll beschreibt Shalev das Zusammenleben und die Geschichte dreier Generationen in einem kleinen Dorf in der Jesreel-Ebene.

»Eine wunderbare, witzige und sehnsüchtige Commedia dell'arte der Gründerjahre von Erez Israel.«
Peter Mosler/Die Zeit, Hamburg

Esaus Kuß
Eine Familiensaga
Deutsch von Ruth Achlama

Shalevs zweite packende Familiensaga ist die Geschichte einer sephardischen Bäckersfamilie, die in einem kleinen Dorf östlich von Jerusalem eine Bäckerei gründet. Hier, rund um den Ofen, der das legendäre Brot herstellt, leben drei Generationen, die sich streiten und versöhnen – und am Ende doch auseinanderbrechen.

»Shalev breitet nicht nur sein lokalgeschichtliches Wissen in farbenprächtigen Mosaiksteinchen aus, sondern präsentiert auch seinen hintergründigen Witz. Ein furios erzähltes Riesenmärchen, eine brillante Familiengeschichte, ein bewegender wie gleichermaßen wunderbar unterhaltender Roman.«
Ilse Leitenberger/Die Presse, Wien

Der Sündenfall – ein Glücksfall?

Alte Geschichten aus der Bibel neu erzählt
Deutsch von Ruth Melcer

Meir Shalevs Art, die Bibel nachzuerzählen und neu zu deuten, ist hochinteressant und vor allem: ein Lesevergnügen! Seine humorvolle Art, mit dem Stoff umzugehen, bringt an den Tag, daß sich die Bibel ebenso gut liest wie Shakespeares Werke, es gilt sie nur zu entdecken – und dieser Autor ist ein brillanter Expeditionsleiter.

»Ob der Sündenfall ein Glücksfall war – wer weiß. Ein Glücksfall allerdings sind Shalevs neue Deutungen der Bibelgeschichte. Sie sind amüsant und heiter und immer mit einem kleinen Augenzwinkern geschrieben.«
Walter Flemmer / Bayerisches Fernsehen, München

Judiths Liebe

Roman. Deutsch von Ruth Achlama

Manche Kinder haben eine Mutter und keinen Vater. Der zwölfjährige Sejde, der mit seiner Mutter in einem kleinen Dorf in der Jesreel-Ebene lebt, aber hat drei Väter. *Judiths Liebe* ist Shalevs dritte Familiensaga, in der es um die wahre Liebe geht und um eine wunderbare, eigenwillige Frau.

»*Judiths Liebe* ist eine Liebesgeschichte voll von jüdischem Humor, jiddischen Legenden, Anekdoten und Weisheiten und deftigem Witz.«
Vrij Nederland, Amsterdam

»Meir Shalev ist es gelungen, mindestens zwei Bücher in einem zu schreiben: den warmglühenden Roman über ein Moschaw und seine Menschen und eine verzwickte Parabel über ein gelobtes, aber sprödes Land, dessen Liebhaber an ihrer Liebe scheitern.«
Süddeutsche Zeitung, München

Im Haus der Großen Frau

Roman. Deutsch von Ruth Achlama

Ich bin ohne Vater aufgewachsen, ohne Onkel oder Großvater, in einem Haus mit fünf Frauen – meiner Mutter, meiner Großmutter, meinen beiden Tanten und dir, meiner kleinen Schwester –, fünf weiblichen Wesen, die mich erzogen, liebkosten, päppelten, mir Erinnerungen erzählten und mich vor die Wand im Flur stellten.

So beginnt die Geschichte von Rafael, der mit fünf Frauen aufwächst, die, so verschieden sie auch sind, von ihm nur ›die Große Frau‹ genannt werden. Nur gut, daß es da noch den Steinmetz Abraham gibt, den sich Rafael als Wahlonkel auserkürt. Mit ihm verbringt er so viel Zeit wie möglich und lernt all die Dinge, die ein Junge eben nur von einem Mann lernen kann. Als Abraham stirbt, bleibt Rafael nur die Wüste als einziger Zufluchtsort vor der Überfürsorge der Großen Frau.

»*Im Haus der Großen Frau* ist ein Vergnügen zu lesen, zu riechen und zu schmecken – zu genießen.«
Trouw, Amsterdam

Doris Dörrie
im Diogenes Verlag

Liebe, Schmerz und
das ganze verdammte Zeug
Geschichten

Vier großartige, liebevolle, traurige, grausame Geschichten: *Mitten ins Herz, Männer, Geld, Paradies.*
Geschichten von befreiender Frische.

»Doris Dörrie ist eine beneidenswert phantasiebe-
gabte Autorin, die mit ihrer unprätentiösen, aber sehr
plastischen Erzählweise den Leser sofort in den Bann
ihrer Geschichten schlägt, die alle so zauberhaft zwischen Alltag und Surrealismus oszillieren. Ironische
Märchen der 8oer Jahre – Kino im Kopf.«
Der Kurier, Wien

»Ihre Filme entstehen aus ihren Geschichten.«
Village Voice, New York

»Was wollen Sie von mir?«
Erzählungen

»Es ist vollkommen gleichgültig, ob Sie Doris Dörrie
in der Badewanne, im Intercity-Großraumwagen, im
Lehnstuhl oder in der Straßenbahn lesen, nur: Lesen
Sie sie! Lassen Sie sich nicht irre machen von nase-
rümpfenden Kritikern, diese sechzehn Short-Stories
gehören durchweg in die Oberklasse dieser in Deutsch-
land stets stiefmütterlich behandelten Gattung.«
Deutschlandfunk, Köln

»Vor allem freut man sich, daß Doris Dörrie den eit-
len Selbstbespiegelungen der neuen deutschen Wein-
erlichkeit eine frische, starke und sensible Prosa ent-
gegenstellt.« *Kölnische Rundschau*

Der Mann meiner Träume
Erzählung

Doris Dörrie erzählt die Geschichte von Antonia, die den Mann ihrer Träume tatsächlich trifft. Sie erzählt eine moderne Liebesgeschichte, eine heutige Geschichte, deren Thema so alt ist wie die Weltliteratur, eine Geschichte von der Liebe.

»Ein erzählerisches Naturtalent mit einem beneidenswerten Vermögen, unkompliziert und gekonnt zu erzählen. Der Leser beendet die Lektüre mit höchst bewußtem Bedauern darüber, daß er diese kurzweilige, unprätentiöse Erzählung schon hinter sich hat.«
Frankfurter Allgemeine Zeitung

Für immer und ewig
Eine Art Reigen

Ein überschaubarer Kreis von Personen, darunter auch das Model Antonia, im ewigen Karussell des Lebens: Man begegnet sich, verliert sich wieder aus den Augen, liebt und leidet.

»Die Dörrie ist in diesem Buch auf der Höhe ihrer Männer- und Frauencharakterstudien. Ein Buch zum Lachen und zum Weinen. Zum genießerischen Wehmütigsein und zum sinnigen Nachdenken.«
Die Welt, Bonn

Love in Germany
Deutsche Paare im Gespräch
mit Doris Dörrie

»Doris Dörrie hat die *Love in Germany* erkundet – in 13 anrührenden und saukomischen Interviews mit deutschen Paaren zwischen Mittelmaß und Beziehungswahn. Ganz normale Leute, aber alle sind mit ihren Ramponiertheiten und unverwüstlichen Liebesträumen Persönlichkeiten. Aufschlußreicher als jede Statistik.« *Stern, Hamburg*

Bin ich schön?
Erzählungen

Mit liebevoll-kritischem Blick nimmt Doris Dörrie die aufgeklärte, alternative Intellektuellenszene aufs Korn. Siebzehn tragisch-komische Geschichten, die nachdenklich stimmen, weil sie so hemmungslos ehrlich sind.

»Doris Dörrie ist eine ausgezeichnete Kurzgeschichten-Schreiberin mit der erforderlichen Prise Selbstironie und mit stilistischer Eleganz.«
Annemarie Stoltenberg/Die Zeit, Hamburg

Samsara
Erzählungen

Sie befragen das I Ging, versuchen es mit dem Buddhismus, lassen ihre Wohnungen auf gute oder böse Chi'is untersuchen, suchen ihr Glück bei Sushi-Dinners oder in Hollywood. Die Generation der heute Mittvierziger, die angetreten war, in Liebe, Familie und Beruf alles so viel toleranter, cooler, besser zu machen als ihre Eltern, sieht sich heute vor Fragen stehen, die sich nicht einfach mit einem lockeren ›think positive‹ lösen lassen.
Fünfzehn Geschichten über Gestern und Heute, die gar nicht so weit auseinanderliegen, wie wir oft glauben.

Was machen wir jetzt?
Roman

Fred Kaufmann ist beruflich erfolgreich, hat endlich genug Geld – bloß glücklich ist er nicht. Er fürchtet, seine Familie zu verlieren. Seine Frau und er befinden sich seit einiger Zeit in einer Ehekrise, die Claudia mit der Hinwendung zum Buddhismus zu heilen sucht – während er es mit einem Seitensprung versucht. Die siebzehnjährige Tochter Franka hat sich in einen tibetischen Lama verliebt und möchte mit ihm nach In-

dien auswandern. Als moderne Eltern vertrauen sie –
aus eigener Erfahrung – mehr der desillusionierenden
Wirkung des Alltags als Verboten.
Fred macht sich mit den schlimmsten Gefühlen auf
diese gemeinsame Reise mit Franka. Doch die Fahrt
und der Aufenthalt im Kloster bringen Vater und
Tochter näher zusammen als je zuvor. Für Fred wird
diese Reise, die er so widerwillig angetreten hat, vor
allem eine Reise zu sich selbst.

Happy
Ein Drama

Drei befreundete Paare treffen sich am Samstagabend.
Alles scheint wie immer – und ist es doch nicht: Emilia und Felix sind seit kurzem getrennt, worunter
beide psychisch und finanziell leiden; Charlotte und
Dylan sind im letzten Jahr durch Dylans geschickte
Spekulation an der Börse reich geworden, ihre Paar-
beziehung wird jedoch trotz wachsendem Luxus immer armseliger; einzig Annette und Boris sind nach
wie vor glücklich verliebt, wünschen sich zwar ein
bißchen mehr Geld, um ihre Ikea-Wohnung aufzu-
peppen, kommen aber auch ohne gut klar.
Die sechs treffen sich zum Abendessen im schicken
Apartment von Charlotte und Dylan. Doch die Fröhlichkeit, die solche Treffen in früheren Zeiten bei einer Pizza in der Kneipe um die Ecke hatten, will sich
nicht mehr so recht einstellen. Da erzählt Emilia, sie
habe neulich gelesen, daß selbst Paare, die über zwanzig Jahre zusammenlebten, auf Fotos nicht mal die
Hände des anderen identifizieren konnten. Sie wette,
daß die meisten Männer mit geschlossenen Augen nicht
einmal ihre eigene Frau erkennen würden. Die anderen sind empört, sie sind sicher, daß sie ihre Partner
jederzeit erkennen würden. Felix gießt Öl ins Feuer:
Wenn alle so sicher seien, dann könne man ja eine
Wette wagen... Ein Experiment mit Folgen beginnt.

Connie Palmen
im Diogenes Verlag

Die Gesetze
Roman. Aus dem Niederländischen von
Barbara Heller

In sieben Jahren begegnet die Ich-Erzählerin, eine
junge Studentin, sieben Männern: dem Astrologen,
dem Epileptiker, dem Philosophen, dem Priester, dem
Physiker, dem Künstler und dem Psychiater. Sie be-
gehrt an diesen Männern vor allem das Wissen, das sie
befähigt, die Welt zu verstehen und zu beurteilen. Sie
versucht die Gesetze, die sie sich für ihr Leben gewählt haben, zu ergründen, sucht nach dem, was Halt
in einer unsicheren Welt geben kann.

»Sehr lebendig und ebenso philosophisch erzählt. Ein
Bestseller der Extraklasse.«
Rolf Grimminger/Süddeutsche Zeitung, München

Die Freundschaft
Roman. Deutsch von Hanni Ehlers

Die Freundschaft ist ein Roman über Gegensätze und
deren Anziehungskraft: Über die uralte und rätsel-
hafte Verbindung von Körper und Geist; über die
Angst vor Bindungen und die Sehnsucht nach Zugehörigkeit; über Süchte und Obsessionen und die
freie Verfügung über sich selbst.
Ein aufregend wildes und zugleich zartes Buch voller
Selbstironie, das Erkenntnis schenkt und einfach jeden angeht.

»Connie Palmen ist nicht nur eine gebildete, sondern
auch eine höchst witzige Erzählerin.«
Hajo Steinert/Tempo, Hamburg

Der Roman wurde mit dem renommierten niederländischen AKO-Literaturpreis 1995 ausgezeichnet.

I.M.

Ischa Meijer – In Margine, In Memoriam

Deutsch von Hanni Ehlers

Im Februar 1991 lernen sie sich kennen: Ischa Meijer, in den Niederlanden als Talkmaster, Entertainer und Journalist berühmt-berüchtigt, macht mit dem neuen Shooting-Star der Literaturszene, Connie Palmen, anläßlich ihres Debüts *Die Gesetze* ein Interview. Es ist zugleich der Beginn einer *amour fou*, die ein Leben lang andauern würde, wenn sie die Zeit dafür bekäme: Im Februar 1995 stirbt Meijer überraschend an einem Herzinfarkt. *I.M.* ist Connie Palmens bewegende Auseinandersetzung mit einer großen Liebe und einem Tod, der sie selbst fast vernichtet hat.

»Der ungeheuer intime Bericht einer glühenden *amour fou* gehört zum Schönsten und Ergreifendsten, was je im Namen der Liebe zu Papier gebracht wurde.« *Beate Berger / Marie Claire, München*

»Connie Palmen erzählt so welthaltig, unprätentiös und lebensvoll über die Liebe und den Tod, daß man ihre Geschichte zur großen Bekenntnisdichtung zählen kann.«
Thomas Kastura / Rheinischer Merkur, Bonn

»Connie Palmen versucht, den Schmerz mit Worten zu erfassen, das Gefühl, allein nicht mehr leben zu können, die Sehnsucht nach dem Geruch des Partners, die Abneigung dagegen, umarmt zu werden – auch in Zeiten der Trauer und des Trost-Brauchens. Der Tod ist eine schriftstellerische Herausforderung für Connie Palmen, die sie mit einer stupenden Meisterschaft besteht.« *Alexander Kudascheff / Deutsche Welle, Köln*

Die Erbschaft

Roman. Deutsch von Hanni Ehlers

Als die Schriftstellerin Lotte Inden erfährt, daß sie unheilbar krank ist, stellt sie einen jungen Mann ein, der sich nicht nur um ihren zunehmend geschwächten Körper, sondern auch um ihre geistige Hinterlassenschaft kümmern soll. Max Petzler wird zum ersten Leser und Archivar ihrer lebenslangen Aufzeichnungen und Gedanken, die Bausteine für ihren letzten großen Roman. Da Lotte weiß, daß sie dieses Werk nicht mehr vollenden wird, bereitet sie Max darauf vor, daß seine Hände die ihren ersetzen können, ja, daß er ihren Roman zu Ende führen kann.
Je mehr sich Max auf diese »Erbschaft« einläßt, desto mehr beginnt ihn die ungewöhnliche Frau zu faszinieren.

»Connie Palmen schreibt so leichtfüßig, so lakonisch und ironisch über Leben, Liebe und Tod – die großen Menschheitsthemen –, daß ihre Bücher zu Bestsellern wurden und sie selbst zur meistgelesenen niederländischen Autorin.«
Karin Weber-Duve / Brigitte, Hamburg

Jessica Durlacher
im Diogenes Verlag

Das Gewissen
Roman. Aus dem Niederländischen von
von Hanni Ehlers

Sie sieht ihn zum ersten Mal an der Universität: Er ist
wie sie jüdischer Abstammung, beide Familien haben
traumatische Kriegserinnerungen, sie erkennt in ihm
ihren Seelenverwandten. Mit aller Wucht wirft sich die
junge Edna in die Katastrophe einer Liebe, die sie für
die ihres Lebens hält. Ein bewegendes Buch über eine
Frau, die erst lernen muß, ihr Leben und Lieben in die
richtige Bahn zu lenken.
Jessica Durlachers Romanerstling stand wochenlang
auf den niederländischen Bestsellerlisten und wurde
mit mehreren Nachwuchspreisen ausgezeichnet.

»Ich wollte zeigen, wie es kommt, daß man eine ganz
große Liebe doch verlassen muß.« *Jessica Durlacher*

»Jessica Durlacher schreibt mit Gespür für Situations-
komik und Selbstironie. Wer sich darauf einläßt, kann
verstehen, mitfühlen und mitlachen.«
Ellen Presser / Emma, Köln

»Die klug gebaute Geschichte von Ednas Erwachsen-
werden zwischen Männern, Vätern und jüdischer
Vergangenheit liest sich sommerlich leicht, die
Einblicke in die weibliche Psyche sind tief.«
Anne Goebel / Süddeutsche Zeitung, München

»Ein Roman über Liebe und Erinnerung, herz-
zerreißend und todkomisch zugleich.«
Westdeutscher Rundfunk, Köln

Die Tochter

Roman. Deutsch von Hanni Ehlers

Im Anne-Frank-Haus in Amsterdam lernen sie sich kennen: Max Lipschitz und Sabine Edelstein, beide Anfang Zwanzig. Ungewöhnlich und schicksalhaft wie der Ort ihrer Bekanntschaft ist auch die Liebesbeziehung, die sich zwischen ihnen entspinnt. Zuweilen ist Max von Sabines Vergangenheitsbesessenheit irritiert, denn worüber er lieber schweigen möchte, darüber möchte sie fast manisch reden: über die KZ-Vergangenheit ihrer beider Eltern.

Dann ist Sabine auf einmal ohne Erklärung verschwunden, für Max ein lange anhaltendes Trauma. Erst fünfzehn Jahre später sieht er sie überraschend wieder: auf der Frankfurter Buchmesse, in Begleitung eines berühmten jüdischen Filmproduzenten aus Hollywood. Und sofort flammen die alten Fragen, die alten Verletzungen wieder auf. Erst allmählich kommt Max dahinter, welch tragischer Schock für Sabines Verschwinden damals verantwortlich war.

»*Die Tochter* ist ein Roman, in dem Wahrheit und Lüge, das Echte und die Fälschung, Opfer und Täter die Plätze tauschen. Letztendlich ist es eine Abrechnung mit der Kultur des Jammerns. Ein interessantes Buch mit unerwarteten Verwicklungen und einer Botschaft, die man beherzigen sollte.«
Hans Warren / Provinciale Zeeuwse Courant, Vlissingen

»Ein besonderes Buch, das in die gleiche Kategorie von Meisterwerken gehört wie der legendäre Film *Casablanca* mit Humphrey Bogart und Ingrid Bergman.« *Max Pam / HP / DE TIJD, Amsterdam*

Arnon Grünberg
im Diogenes Verlag

Blauer Montag
Roman. Aus dem Niederländischen von Rainer Kersten

Die provozierende Lebensgeschichte eines jungen Mannes aus jüdischem Elternhaus, der nicht weiß, wem er sich mehr zugehörig fühlen soll: der zweiten Generation der Holocaust-Opfer oder der ›Generation Nix‹. Dessen Schulkarriere ein frühes Ende nimmt, weil er lieber mit Freundin Rosie durch Kneipen und Cafés zieht. Der das Amsterdamer Rotlichtmilieu zu erkunden beginnt, als Rosie ihn verläßt – wie weh diese Trennung tut, wird nirgends ausgesprochen. Und der es bald nur noch in der gekauften Nähe von Prostituierten aushält, sich dem Alkohol hingibt und dem Verfall. Der schließlich im Anzug des verstorbenen Vaters selbst eine Laufbahn als Gigolo antritt.

Hellwach und gnadenlos schildert Arnon Grünberg die tief tragischen und bitter komischen Erlebnisse seines gleichnamigen Taugenichts, der vor allem eines nicht ausstehen kann – Scheinheiligkeit und Heuchelei. Als ›tragischen Slapstick‹ hat Grünberg diesen meisterhaft geschriebenen modernen Entwicklungsroman bezeichnet und sich selbst als traurigen Clown.

»Die Stärke dieses wilden Textes liegt in seiner Unmittelbarkeit und im Fehlen jeglicher Larmoyanz. Die Sprache ist bei aller Flapsigkeit von gnadenloser Klarheit und Präzision. Das Weinen, das dem Erzähler im Hals steckt, bleibt stumm oder äußert sich in absurder Komik.« *Hannes Hansen / Die Welt, Berlin*

»Ein glänzender Debütroman.«
Harald Eggebrecht / Süddeutsche Zeitung, München

»Ein frecher, witziger Roman.«
Sonntag Express, Köln

Statisten

Roman. Deutsch von Rainer Kersten

Glück kann man kaufen. Und wenn man etwas kaufen kann, dann bleibt man nicht untätig – man holt es sich: mit dem Geldbeutel, und wenn der leer ist, mit der Kreditkarte. Und wenn man die auch nicht hat, mit der Kreditkarte von jemand anderem.

Für die jungen Amsterdamer Helden Ewald, Broccoli und die rassige Schönheit Elvira liegt das Glück in Hollywood. Sie bereiten sich auf eine große Karriere vor und gründen dazu die geheime ›Organisation Brando‹. ›Brando‹ bedeutet auch die Sehnsucht, ein anderer zu werden, einer, der man nicht ist und vermutlich auch nie werden wird – die Sehnsucht schlechthin. Grünbergs zweiter Roman ist ein Meisterwerk an bitterer Komik und zum Lachen reizender Melancholie, eine Mischung aus Desillusionsroman, modernem *Candide* und Woody-Allen-Humor. Hinter seiner Flapsigkeit und Lakonie, seiner äußerst zurückgenommenen und um so unmittelbareren Poesie und Zartheit liegen die Nerven blank – die der Helden und bald auch die des Lesers.

»*Statisten* beschreibt die Generation der Mittzwanziger, das Ringen um Zuspruch, Zukunft und Zugehörigkeit jener, die wir gern als Feiervolk in Permanenz wahrnehmen. Grünberg stellt diese Diagnose ohne Hoffnung, ohne Verzweiflung. Wohltuend ist, daß er seine illusionsfreie Prosa mit ironischen Versatzstücken anreichert.« *Berliner Morgenpost*

»Die Story könnte von Bukowski oder Henry Miller sein. Sie liest sich flott, und es gibt viel zu lachen. Mag Arnon Grünbergs Held auch scheitern, von diesem Autor wird man noch hören.« *Jörg W. Gronius/ Norddeutscher Rundfunk, Hannover*

»Ein tragikomischer Slapstick voll Hoffnung und Melancholie.« *Welt am Sonntag, Hamburg*